KiWi

1804

Das Buch

Mit großartigem schwarzem Humor und düsterer Fabulierlust schickt Thomas Raab seine Ermittlerin Hannelore »Hanni« Huber wieder auf die Jagd nach Verbrechern. Und diese scheinen sich gleich in zwei miteinander verfehdeten Familien zu finden: den Praxmosers und den Grubmüllers – allesamt Rindviecher erster Güte (wobei die einen eigentlich Schweinebauern sind) und zu allem bereit. Aber was um alles in der Welt hat die junge Helga mit alldem zu tun, dieses zauberhafte Wesen im Blumenkleid, das der Huberin zuvor nie sonderlich aufgefallen war? Schnell wird jedenfalls klar: So harmlos, wie sie aussieht, ist sie beileibe nicht!

»Ein unglaublich unterhaltsames, humorvolles, sprachlich feines Krimi-Vergnügen.« *Kronen Zeitung*

Der Autor

Thomas Raab, geboren 1970, lebt nach abgeschlossenem Mathematik- und Sportstudium als Schriftsteller, Komponist und Musiker mit seiner Familie in Wien. Zahlreiche literarische und musikalische Nominierungen und Preise, u. a. den »Buchliebling« 2011 und den Leo-Perutz-Preis 2013. Die Kriminalromane rund um den Restaurator Willibald Adrian Metzger zählen zu den erfolgreichsten in Österreich. Zwei davon wurden bereits für die ARD verfilmt. Außerhalb der Metzger-Reihe erschien 2015 der vom Feuilleton hochgelobte Serienmörderroman »Still. Chronik eines Mörders«. 2017 wurde Thomas Raab mit dem erstmals verliehenen Österreichischen Krimipreis ausgezeichnet. »Helga räumt auf« (2020) ist der zweite Band der Bestsellerreihe um die Ermittlerin Hannelore Huber.

Thomas Raab
Helga räumt auf

Frau Huber ermittelt.
Der zweite Fall

Roman

Kiepenheuer & Witsch

Aus Verantwortung für die Umwelt hat sich der *Verlag Kiepenheuer & Witsch* zu einer nachhaltigen Buchproduktion verpflichtet. Der bewusste Umgang mit unseren Ressourcen, der Schutz unseres Klimas und der Natur gehören zu unseren obersten Unternehmenszielen.

Gemeinsam mit unseren Partnern und Lieferanten setzen wir uns für eine klimaneutrale Buchproduktion ein, die den Erwerb von Klimazertifikaten zur Kompensation des CO_2-Ausstoßes einschließt.

Weitere Informationen finden Sie unter:
www.klimaneutralerverlag.de

FSC
www.fsc.org
MIX
Papier aus verantwortungsvollen Quellen
FSC® C014496

1. Auflage 2022

Covergestaltung: Barbara Thoben, Köln; Bildidee: Thomas Raab
Covermotiv: © Rüdiger Trebels
Gesetzt aus der Minion und der Nimbus Sans
Satz: Buch-Werkstatt GmbH, Bad Aibling
Druck und Bindung: GGP Media GmbH, Pößneck
ISBN 978-3-462-00194-5

Nicht jene, die streiten, sind zu fürchten,
sondern jene, die ausweichen.
Marie von Ebner-Eschenbach (1830–1916)

1 Der Schatten

Mit bloßen Händen.

So hat er sie getötet.

Hat zuvor noch seine Schuhe und Socken ausgezogen, die Hosenbeine und Hemdsärmel hochgekrempelt, sich in die Ache gestellt und gewartet. Regungslos. Dort, wo das Kehrwasser eine fast glatte Oberfläche in den reißenden Fluss legt. Gewiss konnte er sein Spiegelbild darin erkennen. Wie in all den Jahren

aus dem Kind ein Knabe,

aus dem Jungen ein Jugendlicher,

aus dem Großbauern ein Greis geworden war.

Anfangs an der Seite seines Vaters, dann allein, dann an der Seite seiner Kinder, dann wieder allein.

Das Leben gibt und nimmt.

Alles.

»Bleib im Schatten, dann kommen sie ganz von selbst. Und sie verstecken sich gern«, so die Worte des Vaters, seine Arme dabei in das eiskalte Wasser gestreckt, Handfläche zu Handfläche. »Ein Brotlaib muss dazwischen Platz haben! Und jetzt Mund zu.«

Rundum diese Stille. Nur das Rauschen des Flusses, sein gleichmäßiges Atmen. Die bald steifen Zehen, Finger. Egal. Den Schmerz missachten, ausharren und den richtigen Moment erkennen. So lautete die Lektion.

Und sie kamen tatsächlich.

Bachforellen.

Schwammen gegen die Strömung auf ihren Tod zu, benötigten nicht lange, um gutgläubig in den lauernden Händen keine Gefahr mehr zu sehen, sondern nur noch Geborgenheit.

Blitzschnell sein Zupacken.

Ohne Mitleid, ohne Stolz, ohne bewundert werden zu wollen.

Keine Zeit dafür. »Greifen und sofort werfen, verstehst du, der Rest erledigt sich von selbst!«

Es blieb nie bei der einen, die ans Ufer geschleudert so lange um ihr Leben rang, bis aus dem Zappeln nur noch ein verzagter Flossenschlag wurde, ein apathisches Maul auf, Maul zu, ein letztes Zucken. »Warum glotzt du ihnen beim Krepieren zu, was soll das bringen? Mach lieber weiter.«

Genauso wird nun auch er zugrunde gehen.

Das Gezappel, aussichtslose Hoffen, letzte Zucken.

Und all das, ohne dabei wegsehen zu müssen.

Was das bringen soll?

Genugtuung.

1

Ein Dorf ohne Männer

2 Adam und der letzte Mensch

Sie hätte es auf ihre alten Tage einfach besser wissen müssen, die gute Hannelore. Zurückhaltender sein, vielleicht sogar im Nachhinein auf ihren verstorbenen Ehemann Walter hören, denn: »Kein Mensch, der halbwegs was in seinem Schädel hat, legt sich mit einem Grubmüller an. Das geht nur nach hinten los!«, so seine Worte. Jede Menge Ärger wäre ihr erspart geblieben. Aber nein.

Was hat sich die alte Huber auch groß erwartet?

Dass sich die Genetik selbst austrickst, ausnahmsweise ein Depp nach erfolgreicher Fortpflanzung nicht gleich den nächsten Deppen in die Welt setzt, und der dann den nächsten, und nächsten und nächsten? Viel verlässlicher als im Hause Grubmüller kann eine Erbfolge ja kaum gelingen, da schraubt doch ein vernünftiger Mensch jegliche Erwartungshaltung automatisch ganz nach unten!

Nur leider.

Und jetzt hat sie das Malheur.

Es war ein sonniger Nachmittag im Vorfrühling dieses Jahres, das Wurzelgemüse frisch gesät, die ersten Stecklinge eingepflanzt, als sie wie so oft auf ihrer Hausbank saß, den Schweiß auf der Stirn, die Beine angenehm schwer, das Gemüt entsprechend leicht.

Ausnahmsweise ein kühles Zwickl hatte sie sich zwecks Erfrischung aus dem Keller geholt, naturbelassen und ungefiltert, so wie in gewisser Weise auch die alte Huber selbst.

Ein wenig müde war sie, aber zufrieden. Von Grund auf und aus gutem Grund. Da muss ein Mensch schon ein bisschen dankbar sein, wenn ihm nach dreiundfünfzig Ehejahren das Glück zuteil wurde, als genau jene Hälfte dieses Bundes hervorzugehen, die den anderen überlebt. Die bessere Hälfte also.

»Prost, Walter!«, hob sie also ihr trübes Kellerbier gen Himmel, den Blick dabei auf dieses herrliche Panorama gerichtet, ihre Heimat. Die dichten Wälder, sanften Hügel, an deren Hängen sich die Streusiedlung Glaubenthal mit all ihrer Schönheit, ihren Menschen, ihrem Treiben erstreckt. Wunderbar war das: aus der Ferne dabei sein können, gern auch mit Feldstecher, sich aber aus reinstem Anstand der eigenen Restlebenszeit gegenüber diesen ganzen Zirkus dort unten ersparen: die Aasgeier, Blindschleichen, Drecksäue, Gewitterziegen, Giftschlangen, Hausdrachen, Hornochsen, Lackaffen, Neidhammel, Rindviecher, Schafsköpfe, Schluckspechte, Schweinigel …

Nein, Streichelzoo ist das keiner hier.

»Was meinst du, Walter? Können uns alle gestohlen bleiben, oder?« Und so nett, direkt friedliebend diese Idee auch sein mag, praktisch hapert es mit der Umsetzung ganz gewaltig, vor allem, wenn dann umgekehrt die größten Affen ganz von selbst daherkommen. So wie eben an diesem Nachmittag in Gestalt der männlichen Grubmüllers.

Von Hannelores Hof ausgehend wohnt diese Bagage mit ihren Säuen hangabwärts drunten im Glaubenthaler Graben, und auch wenn da gottlob ein gutes Stück dazwischen liegt, um sich den Anblick zu ersparen, hören kann die alte Huber diese Saubande natürlich trotzdem. Nur die Männer, versteht sich. Hannelores verstorbener Ehemann Walter hatte dazu einmal bei Tisch in nüchternem Tonfall, den Kopf regungslos über die Tageszeitung gebeugt, die Theorie geboren: »Grubmüller hätt dich garantiert keiner geheiratet. Weil die Brüllaffen suchen sich ihre Weiber nach den Stimmbändern aus, das sag ich dir. Da wird vor jeder Hochzeit ein Vorsprechen veranstaltet, und wer dann am allerwenigsten den Mund aufbekommt und gegen jedes Mauserl den Redewettbewerb verliert, wird genommen, weil anders gibt's das nicht!«

Nichts natürlich für die Ohren einer Alice Schwarzer, so eine Bemerkung, für die gute Hanni aber trotzdem lustig, ja Labsal sogar, denn viele Momente des gemeinsamen Lachens gab es in dieser Ehe nicht.

Bereits aus weiter Ferne konnte die alte Huber den rot-weißen Steyr Terrus CVT, ein Kraftpaket von einem Traktor, schon kommen sehen. Nicht wie sonst mit weit überhöhter Geschwindigkeit, eine Staubwolke hinter sich, sondern deutlich gemächlicher, einen eifrig sprühenden Güllewagen im Schlepptau. Grad, dass der guten Hannelore auf ihrer Hausbank keine Dusche verpasst wurde.

Entsprechend energisch schoss es auch aus ihr heraus, naturbelassen und ungefiltert, wie eben ihr Zwickl:

»Ja, spinnst du jetzt komplett!«

Hinter dem Steuer Adam Grubmüller, das jüngste männliche Mitglied der Schweinebauernfamilie. Fünfundzwanzig Jahre alt, mit Sechzehn bereits zwei Meter hoch gewesen, seither nur noch in die Breite gewachsen. Schräg daneben, auf dem Beifahrersitz, der Uraltbauer, Johann Grubmüller, ein Lagerhauskapperl auf seinem Kopf.

Großvater und Enkelsohn also.

Eine Traumpaarung der Niedertracht.

In diesem Fall sogar erstaunlich, denn so ein Güllewagen wäre dem alten Grubmüller bis vor kurzen niemals in die Scheune, geschweige denn auf die Wiesen und Felder gekommen.

»Aufhören, Herrschaftszeiten noch einmal!«, legte Hannelore noch an Lautstärke zu. »Ich glaub, ich seh nicht recht!«

»Wirklich!«, blieb Adam Grubmüller schließlich stehen: »Dann würd ich an deiner Stelle zum Optiker Pachlmeier nach Sankt Ursula fahren!« Was für eine Frechheit! Und wäre die alte Huber keine Dame und ihr Testosteronhaushalt noch in passablem Zustand gewesen, hätte sich die Flasche Zwickl zielsicher auf den Weg gemacht. So flogen nur die Worte: »Du kannst doch nicht direkt vor meinem Haus mit der Spritzerei anfangen!«, deutete die alte Huber hinter sich. »Ich wohn hier. Und die Wies'n da wurde noch nie gedüngt!«

»Noch nie? Na, dann wird es höchste Zeit!«, wollte er schon weiterfahren. Und nichts an der nun einsetzenden Stimme seines Großvaters klang vielversprechend: »Hast nicht g'hört, Adam! Die Huberin stört sich an der Landluft!«

Indirekte Kommunikation also. Seit Jahren schon sprach der alte Grubmüller kein Wort mehr mit ihr, obwohl er fast regelmäßig vorbeikam und sich auf seinen mitten in der Wiese abgestellten grünen, bulligen Kurzschnauzer T180 setzte. Kein lackierter Hund, sondern der erste österreichischen Dieseltraktor der Nachkriegszeit. Unter Sammlern ein Prunkstück, hier nur noch der traurige Schatten seiner selbst. Von der Witterung stark mitgenommen, Frostschäden, Dellen, Löcher. Eine Rostschüssel also. So wie der darauf hockende alte Johann Grubmüller selbst.

Kurz beugte er sich zu seinem Enkel, flüsterte ihm ins Ohr, und zauberte Adam ein Lächeln ins Gesicht. Und ehe sich's die alte Huber versah, nahmen die beiden schon grußlos den Rückweg Richtung Glaubenthaler Graben in Angriff, dort wo der Hof der Schweinebauernfamilie liegt. An sich ein Grund zur Freude, die gute Hannelore aber wusste sofort: Die Affen würden wiederkommen, mit einer maßgeschneiderten Gehässigkeit im Gepäck.

Keine viertel Stunde später war es dann soweit, zwar ohne alten Grubmüller, dafür mit neuem Anhänger. Mächtig das Erscheinungsbild, bedrohlich. Eine ungeeignetere Gerätschaft, um Wiesen welche Pflege auch immer angedeihen zu lassen, gibt es nicht. Insofern war die Frage der alten Huber: »Was soll das werden?« eine rein rhetorische.

»Ich überleg noch, ob ich nach Gold schürfen oder nach Öl bohren soll. Oder passt dir das jetzt auch nicht«, kam es zurück, während sich die horizontalen Stehmesser eines vierscharigen Pfluges gnadenlos in die Erde gruben und alles Grün verschwinden ließen. Logisch konnte die alte Huber jetzt nichts mehr auf ihrer Hausbank halten. »Aber nicht, dass du mir deinen Futtermais vor die Nas'n setzt!«, schrie sie Adam Grubmüller hinterher.

»Na, dann sag mir doch einfach, was wir dir auf unserm Grund denn Schönes anpflanzen dürfen, Huberin: Lavendel aus der Provence, Tulpen aus Amsterdam. Marihuana, vielleicht, zur Beruhigung!« Aus. Schluss. Finito. Mehr gab es von seiner Seite nicht mehr zu sagen.

Und hätte Gott je einen solchen Adam als ersten Menschen erschaffen, es wäre gewiss auch der letzte gewesen.

Gewachsen ist der Mais jedenfalls, als wäre die Niedertracht eine auch auf Pflanzen übertragbare Krankheit, Panorama Adieu.

Mit oder ohne Feldstecher.

So also zogen die Monate März, April, Mai, großteils auch der Juni über das Land, haben den alte Traktor hinter dem Futtermais verschwinden und die Aussichten der alten Huber immer düsterer werden lassen. Vorbei ihr herrlicher Blick über die Gegend, ob bei Tag oder Nacht, egal. Der ganze Horizont eine haarige Angelegenheit. Nur noch Buschwerk. Logisch, wenn ihr seither die wildesten Fantasien durch den Kopf gehen, diesen Grubmüller-Haufen anständig zur Hölle fahren zu lassen.

Ja, und wie es scheint, verfügt der Teufel über verdammt gute Ohren.

Denn mittlerweile hat er den alten Grubmüller zu sich geholt, und viel boshafter hätte es der alten Huber auch in ihren schönsten Träumen gar nicht einfallen können.

3 Die schönste Freude

Es soll nicht lange gedauert haben, kein Strampeln, kein Schreien, keine Handabdrücke an der schmierigen Betonwand, keine Spuren also eines chancenlosen Versuchs, hinauf bis an den Beckenrand zu kommen, während sich das Bewusstsein verabschiedet. Kohlendioxid, Ammoniak, Methan und vor allem der Schwefelwasserstoff. Riecht zuerst nach faulen Eiern und dann gar nicht mehr, lähmt den Geruchsnerv. Das reinste Gift.

Auf Nimma-Wiedersehen.

Aber es gibt auch die schnelle Variante. Und für die hat der alte Grubmüller sich entschieden. Einfach ins Freie wird er spaziert sein inmitten dieser Tropennacht, vielleicht Sternderln schauen, vielleicht der Prostata wegen sein Revier markieren, vielleicht Schlafwandeln, was weiß man schon, und dann: zack, hinein und weg.

Tragisch natürlich.

Viel hat die gute Hannelore ja zuerst nicht mitbekommen. Irgendwann in der Nacht war sie von zwei Schüssen aus ihrem ohnedies so leichten Schlaf gerissen worden. In der Großstadt hätte man gleich zum Hörer gegriffen und das nächste Einsatzkommando auf den Plan gerufen. Nicht so in Glaubenthal. Hier sind Schüsse eine ähnliche Besonderheit wie Tauben in Venedig oder die Dosen-Ananas auf der Pizza Hawaii. So ein Mensch lebt eben nicht vom Brot allein, die Sau muss drauf! Und deshalb war sie dann auch rasch wieder eingeschlummert.

Sogar als in aller Herrgottsfrüh dieser Wirbel drunten im Glaubenthaler Graben ausbrach – »der Großvater, der Großvater!«, dieses Geschrei –, wäre sie nicht im Traum auf die Idee gekommen, das Haus zu verlassen. Bringt ja nichts! Was hätte sie denn schon Großartiges sehen sollen, außer diese elenden Maisstauden. Ja, und eine gewaltige Hatscherei nur des alten Grubmüllers wegen wollte sie auch nicht zurücklegen.

Verdrängen ließ sich der Lauf der Glaubenthaler Dinge allerdings auch für die alte Huber nicht. Denn kaum saß sie vor ihrem Löskaffee, Schnittlauchbrot und weichgekochtem Frühstücksei, klingelte es Sturm, verlässlich wie seit Jahrzehnten schon, stets mit demselben Läuten: ihr betagtes grünes Wahlscheibentelefon. Die Stimme am anderen Ende allerdings jung.

Aufgeregt, putzmunter und erhellend obendrein:

»Frau Huber, Frau Huber, hast du schon gehört!«

»Ja, guten Morgen Amelie, es ist 7 Uhr früh, solltest du nicht gleich im Schulbus sitzen?«

»Wir haben heut eine Stunde später!«

Eine Wohltat ist das, trotz Hannelores düsteren Aussichten. Nicht nur, weil Amelie Glück mittlerweile die Einzige hier in Glaubenthal ist, die von sich aus diese Nummer wählt, sondern weil dann für die alte Huber trotz Maisfeld die Sonne aufgeht.

Und alles Weitere rührt sie jetzt auch nicht grad zu Tränen.

»Der alte Grubmüller ist tot, weißt du das?«

»Hab ich mir gedacht. Und wie?«

»Die Mama sagt immer, ich soll aufpassen, und jetzt ist genau sowas passiert!« Kinder und der Spannungsbogen.

»Was denn, Amelie!«

»Stell dir vor: In die Jauchegrube ist er gefallen!«

Jetzt heißt es ja, *Schadenfreude wäre die schönste Freude,* und selbstverständlich ist so eine Haltung langfristig nicht die gesündeste Lebenseinstellung, manch einer glaubt sogar, sich dadurch denkbar miese Karten für sein Karma, das nächste Leben oder Jüngste Gericht einzufangen. Trotzdem hat die alte Huber den Verdacht, es muss ein Mensch gelegentlich auch schon ein bisserl lachen dürfen, gern auch bösartig, denn was bitte bliebe ihm denn sonst noch übrig als ausgleichende Gerechtigkeit. Erwachsene Männer, die ein ganzes Land aufhussen, zu vertrottelt aus der Geschichte zu lernen, ähnlich der Gülle in den Jauchegruben ihr lähmendes Gift verstreuen, sich dabei fühlen wie russische Zaren, und dann gehen sie sabbernd vor lauter Gier, besoffen und koksend obendrein einer falschen Oligarchennichte trotz deren schmutzigen Zehennägeln auf den Leim. Da darf man doch dann bitte ein wenig schadenfroh sein.

Ja, und wenn ein im Grund seines Herzens boshafter Mensch seiner Umgebung die Gülle nur so um die Ohren pfeffert, bis ins Schlafzimmer sogar, und dann selbst darin baden geht, wird der Papiertaschentuchverbrauch hier in Glaubenthal jetzt auch nicht nur der Traurigkeit wegen in die Höhe schnalzen. Wenn auch hinter vorgehaltener Hand, jeder in seinen eigenen vier Wänden natürlich, denn wie gesagt: »Kein Mensch, der halbwegs was in seinem Schädel hat, legt sich mit einem Grubmüller an!«

Und nein, so wird es nicht bleiben.

4 Volker gegen Gottlieb

»Einen wunderschönen guten Morgen, Kollege Swoboda, so früh schon in Amt und Würden, oder haben Sie gleich hier auf der Dienststelle übernachtet?«

»Ich wüsste nicht, was an diesem Morgen schön sein sollte, Untersattler!«

»Na, dann sehen Sie doch einfach mich an!«

»Na, dann sind S' froh, dass ich kurzsichtig bin. Außerdem, was soll das, es ist gleich 9 Uhr?«

»Zeit, Herr Kollege. Zeit ist relativ. Und Sie schauen definitiv so aus, als wäre es jetzt 6 Uhr und Sie um 5 schlafen gegangen. Also: Was ist los?«

Viel ist los. Er soll also die Untersattler anschauen, um zu sehen, was schön ist! Na, bravo! Will sie mit ihm anbandeln? Ihn in die leer stehende Zelle für Untersuchungshaft schleppen und dort untersuchen? Wolfram Swoboda ist zwar, was das andere Geschlecht betrifft, allein schon aus profanster Notwendigkeit wirklich kein Kostverächter, einfach zugreifen, wenn sich die Gelegenheit bietet, Angelika Unterberger-Sattler, kurz Untersattler, aber könnte wahrscheinlich nicht einmal er sich schönsaufen. Und das trotz seiner bereits bedenklich lang anhaltenden Zwangsdiät.

»Keine Sorge. Irgendwann erwischt es aus hormonellen Gründen jeden. Und es ist ein Teufelskreis. Die ausbleibende Erektion, die fehlende Lust, und was der Körper nicht nutzt, baut er ab. Use it or lose it. Gilt für das Gehirn, die Muskeln, die Potenz. Sie sollten wieder regelmäßiger onanieren!«, hat ihn sein Urologe zwar zur Beruhigung wissen lassen, mit welcher Rasanz es ab Fünfzig aufwärts allerdings abwärts geht, wurde Wolfram Swoboda verheimlicht. Einzig die Uhren, die Harnröhre und der Nasenhaartrimmer laufen da noch auf Hochtouren. Erbärmlich ist das.

»Aber es gibt natürlich Abhilfe, Herr Swoboda, sogar für Sie, weil Sportler wird aus Ihnen ja vermutlich keiner mehr!«

Folglich schmiert er sich seit Neuestem Testosterongel um die Hüften und schluckt wie die Rindviecher auf den Weiden emsig Schmetterlingsblütler, sprich Bockshornklee, in seinem Fall als Kapseln. Verbesserte Vitalität und Manneskraft wird ihm dadurch versprochen, doch alles, was sich seither gesteigert hat, sind die Ausgaben. Schenkt dir ja keiner, den Dreck, schon gar nicht die Krankenkassa. Ja, seine Not könnte größer kaum sein, und dennoch: Angelika Unterberger-Sattler geht sich einfach nicht aus, dazu hat er die Größe nicht. So tief zu sinken käme ihm, selbst bei aller Liebe, niemals in den Sinn, denn sinken müsste in diesem Fall ja sie, um auf seine 162 cm, verteilt auf 120 Kilo, zu kommen.

Ein Tête-à-Tête, sprich Gspusi, wäre weder gut für sein Karma noch für die Würde, und Kind hat sie seit Neuestem auch eins. Nein danke.

»Was wollen Sie eigentlich ständig hier, Untersattler, mitten in Ihrer Karenz? Ihren Gschrappen als Findelkind abgeben, weil er seinem Vater so ähnlich schaut!«

»Na, bumm. Sie sind heut stutenbissig, Herr Kollege. Schlecht geschlafen oder mit dem falschen Fuß aufgestanden?«

»Na, dann sagen Sie mir doch bitte, welches der beiden Beine im Nachhinein das richtige gewesen wär. Schließlich bin ich dank Ihnen zum Babysitten gezwungen!«

Und jetzt schaut sie wie ein Autobus, die Untersattler. Herrlich.

»Ich könnt mich nicht erinnern, Herr Kollege, wann sie bei mir als Babysi …«

»Den Brauneder mein ich, nicht Ihren Gartenzwerg!«

Und jetzt lacht sie aus voller Brust, die Untersattler, noch herrlicher, weil volle Brust sogar im wahrsten Sinn des Wortes und natürlich völlig unwissend, wie sehr Wolfram Swoboda dieses Lachen abgeht. Und gut, ihre Brust in seiner Augenhöhe war ihm auch schon des Öfteren ein paar nette Gedanken wert.

»Jetzt sind Sie nicht so ungerecht, Herr Kollege, der Neue ist doch entzückend!«

»Entzückend? Der Brauneder? Ein Trottel ist das! Wissen Sie, was heut Nacht los war? In aller Früh hat mich der Glaubenthaler Bürgermeister Kurt Stadlmüller aus dem Schlaf gerissen, weil es einen Toten gibt, also hab ich den Brauneder hingeschickt. Keine dreißig Minuten später hat mich so ein Kasperl von der Freiwilligen Feuerwehr Glaubenthal angerufen, ich möge doch bitte kommen, weil den Brauneder, jetzt wo sie die Leiche herausfischen wollen, vor lauter Kotzerei wahrscheinlich gleich der Notarzt abholen muss. Also bin ich dann nach Glaubenthal und um Acht erst wieder zurückgekommen, während sich der Brauender in der Stadlmüller-Praxis eine Infusion genehmigt hat und jetzt zu Hause ausschläft. Und da fragen Sie sich, warum ich müd bin!«

»Ich frag mich eigentlich nur, welche Leiche da wo herausgefischt wurde, und warum der Brauneder umkippt.«

»Der Grubmüller aus seiner Jauchegrube. Und der Brauneder verträgt offenbar die Landluft nicht, den Güllegestank.«

»Welcher Grubmüller? Da gibt es leider einige davon!«

»Sein Sohn, der Ulrich, ist grad auf einer Landwirtschaftsgeräteschau und nicht erreichbar, sein Enkelsohn, der Adam, hockt vor Trauer blunzenfett beim Brucknerwirt. Ergo: die

Rostschüssel, Untersattler. Der alte Johann! Ziemlich beschissenes Ende, wenn Sie mich fragen!«

Und jetzt lacht sie wieder, verdammt noch mal.

Die ganze Freud ist ihm seit ihrer Anwesenheit mittlerweile an seinem Beruf verloren gegangen. Vielleicht war er ja einst ein Polizist, der seiner Berufung folgen musste, heut ginge er am liebsten in selbige, würde heftigen Einspruch erheben gegen sich selbst, wenn er nur könnte, diese Lebensentscheidung revidieren, das Gesetz hüten zu wollen. Tag für Tag zählt er genau diese Tage herunter. Endlich in Rente gehen, gern schon früher, sich eine Kugel einfangen, selbstverständlich nur als Streifschuss, seinetwegen auch in Form eines klitzekleinen Herzinfarkts, dann Reha und baba.

Er arbeitet daran.

»Mich beschäftig eher Ihr beschissener Zustand, Herr Kollege. Sind Sie krank, oder warum der viele Schweiß?«

»Haben Sie schon auf den Thermometer geschaut!«

»Das Thermometer, Herr Kollege, oder der Temperaturmesser! Und dass es ihnen so dreckig geht, wird wohl eher an Ihrer Verfassung liegen! Sie sind zu dick. Viel zu dick. Sie sollten zu mir turnen kommen.«

»Das Thema Turnen übergeh ich. Und meine Verfassung liegt hinter mir im Regal, Untersattler. Besonders den Artikel 1 kann ich Ihnen wärmstens empfehlen. Und der lautet wie?«

»Das Recht geht vom Volk aus.«

»Und jetzt sagen Sie mir, wie mein zweiter Vorname lautet, den kennen Sie doch, oder?«

»Natürlich!«

»Also bitte, ich höre!«

»Wolfram Volker Swoboda!«

»Ganz genau. Und von wem geht jetzt das Recht aus?«

»Vom Volker! Sehr schwach!«, nimmt sie nun ihr Kind aus dem Buggy und setzt es ihm auf den Schoß: »Bitteschön. Wer ist hier wirklich Herr über Recht und Ordnung! Als Katholik werden sie sich seinen Namen ja hoffentlich gemerkt haben?« Und logisch fängt der Kleine jetzt nicht zu brüllen an, wenn er mit seinen festen Händchen eine derart weiche Brust zu fassen bekommt, da kann sogar die Mutter schwer mithalten.

»Ja, grüß dich, Jesus Unterberger-Sattler?«

»Leider daneben.«

»Na dann eben Christus Untersattler-Berger?«

»Nächstes Minus. Sie werden an Ihrem Stolz noch zerbrechen, Herr Kollege, denn Sie wissen es natürlich genau!«

»Ach ja, der Gottlieb!«

»Der Volker kann gegen den Gottlieb baden gehen. Gott und lieb in einem Wort. Das nenn ich eine kluge Namensgebung.«

»Ein armer kleiner Kerl bist du, Gottlieb, dich mit deinen 14 Monaten schon ansprechen lassen zu müssen als wärst du ein emeritierter Bischof oder pensionierter Lateinlehrer. Ein alter Mann eben.«

»Na, dann werden Sie beide sich ja blendend verstehen, Kollege Swoboda! Und wie ist der alte Grubmüller tatsächlich in die Grube gefallen? Wer hat ihn reingestoßen?«

Sie kann es nicht lassen, sogar außerhalb ihrer Dienstzeit. Hat ihm die letzten Wochen immer wieder ein bisschen auf die Sprünge geholfen, die richtigen Fragen gestellt, den groben Raubüberfall irgendeines nie gesehenen hundertprozentigen Ausländers als Kapitalbeschaffung des eigenen Sohnes bei seinen alten Eltern enttarnt, einen Streit zwischen zwei Elektrofahrzeugbesitzern vor der einzigen Tankgelegenheit

Sankt Ursulas mit einem Verteilerstecker geregelt und gleich ums Eck in einem Hinterzimmer eine Babygymnastikgruppe eröffnet.

»Ich glaub eher, Ihnen fällt in Ihrer Karenz grad die Decke auf den Kopf, Untersattler! Niemand hat ihn reingestoßen. Er ist ersoffen oder erstickt. Nicht einmal der Ast, der neben ihm geschwommen ist, konnte ihn retten.«

»Niemand hat ihn also umgebracht? Bravo. Vielleicht war's ja der Ast! So wie bei Ödön von Horváth auf den Champs-Élysées?«

»Ja, lieber Gott, das sind Fragen«, wendet sich Wolfram Swoboda amüsiert dem kleinen Untersattler auf seinem Schoß zu. »Was für ein Adeliger auf welchem See?«

»Ödön von Horváth! Der wurde in Paris von einem herabfallenden Ast erschlagen. *Jugend ohne Gott?* Sagt Ihnen das nichts?«

»Na sicher sagt uns das was, Gottlieb, oder? Gibt ja keine Ministranten mehr. Wirst du mal ein Ministrant, ja, dududu …!«

»*Glaube, Liebe, Hoffnung!*«, lacht sie wieder, samt Sohnemann sogar, und wenn Angelika Unterberger-Sattler nicht sofort damit aufhört, wird Wolfram Swoboda sie gleich mitsamt Nachwuchs für ein paar Tage in die Ausnüchterungszelle stecken, nur um die beiden einfach bei sich zu haben, »*Kasimir und Karoline. Geschichten aus dem Wienerwald!*«

»Wir wissen auch eines, oder, Gottfried?«

»Gottlieb!«

»Armes Kind!«

»Na, da bin ich jetzt gespannt, Herr Kollege!«

Also packt Wolfram Swoboda sein Fachwissen aus. Schließlich ist kürzlich zu später Stunde so ein alter Schinken im Patschenkino gelaufen. Eine öde Horváth-Verfilmung mit Peter

Weck in der Hauptrolle und Heidelinde Weiss, Ernst Waldbrunn, Regie Michael Kehlmann, Vater so eines Daniels.

»*Ein Dorf ohne Männer.* Da bleiben die Herren weg, weil ihnen die Frauen zu hässlich sind.«

»Ich staune, Herr Kollege. Und es passt zu dem, was ich Ihnen eigentlich sagen wollte.«

Und logisch geschieht nun, was wie das Amen im Gebet stets passiert, wenn Wolfram Swoboda gegenüber einer Frau sein Herz öffnet. Er wird verlassen.

»Der Gottlieb fährt jetzt mit seiner Mama eine Woche zu seiner Oma in die Stadt!«

»Jetzt!«

»Ferienbeginn, die ganze Stadt leert sich, wann soll man sonst hin!«

Und ausnahmsweise verschlägt es Wolfram Swoboda die Sprache.

5 Huitzilopochtli

»Die Welt steh nicht mehr lang!«, ist die alte Huber gerade weit über ihren eigenen Schatten gesprungen, hat sich Kopftuch, Kittelkleid, die Kompressionsstrümpfe und das knöchelhohe Schuhwerk angelegt, ihre 4K-Ausrüstung sozusagen, den Gehstock geschnappt und auf den Weg gemacht. Nur ein Ziel vor Augen.

Amelies Anruf gut und schön, nur hilft das natürlich alles nichts, die gute Hannelore ist ja schließlich auch nur ein Mensch.

Opfer ihrer selbst. Elende Neugierde.

Ein klassisches Eigentor, denn immerhin wollte sie es nach Walters Tod ja genauso. Den ganzen Haufen drunten im Dorf so gut es geht meiden und ihre Ruhe. Da ist es den Glaubenthalern und Innen natürlich nicht übelzunehmen, wenn sich dieses Verhalten langfristig nicht nur als Einbahnstraße erweist, sondern auch seine Gegenrichtung bekommt. Wie man in den Wald ruft, so hallt es zurück. Und wenn nicht, dann eben nicht.

Viel mehr Menschen als Amelie Glück und die Post kommen also von sich aus gar nicht mehr auf Hannelores Hügel herauf, und bei der Langsamkeit des Postler Emil Brunner kann sie auch gleich jede x-beliebige Hotline anrufen und den ganzen Vormittag in der Warteschleife verbringen, um an Neuigkeiten zu gelangen.

Warm strahlt ihr um diese frühe Stunde die Hauptstraße ins Dorf hinunter bereits entgegen. Zu Mittag könnte sie auf dem Asphalt ihr weiches Frühstücks- zu einem Osterei werden lassen, so eine Affenhitze hat es zurzeit, ja und wenn die Erzählung stimmt, ist kürzlich der Gummipfropfen des Gehstocks vom Dorfältesten Alfred Eselböck während des Gehens auf dem Dorfplatz picken geblieben. Ein paar Deppen, die sich an diesem Rekordsommer erfreuen, gibt es zwar immer noch, die Bauernschaft aber und jeder andere Mensch mit Hirn sehnt sich nur noch nach Regen, kühlen Nächten, seligem Schlaf.

Ein Elend ist das. Die Hitze und die Krampfadern. Vor allem nachts. Die Fußgelenke, Unterschenkel, Kniekehlen, ein Ziehen, Brennen, Pulsieren. Da sind die Schritte ins Dorf hinunter wahrlich kein Vergnügen.

Folglich ist die alte Huber schon äußerst wohl temperiert, wie sie das Schaltzentrum des Glaubenthaler Informationsaustausches erreicht, sprich die *Gemischtwarenhandlung Schäfer.*

Kurz zupft sie noch ihr Kopftuch zurecht, ist ja doch jedes Mal wie das Absolvieren einer Gastrolle in einem bestens eingespielten Theater, öffnet die Tür. Und wie durch ein Wunder gehört die Bühne ihr.

Niemand da.

Klein ist der Raum, bestehend aus drei schmalen Gängen vollgeräumt mit Ware, als wäre einer der vielen Containersupermärkte hier hereingeschrumpft worden, die sich am Stadtrand drüben in Sankt Ursula aneinanderreihen wie Schuhkartons. Schachtelweise Wassermelonen stehen auf dem Boden und scheinen noch darauf zu warten, eingeschichtet zu werden. Nur wohin? Daneben stapelweise Bierkisten.

Wie gesagt, niemand hier. Allein ist sie aber nicht, denn aus dem Hinterzimmer sind Stimmen zu hören.

»Guten Morgen?«, wartet die gute Hannelore ein wenig ab, schlendert herum, nimmt, was sie brauchen kann, sieht sich um und bleibt stehen.

Kurz mal nicht aufgepasst und zack, biste glücklich!

So steht es auf einem Metallschild hinter der prall gefüllten Wurst- und Fleischvitrine. Ein Spruch, der zwar den darin liegenden Produkten nichts mehr nützt – außer es gibt ihn wirklich, den Rinder-, Schweine- und Hühnerhimmel –, doch die Kundschaft wird erinnert, das Leben nicht immer nur von der tragischen Seite zu betrachten. Ein schöner Spruch, kluger Spruch, die alte Huber mag ihn einfach, weil er eben nicht dozierend daherkommt, als Zeigfinger oder Klugscheißerei wie die meisten Lebensweisheiten ähnlichen Inhalts, sondern nur mitteilt: »Entscheide dich, ganz wie du willst. So oder so. Jederzeit. Und wenn du willst, dann eben auch so.«

Ja, und wie es scheint, nehmen sich ein paar Damen im Hinterzimmer dieses Ansinnen grad sehr zu Herzen, denn es wird gelacht. Inbrünstig sogar.

»Guten Morgen!«, legt die alte Huber an Lautstärke zu und ihre Einkäufe zur Kassa. »Ist heut alles gratis oder muss ich zahlen?«

»Da kannste wetten, dasste zahlen musst, Hanni!«, kommt es retour und Gemischtwarenhändlerin Heike Schäfer hinter einem Vorhang hervor. Kichernd. In ihrer Hand eine dieser kleinen Schaumwein-Glasflaschen, auch genannt Piccolo, deren schnuckelige Größe, ähnlich wie ein Kölsch, den Durstigen vortäuschen soll, in Wahrheit eh grad nix zu saufen. Prost. Ja, und wie es scheint, ist Heike Schäfer diesem faulen Trick bereits ordentlich auf den Leim gegangen, denn von Spurtreue kann keine Rede mehr sein. Da wird ihr die eigene Gemischtwarenhandlung gleich um einiges größer erscheinen, wenn sie die Gegend weiter in derartigen Schlangenlinien erkundet.

Und nicht nur sie. Ähnlich angeheitert auch die übrige Gefolgschaft. So sind es in kürzester Zeit vier Damen, die den Gemischtwarenladen nun beleben. Drei davon, zumindest gemäß Renate Hausleitner, in den besten, ja goldenen Jahren einer Frau, sprich zwischen 40 und 55:

Nummer 1: Gemischtwarenhändlerin Heike Schäfer, alleinstehend und darum besonders glücklich – so zumindest ihre öffentlich verkündete Lüge.

Nummer 2: Schusterbäuerin Rosi, geborene Grubmüller, verheiratet mit Schusterbauer Franz. Glücklich? Mal so und mal so und aktuell grad so, weil ja ihr seit Jahren schon geschmähter Vater Johann Grubmüller nicht mehr unter den Lebenden weilt. Ein Umstand, der ihr offenbar derart zu Herzen geht, als wäre einem ihrer beiden Kinder die Luftmatratze zerplatzt.

Nummer 3: Renate Hausleitner höchstpersönlich, Obfrau der hiesigen Patchworkgruppe, frisch geschiedene Haus- und Exfrau des äußerst wohlhabenden Anlageberaters Jürgen Hausleitner und folglich als einzige tatsächlich glücklich. Arbeiten muss die Gute schließlich ihren Lebtag nicht mehr. Ein Hoch auf alle Männer, die dann eben einer Piccolina auf den Leim gehen, sich vortäuschen lassen, grad eh mit nix Ernsthaftem loszuziehen, und dann ruckzuck alles los sind.

Ja, und eben Hannelore Huber, und somit die einzige Person, der es aktuell tatsächlich auch darum geht, hier etwas einzukaufen. Es wächst zwar viel in ihrem prächtigen Garten, nur leider kein Salz, kein Bier, keine Streichhölzer und keine Kreuzworträtselhefte.

»Ja, hallo, Hanni! Hast schon g'hört. 37 Grad soll's heut bekommen. Körpertemperatur«, begrüßt sie Renate Hausleitner, als ob nichts wäre, und begibt sich mit ihrer Piccolo-Flasche in der Hand vor das angenehm überschaubare Angebot an Milchprodukten. »Wenn es noch länger so heiß bleibt, kannst du den Gang hier vor deinem Kühlfach als Stellplatz vermieten, Heike«, und es schüttelt sie vor Lachen.

»Jetzt siehste aus wie auf deiner neuen Vibrationsplatte!«, wird zurückgelacht. Und ganz kennt sich die alter Huber nicht aus. Warum diese Überdrehtheit, Berauschung, schon in aller Früh?

»Drüben in Mexiko hätten die Inka-Indianer dem Hupochi aus lauter Dankbarkeit schon ein paar Leut geopfert. Das Herz frisch herausgerissen in den Himmel gehalten, so, schau«, nimmt nun auch Schusterbäuerin Rosi mit dem aufgeschnappten Halbwissen eines ihrer beiden schulpflichtigen Kinder an dem Gespräch teil, streckt schwankend ihren Prosecco in die Luft, »bumm, bumm bumm!«, und nur allein vom Lachen können ihre Augen nicht gar so gerötet sein, da ist sich die alte Huber sicher. Sieht alles weniger nach Über-den-Durst-, als nach Über-die-Traurigkeit-getrunken aus. Und das ist auch gut so, denn immerhin war Johann Grubmüller ja doch ihr Vater.

»Der Hupochi, Hanni?«, kommt sie nun auf die alte Huber zu. »Kennst du den?«

»Huitzilopochtli, Rosi, wenn du den Sonnengott der Azteken meinst, und es tut mir –!«

»Huitzilopochtli! Lernt man das in deinen Kreuzworträtseln?«, unterbricht die Schusterbäuerin mit durchaus hörbarer Gekränktheit, setzt sich auf eine der Bierkisten, flüstert: »Einen Regengott bräuchten wir grad dringender!«

»Da haste recht, Rosi! Wär das dann alles, Hanni?«, tippt Heike Schäfer in Ermangelung eines Förderbandes und Scanners die Artikel mit flinken Fingern händisch in die Kassa.

»Magst dir noch ne neue *Neue Post* mitnehmen, Hanni, oder das alte *Neue Blatt*?«, und sie wirkt ein wenig gehetzt, »oder die aktuelle *Brigitte*? Interessiert dich die?« *Barbara, Donna, Emma, Elle, Grazia, Laura, Lisa, Petra, Tina*. Neuigkeiten von Frauen für Frauen gibt es zuhauf. Die alte Huber aber will nur eine: »Mich interessiert eher die Rosi!«

»Ich!«, schreckt die Schusterbäuerin auf. »Wieso ich!«

»Ja, du. Weil es mir leidtut. Hab schon gehört. Mein Beileid zum Tod deines Vaters!«

»Beileid!«, leert sie ihre Flasche in einem Zug. »Das braucht dir nicht leidtun, Hanni, grad dir nicht! Um den ist nicht schad. Das war kein Guter. Und jeder im Dorf weiß, dass der Mais vor deinem Haus nicht von selber g'wachsen ist!«

Manchmal ist er eben doch ein Zaubertrank, der Alkohol, löst die Zunge, und das Gemüt, denn jetzt weint sie, die Schusterbäuerin, still, die Hände dabei fest um ihre Piccoloflasche gelegt, direkt die Knöcheln drückt es ihr heraus. Und auch im Hintergrund strahlt der Hausleitner Renate das Kühlregal offenbar plötzlich zu wenig jener nötigen Wärme ab, die sie bräuchte, denn hurtig verschwindet sie im Gang, beschriftet mit »Süß- und Backwaren«.

Die alte Huber will es dennoch wissen.

»Ist trotzdem bitter, in so eine Jauchegrube zu fallen. Das wünscht man seinem größten Feind nicht.« Ein Weilchen dauert es, bis eine der Damen die richtigen Worte findet.

»Gefallen!«, kommt es zuerst nur schmatzend hinter der Schokolade hervor, »ich würd eher vermuten gestoßen!«, und schließlich steckt die gesamte Hausleitner Renate ihren Kopf neben den Regalen heraus. »Vor der Jauchegrube sind Pferdeäpfel gelegen, dazu Hufabdrücke. Nur haben die Grubmüllers zwar einen ganzen Stall voll Schweinen –!«

»Einige davon leben sogar im Haus!«, unterbricht Rosi Schuster.

»– Ganz genau, Rosi. Gaul läuft dort aber kein einziger herum. Was sagt dir das, Hanni?«

»Was soll mir das sagen!«, kennt sich die alter Huber nicht recht aus.

»Na, wer hat ein Pferd und könnte einem da einfallen, wenn der alte Grubmüller in seiner Jauchegrube landet!«

Ein wenig fühlt sich die alte Huber nun, als säße sie vor einem ihrer Rätselhefte, wenngleich diese Aufgabe nun natürlich wesentlich leichter ist. Feindschaft gibt es hier in Glaubenthal ja jede Menge, aber in diesem Fall wird wohl der Severin Praxmoser gemeint sein. Der Vater von Anita Grubmüller und somit Schwiegervater von Ulrich Grubmüller, Johann Grubmüllers Sohn.

»Na, das wird dann noch lustig!«, blickt die alte Huber ziemlich treffsicher in die Zukunft und diese liegt näher als gedacht.

»Übrigens, Hanni, du hatschst aber ordentlich!«, scheint Heike Schäfer das Thema wechseln zu wollen. »Da kommen die Varizen ordentlich ins Schwitzen, bei solchen Hitzen!« Kurz muss sie sich ein wenig über ihr Witzen zerkugeln, dann setzt sie fort: »Die Krampfadern, oder? Wie bei mir! Kannste überhaupt schlafen? Nich, oder? Hier, nimmste den Sonnentor *Durchschlaftee Happiness*. Schenk ich dir ne Packung!« Und loswerden will sie die alte Huber offenbar auch. Mit Tee gegen ihre Schmerzen: Grüner Hafer, Salbei, Bohnen – und Johanneskraut, Ginkgo, Hopfendolden, Kamille und Hanfblätter! Die reinste Geschäftemacherei.

»Danke dir, Heike. Aber das ist, glaub ich, eher eine Nahrungsergänzung für Pferde!« Aber vielleicht muss man das

Zeug ja heimlich rauchen und nicht trinken, um wenigstens die angekündigte Happiness zu spüren.

»Ja, Huberin!«, öffnet sich die Tür, Pfarrersköchin Luise Kappelberger tritt ein, und wenn das für die gute Hannelore kein Aufruf ist, schleunigst das Weite zu suchen, was dann.

6 Irmi, Egon und das Rot

Angenehm still ist es.

Nur vom Brucknerwirt kann sie das Grölen des Grubmüller Enkels aus dem Gaststubenfenster herüberhören. Beunruhigend vielversprechend: »Ich bring ihn um!«

Muss also wieder einmal jemand um sein Leben fürchten. Keine Besonderheit natürlich, insbesondere wenn diese Drohung aus Adams wahrscheinlich gerade zu einer hasserfüllten Fratze entstellten Visage wem auch immer ins Gesicht geschmettert wird. Dem halben Dorf hat er auf diese Weise wahrscheinlich schon seine Sympathien bekundet.

Erwischen würde er momentan aber keine Menschenseele.

Denn verlassen wie üblich zeigt sich Glaubenthal um diese Zeit. Die Kinder und Jugendlichen sind in der Schule, die Pendler ausgeflogen, die Bauern auf den Feldern. Und brennt die Vormittagssonne so gnadenlos herab wie in diesem Augenblick, suchen auch die Alten, Hausfrauen, Mütter mit ihren Kleinkindern kaum noch den Weg ins Freie. Die Fensterläden verriegeln und Hitze draußen halten, lautet die Devise.

Völlig zurecht.

»Na, so blöd muss man einmal sein!«, liegt der alten Huber ihre Dummheit entsprechend gewichtig in den Armen.

Chancenlos war sie. Diesem plötzlich ausbrechenden Kaufrausch ausgeliefert, dieser hundsgemeinen Ansammlung direkt neben der Ausgangstür.

»Drei Meter, sagst du?«

»Mit Kurbel sogar, Hanni. Den kannste prächtig hinter die Hausbank stecken!« Ein Muss also.

»Ich hab auch einen, Huberin. Den Roten.«

»Gibt ja auch keine anderen Farben mehr!«

»Ist jedenfalls spitze!«

»Hör auf, Luise! Dann kauft sie doch keinen mehr!«, kam auch Renate Hausleitner amüsiert hinter ihrem Regal hervor. »Und wenn doch, führ ich dich rauf!« Nicht dass hier in Glaubenthal die Angst vor Verkehrskontrollen eine große wäre, die alte Huber aber wollte sich trotzdem in keinen von deutlicher Prosecco-Glückseligkeit gesteuerten Wagen setzen.

»Das schaff ich schon.«

»Aber da haste dann viel zu tragen, Hanni!«

»Lass sie, Heike, das ist schließlich die Huberin, die kann sich doch selber gut einschätzen, nicht wahr!«, hatte Luise Kappelberger unter ihren frisch aufgeföhnten Dauerwellen im Vorhinein schon einen Spaß. So ist das eben: Sturheit schmerzt. Immer.

Sechs Kilo liegen der alten Huber nun in den Armen, die Erfüllung eines Wunschtraumes. Endlich auch im Sommer tagsüber auf der Hausbank sitzen können, ohne sich einen Sonnenstich zu holen. Ein Sonnenschirm also. Wie der von Luise Kappelberger rot. Und quasi geteilt.

Ein Halbkreis. Der Stiel auf der einen Seite, den halben Schirm dann von sich gestreckt. Ein wenig wie der gigantische Straußenfederfächer über dem Schädel irgendeines orientalischen Paschas sieht das aufgespannten dann aus. Und sie hält sich tapfer, die gute Hannelore, schleppt die Trophäe ihrer zukünftigen Glückseligkeit den Hügeln hinauf, vorbei an der Weide des Schusterbauern.

»Grüß dich, Hanni, hast dir eine Lanze gekauft oder wirst jetzt Speerwerferin!«

»Passt lieber selber beim Werfen auf, Schusterbauer!«

Und in der Tat, auch Franz Schuster hat alle Hände voll zu tun, die Hemdsärmel hochgekrempelt, seine Irmi neben sich. Er und sie. Ein Herz und eine Seele. Liebe eben. Und wer noch nie in Irmis große, braune, treue Augen gesehen hat, der versteht diese Liebe auch nicht. Bis zur Hälfte jedenfalls hat sie ihrem Schusterbauern den massigen Schädel des hoffentlich bald komplett gekalbten Egons schon zur Welt gebracht, insgesamt ein gewaltiger Brocken, zukünftiger Zuchtbulle womöglich, und falls nicht, dann wenigstens gut marmoriertes Ochsenfleisch. Medizinballgroß bereits der Weg ins Freie. Schmerzhaft allein das Zusehen. Die tapfere Irmi aber gibt trotzdem weder ein Muh und Mäh natürlich schon gar keines von sich.

»Tut mir leid mit deinem Schwiegervater!«

»Wieso!«, scheint sich Franz Schuster nicht auszukennen.

»Der alte Grubmüller! Das ist doch dein Schwiegervater, oder, und …!«

»Ach so, das meinst du. Brav Irmi, komm, immer weiter pressen!«, wendet er sich wichtigeren Dingen zu, und der alten Huber wird klar: Wer sich schon zu Lebzeiten keine Freunde gemacht hat, braucht sich auch nach seinem Tod keine großen Sorgen machen, es könnten dann plötzlich ein paar mehr werden.

Mehr ist an diesem Tag dann nicht mehr passiert.

Die alte Huber hat, wie sich das eben zu Mittag gehört, ein kleines Nickerchen eingelegt, danach in ihrem Haus herumgeräumt, gibt ja schließlich immer was zu tun, später Ribiseln für Amelies morgigen Besuch geerntet, ein wenig Unkraut gezupft, schließlich ihren Sonnenschirm mit Draht an die Lehne ihrer Hausbank montiert, aufgespannt und unter diesem plötzlich strahlend roten, lauschigen Leuchten Platz genommen. Mit einem Zwickl in der Hand natürlich, das Maisfeld im Blick. Kurz musste sie an den zukünftigen Zuchtbullen Egon denken, vorbeikommen sollte der Kerl hier womöglich nicht, hat sich dann schon etwas länger ihres alten Bellos entsonnen, diesem räudigen, streunenden Wolfshund, der eines Tages nicht mehr wiedergekommen war, womöglich mit einem Wolf verwechselt und hoffentlich gnädig erschossen wurde, ja weitere Traurigkeit wollte sich danach keine mehr einstellen. Wozu auch in ihrem Alter noch groß die gute Miene zum bösen oder die betroffene zum erfreulichen Spiel. Alles Humbug.

Schad um die Zeit. Ticktack. Läuft ab.

Und trotzdem geht das Leben weiter.

Der alte König Johann Grubmüller also war tot, es lebe der neue König, sein Sohn Ulrich, um nichts besser, aktuell auf einer Landwirtschaftsgeräteschau und, wie es scheint, trotz seinem ertrunkenen Vater noch nicht heimgekehrt. Gibt eben Wichtigeres.

»Ach, Walter!«, flüstert sie, gönnt sich ein Schlückchen und ergänzt: »Was sagst denn du dazu?«

Seltsam ist das, seit ihr Gemahl das Erdreich von unten sieht, oder von oben – soll doch jeder glauben wie er will –, redet es sich mit ihm einfach leichter, und ja, manchmal, so kommt es der alten Huber zumindest vor, meldet er sich sogar zurück.

Im Augenblick aber schweigt er, schickt ihr nicht einmal ein Lüftchen, um das Maisfeld rascheln zu lassen, und die alte Huber muss sich seine Antwort selbst zusammenreimen

»Recht g'schieht ihm! Oder! Das hättest du gesagt«

Von 1965 bis 2018 war sie mit ihm verheiratet. Mit ein und demselben Walter also. Das muss ein Mensch an Toleranz erst einmal zusammenbringen.

2015 zur goldenen Hochzeit gab es mit drei Tagen Verspätung dieses unvergessliche, schwankende: »Der Brucknerwirt sagt, ich hätt' was vergessen!«, dazu ein Fläschchen Brucknerwirt Eierlikör.

2018 jedoch fand Walter Huber nach 53 gemeinsamen Jahren dann doch noch in seine Rolle als wahrer Gentleman, wenn auch recht hölzern, ein Kavalier der letzten Stunde sozusagen. Nicht weil er sich erstmals überhaupt dazu herabließ, seiner Frau die Türe aufzuhalten, sondern ihr auch konsequent ganz zuletzt vorausging. Am Ende also noch ein guter Mann. Guter Mensch sogar, wie sich herausgestellt hatte.

Jaja. So ein Leben ist eben immer für Überraschungen gut.

»Da hast du mir was ein'brockt, Walter, das sag ich dir!«, blickt sie auf die mannshohen Stauden. Wie eine stille Streitmacht stehen sie vor ihr. »Weil wenn du noch am Leben g'wesen wärst, hätten sich die Affen das nicht getraut!«

Ein leiser Wind weht über die goldenen Spitzen des Maisfeldes, und selbstverständlich kann das in diesem Fall wohl nicht die adäquate Antwort sein: »Was soll das Lüftchen! Einen Sturm sollst schicken, Walter!«

Und Nacht sollte es werden, bis er diese Bitte erhört.

7 Rotzpipn und Spaßtee

»Mama?«

»–«

»Maaaama?«

»–«

»Mam-ha-ma!«

»Wer ist da? Wer –!«

»Ich bin's doch nur, Mama!«

»Meine Güte, Amelie. Mir bleibt das Herz stehen, wenn du so hereinschleichst mitten in der Nacht, wie ein Gespenst!«

»Aber draußen! Hast du das nicht gehört?«

»Ich hab Ohropax drinnen!«

»Du hast was getrunken, Mama, und dann eine Tablette genommen, stimmt's?«

»Ich hab eine Tablette genommen und dann was getrunken, und zwar Wasser. Außerdem leben wir jetzt auf dem Land. Und hier ist es bekanntlich leiser als in der Stadt, darum fallen dir in der Nacht die Geräusche eben viel mehr auf. Und? Was ist passiert? Es ist doch wieder ruhig draußen.«

»Ich glaub, da hat wer geschossen!«

»Und deshalb weckst du mich auf? Wann bitte wird hier nicht geschossen. Dass da überhaupt noch Rehe und Wildschweine im Wald übriggeblieben sind, ist ein Wunder!«

»Warum nimmst du eigentlich jetzt wieder deine Tabletten?«

»–«

»Tun dir leicht die Beine weh?«

»–«

»Der Doktor Stadlmüller hat gesagt, das ist gut, weil wenn

sie dir wehtun, dann spürst du was, und wenn du was spürst, kannst du eines Tages vielleicht sogar wieder gehen!«

»–«

»Mama?«

»–«

»Mam-ha-ma!«

»Wer ist da? Wer –!«

»Du bist jetzt aber schnell wieder eingeschlafen!«

»Das macht man so in der Nacht. Solltest du vielleicht auch probieren!«

»Wie viel von den Schlaftabletten hast du denn genommen?«

»Das sind keine Schlaftabletten, Amelie.«

»Wie v-«

»Ich bitte dich, lass mich jetzt endlich schlafen! Ich hab den ganzen Tag gearbeitet, und wenn ich dran denk, was die nächsten Tage alles zu erledigen ist, hoff ich, mir wachsen noch zwei Arme.«

»Wie viele von diesen blöden Tabletten du genommen hast, will ich wissen. Ein Drittel. Oder zwei. Und …«

»Eine ganze. Sonst komm ich nämlich gar nicht mehr zur Ruhe und mach mir Sorgen, und genau dagegen wirken die Tabletten. Weil mit Sorgen bekomm ich meine Arbeit nicht fertig. Und wenn ich meine Arbeit nicht fertig bekomm, kommt auch kein Geld rein und wir können uns den Urlaub abschminken, verstehst du das!«

»–«

»Und was grad im Dorf passiert, ist mir eigentlich ziemlich egal!«

»Bist du jetzt bös auf mich, Mama?«

»Nein, müd, Amelie, einfach nur müd! Und jetzt schau nicht so vorwurfsvoll, ich hab dich doch lieb.«

»–«

»Mehr als alles in der Welt. Und jetzt ab ins Bett. Aber dalli, dalli.«

»Das sagt der Herr Pepi auch immer!«

»Und wer ist der Herr Pepi jetzt wieder? Ein Turnlehrer?«

»Ruhe, ihr Rotzpipn und seit Neuestem auch Pipinnen, ihr elendiglichen, und zwar dalli, dalli! Der Herr Pepi ist unser Schulbusfahrer.«

»Wie bitte. So spricht der mit euch?«

»Heute hat er gesagt, wie er sich freut, wenn er ab morgen die ganzen Spaßtees für ein paar Wochen los ist.«

»Was hat er gesagt?«

»Spaßtee. Wie der Grüne Tee, den du immer trinkst, oder der selbst gemachte Kräutertee von der Frau Huber, nur eben einer, der lustig macht. Spaßtee eben.«

»Jetzt bin ich munter! Er hat Spastis zu euch gesagt!«

»Du musst nicht schreien, Mama!«

»Ein Spasti ist ein ganz schlimmes Schimpfwort und eine schwere Behinderung!«

»Ach so, deshalb? Weil der Jonas aus der Mittelschule, der immer ganz hinten im Bus sitzt, hat zu ihm vorgerufen: Warum fahren Sie so behindert, Sie Mango!«

»Mango! Du meinst Mongo! Ich bin entsetzt, Amelie! Na, den knöpf ich mir vor. Niemals will ich eines dieser Worte aus deinem Mund hören, weder Spasti noch behindert, und schon gar nicht Mongo. Verstanden? Niemals!«

»Verstanden!«

»Und jetzt schlaf gut, die letzte Stunde.«

»Bei dir, Mama!«

»–«

»Darf ich?«

»Aber du liegst dann wieder quer und drehst und drehst und drehst dich, wie ein Uhrzeiger, kein Mensch kann da schlafen!«

»Bitteeee!«

»Na, dann komm schon! Mongo, Spasti. Ich fass es nicht. Solche Vollidioten!«

»Und Vollidioten darf ich sagen?«

»–«

»Gute Nacht, Mama. Ich hab dich auch lieb.«

»–«

»Obwohl du beim Schlafen selber Bäume umsägst!«

»–«

»Einen ganzen Wald sogar!«

»–«

»Psssst. Pst. Ts-ts-ts-ts-ts …«

8 Und ewig lockt …

»Ja, gibt's das! Ruhe!«

Auch wenn da vielleicht irgendwo grad der Tag anbricht, in Helsinki, Jerewan oder Kuwait City, für gewöhnlich schläft ganz Glaubenthal noch tief und fest zu dieser frühen Stunde.

Anders jetzt.

»Spinnen die jetzt komplett, Himmelherrgott-Sakrament!«

Und gewiss gäbe es gesittetere Ausdrucksweisen. Nur will ja die alte Huber weder das Hotel Sacher noch den Opernball leiten, sondern einfach nur ihre Ruh.

Nur in das weiße Leinen eines spitzenbesetzten Nachthemdes gehüllt steht sie in ihrem Garten, die Dunkelheit heimtückisch hell. Alles Aufrechte wirft weite Schatten. Jede Bewegung, und seien es nur auf Wäscheleinen schwingende Kleidungsstücke, auf Oberleitungen sitzende Vögel oder schwankende Sonnenblumen, stülpt eine unheimliche Lebendigkeit über das Land, als lauere in jedem Winkel irgendein Geschöpf. Nein, Freundin des so gut wie vollen Mondes und seiner Nächte ist die gute Hannelore keine, schon gar nicht solcher.

Weit im Acker drinnen regt sich etwas. Oder *erregt* in diesem Fall. Da braucht die alte Huber jetzt wirklich nicht zusätzlich auch noch gute Sicht, um zu wissen, wie diese eindeutig weibliche Geräuschkulisse zuzuordnen ist.

Dazu das einmalige Läuten der Kirchenglocke, bevor es dann zur Halben zwei Schläge werden, zur Dreiviertel Drei, zur Vollen Vier samt aktueller Stundenanzahl. Dazu bei günstigem Wind noch als dezentes Echo die Kirchenuhr aus St. Ursula, ergibt summa summarum: Viel Spaß beim Rechnen … Ob der Herrgott diese irdische Auslegung seiner göttlicher Stille ertragen würde, wagt die alte Huber zwar zu bezweifeln, sie selbst aber nimmt es kaum noch wahr. Hilft ja nichts.

Zurzeit aber ist an Schlaf kaum zu denken.

»Sind wir jetzt hier in Sodom und Gomorra, oder was?«

Der beinah volle Mond lässt das weiße Leinen ihres spitzenbesetzten Nachthemdes strahlend hell erleuchten, oh Wunschtraum jeder Waschmittelwerbung, Pfarrer Feiler würde darunter wahrscheinlich mindestens den Erzengel Gabriel vermuten, hören darf er die gute Hannelore allerdings nicht.

»Eine Ruh ist jetzt endlich, Kreuzteufel!«

Und dieses wiederholte nach *Ruhe* zu brüllen und dabei selbige einzuklagen, wird offenbar als solidarischer Akt betrachtet. Denn anstatt leiser, wird es laut. Ob schmerzerfüllt oder lüstern, die alte Huber weiß es mittlerweile nicht mehr. Neben ihr zeigt die Quecksilbersäule des Außenthermometers einmal mehr 22 Grad. Tropisch also. Ja, und auch im Maisfeld dürfte es heiß hergehen, denn das Stöhnen steigert sich zu einer alles andere als freudvollen Entladung: einem Schuss, brechend laut, dazu ein kurzer Aufschrei, hoch, weiblich.

Logisch ist da bei Hannelore Huber schlagartig jeder Missmut wie verfolgen und zugeben nicht einmal der Mut übrig.

Kein lautes Wort bringt sie über die Lippen, den Gehstock, dieses als Hieb- und Stichwaffe einsetzbare Wunderding, von sich gestreckt, alle Aufmerksamkeit in das Dunkel des Maisfeldes gerichtet.

Wilde Staudenbewegungen sind zu hören. Irgendjemand läuft durchs Feld, auf und davon.

»Na, das will ich jetzt wissen!«, meldet sich ihre Sturheit zu Wort. Da heißt es dann natürlich nicht nur ihren Gehstock, sondern auch die Beine ordentlich zur Hand nehmen, den Feldweg parallel zum Maisacker entlang. Unter Schmerzen.

Jeder Schritt eine Überwindung, vor allem ihn ihren Hausschlappen. Elende Krampfadern.

Ja, und wie sie dann endlich das Ende des Maisfeldes erreicht, kommt ihr vor lauter Atemlosigkeit kein Ton mehr über die Lippen.

Direkt ehrfurchtsvoll bleibt sie stehen, atmet tief durch, endlich wieder diesen herrlichen Weitblick vor Augen, den sie Heimat nennt.

Der helle Mond, die sanfte Hügellandschaft und mittendrin das silbrige Glitzern der Streusiedlung Glaubenthal. Wie ein zweiter Sternenhimmel sieht das alles aus: die Glasscheiben der Fenster und Wintergärten; die Wasseroberflächen der Schwimmbecken und Biotope; die Blechdächer der Häuser und Automobile; und natürlich die auf den Feldern liegenden abgrundhässlichen Plastiksiloballen. Als hätten irgendwelche Außerirdische ihre Eier abgelegt.

Ruhig scheint das Land noch vor sich hinzudösen. Bei keinem der Höfe brennt bereits das Licht in den Ställen. Sogar Pfarrer Feiler, der sich stets damit brüstet, kurz vor dem Morgengrauen in der Kirche bereits seine erste Andacht abzuhalten, dürfte diverse Uhren noch auf Winterzeit stehen haben.

Sonst nichts. Keine Menschenseele weit und breit.

»Na, wo bleibst du jetzt!«, blickt die alte Huber erwartungsvoll an den Feldrand – und wird nicht enttäuscht.

Jetzt pflegt die gute Hannelore auf ihre alten Tage zwar weder zur Weit- noch Kurzsichtigkeit eine vertrauliche Nähe, den in Männeraugen wohl an genau den richtigen Stellen üppig geformten, aus den Stauden herausstürzenden weiblichen Körper aber glaubt sie auch verschwommen zuordnen zu können. In Sportschuhen, eine weiße Leggings an den Beinen, eine getigerte offene Bluse um die Schultern, darunter ein schwarzer, schwingender Büstenhalter, das lange, dauergewellte Haar zerzaust, bleibt sie auf ihre Knie gestützt stehen, atmet durch, sieht sich nicht um.

»Uschi!«, flüstert die alte Huber.

Die älteste Praxmoser-Tochter und Vorzimmerdame von Bürgerdoktor Stadlmüller.

»Was treibt die hier mitten in der Nacht!«, fragt sich die alte Huber da natürlich. Da würde ihr auch ohne diese Lautmalerei zuvor schon so einiges einfallen, denn Überraschung ist das keine.

Uschi Engelbert gilt in Glaubenthal als die Güte in Person, gutgläubig, naiv.

Hinter gar nicht so vorgehaltener Hand wird sie auch gern als »strunzdumm!« bezeichnet – und dieses Unrecht stößt der alten Huber regelmäßig sauer auf. In Wirklichkeit nämlich leidet Uschi Engelbert an der ernsthaften Erkrankung des pathologischen Altruismus, sprich Helfersyndroms. Dem zwanghaften Bedürfnis, für andere da zu sein – zu allem Übel in der wohl selbstzerstörerischsten Ausprägung überhaupt.

Denn da braucht ein Mannsbild nur ein bisserl unglücklich dreinschaun, drückt die Uschi das bärtige, traurige Kopferl ruckzuck schon mütterlich an ihre Brust. Keine Glaubenthalerin war öfter verheiratet als Uschi, geborene Praxmoser, dann Wimmer, dann Sedlmayr, dann Engelbert, und all die G'schichten zwischendurch. Da kommt dann reichlich was zusammen. Nur reich war leider keiner. Und logisch ist immer die Uschi übrigblieben, denn keine bessere Frau gäbe es für diese Bis-dass-der-Tod-euch-scheidet-Geschichte, Ganztagspflege inklusive.

Ja, und auch momentan dürfte es ihr ziemlich dreckig gehen, denn Uschi Engelbert nimmt wieder Tempo auf, panisch, hangabwärts Richtung Dorf – aus gutem Grund.

Als würde ein unsichtbarer Zeigefinger über die Kukurz-Pflanzen streichen, zieht sich eine breite Spur durch das Feld. Was immer da der Engelbert Uschi an den Fersen hängt, eins steht fest: Etwas Großes ist im Anmarsch, und ja, es gibt Momente, da wünscht sich die alte Huber, ihr Gehstock könnte sich sicherheitshalber in ihr Jagdgewehr verwandeln.

Immer näher schiebt sich dieses Ungetüm an den Feldrand, tritt nun aus den Stauden heraus, mächtig, erhaben, bleibt stehen, blickt sich um, fixiert die etwas entfernt auf dem Feldweg stehende alte Huber, und seltsamer könnte ihr dieser Moment gar nicht erscheinen.

»Tante Lotte!«, flüstert sie. »Was bitte ist denn da heut los, mitten in der Nacht?« Als einzige Reaktion setzt es das Senken des Kopfes, denn Tante Lotte wird der alten Huber keine Antwort geben. Sie wiehert, schnaubt, röhrt vielleicht verärgert oder grunzt bei erheblicher Anstrengung. Ja, und sie schmatzt natürlich, so wie jetzt. So eine saftige Futterwiese ist auch deutlich interessanter als die nicht mehr ganz so frische alte Huber und vor allem die davonlaufende Uschi.

Völlig ungerührt stapft sie dahin und zupft sich ihre Kräuter.

Die weiße Noriker-Stute des alten Praxmoser. Ein hiesiges Kaltblut also, auch Pinzgauer, in geschrumpfter Version Abtenauer genannt. Eine kräftige, ausdauernde Rasse, beliebt und mit ausgeglichenem Charakter. Und zumindest diese beiden letzten Eigenschaften können ihrem Besitzer Severin Praxmoser nicht mehr zugeordnet werden

Was bitte kann an Tante Lotte, diesem treuen Ross, so furchteinflößende sein, um Uschi Engelbert Reißaus nehmen zu lassen? Maximal ihr Besitzer.

Kein Mensch wird in Glaubenthal so gefürchtet, ja gehasst, wie er, sogar von seinen Kindern. Den beiden Töchtern

* Uschi, geborene Praxmoser, verheiratete Engelbert, heute Vorzimmerdame bei Bürgermeister und Dorfarzt Stadlmüller.
* Anita, geborene Praxmoser, verheiratete Grubmüller, heute Schweinebäuerin und Teil der ewigen Feindesfamilie Grubmüller.
* Ja, und schließlich seinem erstgeborenen Josef Straubinger, Kurzform Pepi, heute Schulbusfahrer, entstanden bei einer b'soffenen G'schicht.

Viel mehr als seine Tante Lotte ist dem alten Praxmoser folglich auch nicht geblieben. Und wenn sein Pferd auftaucht, lässt er für gewöhnlich selbst nicht lange auf sich warten, mit seiner aufrechten Gestalt, dem kahlen Schädel, der tief in die Stirn gezogenen englischen Schirmmütze, der schwarzen Billard-Bent-Pfeife mit ihrem großen Kopf, gekrümmten Holm, langem gebogenem Mundstück in seinem rechten Mundwinkel, dem wallenden, grauen Bart und stets mit Jagdgewehr.

Ein stolzer, stiller Mann.

Er soll zwar zu seiner Familie völlig den Kontakt abgebrochen haben. Ein Vater, der seinen eigenen Töchtern hinterherschießt, ist für Hannelore aber dennoch undenkbar. Nur, was weiß man schon!

Ein Weilchen wartet sie also noch ab.

Immer leiser wird das Keuchen der Uschi Engelbert.

Entfernt sich. Verstummt.

Kein Praxmoser weit und breit. Nur noch die beiden übrig:

Hanni und Tante Lotte. Dieses edle Tier.

Ein seltsamer Moment, unheimlich irgendwie und doch voll Poesie. Moment des Stillstands. Der Stille.

Zerrissen durch einen langgezogenen, schrillen Pfiff. Severin Praxmoser also verlangt nach seinem Pferd. Und Tante Lotte hebt ihren Kopf und schwingt ihre Hufe im fliegenden Galopp.

So also kehrt wieder Ruhe ein, die alte Huber bald verdutzt in ihr Bett zurück, ja, und wenig später kommt dann schließlich auch die Sonne in Glaubenthal an, oder eigentlich umgekehrt, weil ja Fixstern, bricht also langsam der Tag an. Und wirklich erfreulicher sollte er nicht werden.

2

Billard um halb zehn

10 Bella Marie

Es wird heiß, heißer, am heißesten! Drei Stunden gute Unterhaltung und noch bessere Musik! Ich versprech euch: Die nächsten Wochen werden legendär!

Mit einer künstlichen Erregung, als müsse er seiner Hörerschaft irgendeine billige Heizdecke oder Gemüsereibe andrehen, kündigt sich auf Hannelores bevorzugter Schlagerfrequenz ein neuer Radiosprecher an. Und bitter ist das, wenn wenige Worte schon völlig reichen, um jemandem eine chronische Kehlkopfentzündung zu wünschen. Nur leider:

Hier ist Georg Baumlechner. Ab heute euer: Schorsch von zehn bis eins!

Georg Baumlechner also. Der ehemalige Hitparaden-Kaiser des quotenstärksten Pop-Senders und dort ausgemustert. Bitter. Einst die besten Songs Platz zehn bis eins für Fünfzehn- bis Fünfundzwanzigjährige. Ab heute der *»Schorsch von zehn bis eins«* für 60 plus. Und selbst als *»Schorsch von zehn bis elf«* ist er der alten Huber noch die eine Stunde zu viel!

»Um Gottes willen. So ein Trottel!«

»Das sagt man nicht, Frau Huber!«

»Dann eben, um Göttinnen willen. So ein Trottel!«

»Trottel sagt man nicht. Das ist ein Schimpfwort.«

»Das ist kein Schimpfwort, sondern eine Tatsachenbeschreibung! Du kannst schon beginnen, die Eier zu trennen, Amelie!«

»Das darf ich zu Hause nie!«

Und es sind genau diese beiden Wochentage, auf die sich die alte Huber freut wie ihr ganzes Leben auf keinen Dienstag und Donnerstag zuvor. Wenn nämlich Amelies Mutter Isabell einer Heimarbeit nachkommt, die sie wahrscheinlich nicht einmal selbst erklären kann. Dann nämlich öffnet sich schwunghaft die Tür, steht Amelie mit ihrem kleinen Rucksack auf der Schwelle und schickt zur Begrüßung einen Brüller durchs Haus, der ihr das Herz höherschlagen lässt, »Frau Hu-hu-huber! Ich bin's!«

Nie hätte die kinderlose alte Huber gedacht, jemals zwei ganze Laden auszuräumen, um ausreichend Buntstifte, Bastelmaterialien, Schmierzettel, Naschereien und sogar die Kleidung solch eines Gschrappen unterzubringen.

Und jetzt festhalten, ihr Lieben. Unser Jahrhunderthoch bringt uns heute 38 Grad.

»Ein Jahrhunderthoch. Das weiß er also heut schon. Im Jahr 2020!«

Hört ihr, sensationelle 38. Ab ins Freibad.

»Sensationell! Was bitte soll daran sensationell sein!«

Vielleicht sollt sich der Depp zum Brucknerwirt setzen. Dort vermutet die Stammtischrunde bereits das Heraufwandern des Äquators; der Automechaniker Gregoric das Ausbreiten jener Wüste, die ihm jedes Frühjahr regelmäßig die Gebrauchtwägen versaut, elender Sahara-Staub; der Brucknerwirt schlichtweg das Geschäft: »Verdammt gefährlich die Hitze! Einfach viel trinken!« Ja, und sogar der Postler Emil Brunner, dessen Geistesleistung sich laut Stammtisch maximal mit dem ausgestopften Wildschweinkopf hinter der Schank messen kann, stellt mittlerweile den Klimawandel nicht mehr infrage. Einzig Dorfpfarrer Ulrich Feiler weiß um die exakte Erklärung: »Der Zorn Gottes ist das, und sonst nix! Also versündigt euch nicht.« Grad er! Als wäre Hugh Hefner ein Verfechter der Monogamie gewesen.

Diesem Baumlechner Schorsch jedenfalls dürfte es trotz klimatisiertem Studio die Gehirnhäute kräftig versengt haben:

Es ist kurz nach zehn, morgen ist Zeugnistag, und egal, was drinnen steht, wir starten in die schönsten Wochen des Jahres. Ihr wollt wissen, wie sie auch die schönsten werden? Dann als Tipp gleich der erste Hit des Tages. Die Nummer eins der Juli-Charts aus dem Jahr 1980. Ihr könnt euch sicher erinnern.

»An Larry Holmes kann ich mich erinnern. Juli 1980. Weltmeister im Schwergewichtsboxen. Durch K. o.!«

Und auch wenn sich Amelie wahrscheinlich grad überhaupt nicht auskennt, wird gelacht.

Passt auf. Ich sing euch den Refrain vor:

Und los geht der Spaß.

Sie müssen nur den Nippel
durch die Lasch-sch-sch-sch …

»Ja Himmel Herrgott!«

»Aber Frau Huber!«

… sch-sch-sch …

Höchste Zeit, erstmals seit Jahren wieder den Sendersuchlauf zu bedienen!

Sch-sch-sch …
Wo's is denn Hulapalu-sch-sch-sch …

»Noch schlimmer. Die reinste Volksverblödung!«

Sch-sch-sch …
Take my heart, I need you so
There's no time, I'll ever go

»Du zuckst zur Musik, Frau Huber, mit dem Ellbogen, weißt du das!« Dazu der entsprechende Refrain:

Cheri Cheri Lady, goin' through emo-sch-sch-sch …

»So ein Blödsinn. Und du spuckst mit vollem Mund. Amelie. Also nicht naschen und reden, sondern rühren und rühren!« Dazu das Klack-klack-klack des Schneebesens. Grob, energisch, unrhythmisch.

-sch-sch-sch …
Atemlos einfach rau-sch-sch-sch …«

»Ja darf denn das wahr sein!«

Dann endlich, nicht die Helene, sondern die Capri-Fischer. Mit Trompeten, so rein wie Brunnenwasser, und Streichern, so sanft wie das bald gestockte Eiklar.

Wenn bei Capri die rote Sonne im Meer versinkt
Und vom Himmel die bleiche Sichel des Mondes blinkt

»Frau Huber!«, hebt Amelie nun den Kopf und spitzt die Ohren. »Hörst du das?«

»Und wie. Eine Wohltat, Amelie!«

Ziehen die Fischer mit ihren Booten aufs Meer hinaus
Und sie legen im weiten Bogen die Netze aus …!

»Nicht die Musik. Da draußen!«,

beendet Amelie Glück energisch mittels Tastendruck die Musikbeschallung – »Da schreit doch jemand!« – und deutet zum Fenster hinaus, die Finger voll Teig, das Gesicht voll Mehl, den wie die Federohren einer Waldeule hochstehenden Zopf wahrscheinlich voll Eiklar, die Kleidung voll Ribiselflecken.

Und das mag sie gar nicht, die alte Huber, wenn sich da jemand so wüst an den Knöpfen ihres Weltempfängers vergreift. »Jetzt würg hier nicht den armen Vico Torriani ab, sondern schau, dass deine Masse endlich Spitzen zieht, sonst wird das nichts.«

Radio ein.

Bella, bella, bella, bella Marie,
Bleib' mir treu, ich komm zu-

Radio aus, Amelies Schmollmund dabei unübersehbar.

»Ich hab noch nie einen Torero erwürgt, obwohl die alle weggehören!«

Chancenlos.

»Lachst du mich gerade aus, Frau Huber?«

»Nie und nimmer!«

»Ja, und wer schreit dann da draußen so laut? Ich glaub, da ruft wer nach der Höll! Hööööll, hörst du das!«

Und ob sie es nun will oder nicht, jetzt ist sogar der alten Huber die Erheiterung anzusehen. Entsprechend energisch zieht die kleine Amelie nun an Hannelores Kittelkleid.

»Natürlich lachst du mich aus, Frau Huber, ich seh es genau. Das ist so gemein! Vielleicht ist ja was passiert!«

»Meine Güte, das ist doch nur die Grubmüllerin.«

Und schlagartig verliert Amelie an Gesichtsfarbe, als hätte ihr die alte Huber den Krampus angekündigt, den Schnitter mit seiner Schere, den Hakemann, oder gleich alle drei. Die ungezogene Brut zuerst durchprügeln, dann die gelutschten Daumen kappen und schließlich Kind für Kind ersäufen und verspeisen. Nur noch ein Flüstern bringt Amelie zustande.

»Die Grubmüllerin? Kommt die jetzt zu uns?« Wie eine Primaballerina streckt sie sich auf ihren Zehenspitzen empor und späht aus dem Küchenfenster.

»Nicht dass du rausfällst, Amelie!«

»Ich seh aber nichts, wegen dem blöden Kukuruz!«

»Hast du gerade Kukuruz gesagt?«, verzieht sich die Miene der alten Huber in Richtung Ungemach. Ein kurzes Schmunzeln legt sich in Amelies Gesicht, verschwindet aber wieder, denn immer lauter wird das Rufen: »Hööl!«

»Und warum schreit die Grubmüllerin jetzt so herum?«

Weil das ein Elend ist mit der Akustik, wenn die einen oben wohnen, so eben die alte Huber, und die anderen unten im Glaubenthaler Graben. Da nützen die paar läppischen Bäume, und jetzt zusätzlich der Kukuruz, genauso wenig, wie den Anrainern einer Fußgängerzone trotz x-fach verglaster Fenster und herrlichem Blick auf irgendeinen Dom nur noch ein

Scharfschütze helfen kann, wenn drunten neben dem Marionettenspieler Dimitri und dem Countertenor Hermann auch noch der Faltenrockträger William seinen Dudelsack auspackt. Und ähnlich klingt es auch zu Hannelore herauf, denn irgendwer fehlt immer.

Gabelfrühstück, Mittagessen, Abendessen,

Stallarbeit, Feldarbeit, Hausarbeit …

Und das seit Jahrzehnten schon.

Worauf dann eben die Grubmüllerinnen stets ihr zaghaftes Organ einsetzten und nach ihren Lieben riefen.

»Jooaa! Uuii! Kaatii! Rooii!«,

klang es also einst noch aus Traude Grubmüllers Kehle. Die jeweils beiden Vokale der betreffenden Namen angestrengt lang gezogen wie die Sirene der Feuerwehr, der Rest verschluckt. Sprich Ehemann Johann, und die Kinder Ulrich, Kathi, Rosi.

Ja, und jetzt schreit eben die Grubmüller Anita:

»Vaataa!«, »Uuii«, »AadAa!«, »Hööl!« Sprich Schwiegervater Johann, Ehemann Ulrich, Stiefsohn Adam und ebendiese eine Ausnahme.

Bei der Jüngsten im Bunde nämlich schwingt sich nur das E zu diesem brechend lauten, lang gezogenen Ö empor, »Hööööl!«, um dann hintenraus mit einem tonlosen »ga!« wieder zu verstummen.

»Jetzt sag schon, Frau Huber!«

»Nach ihrer Tochter ruft sie, Amelie! Der Helga!«

»Die kenn ich, die geht in die Hauptschule und sitzt im Schulbus immer in der gleichen Reihe sieben! Aber das hört sich trotzdem komisch an, Frau Huber! Glaubst du, kommt die jetzt bis zu uns? Mach, dass sie wegbleibt, Frau Huber, bitte,

bitte, bitte!!«, ist der kleinen Amelie nun direkt die Angst anzuhören. »Bitte! Ich will das nicht auch bekommen!«

»Was meinst du?«

»Na du weißt schon! Oder ruf den Schusterbauer an, damit er kommt und uns hilft!«

»Das schaffen wir zwei schon allein. Und glaub mir, Amelie, der Schusterbauer hat andere Sorgen!«

Dezent zuerst das Pochen an die offene Fensterscheibe, ein wenig wie das Schicksal in Beethovens Fünfter.

Bam-bam-bam-bam.

Als müsste sie demnächst ein paar Schädel zertrümmern, hereinspazierende Raubritter vielleicht, Untote sogar, hält Amelie den Schneebesen nun hocherhoben, die Emailleschüssel wie ein Schild an sich gepresst.

Dann schiebt sich vorsichtig ein Kopf ins Blickfeld.

11 Die Grubmüllerin

O Phobos und Deimos, Götter der Angst und des Schreckens, Schutzheilige der Kindererziehung, der Rechtspopulisten, der Tyrannei. Besser dreimal das Fürchten lehren als einmal das eigenständige Denken. Kein Wunder also, wenn da auch in Glaubenthal ein paar Ecken kultiviert wurden, nur um den lieben Kleinen im Vorhinein ein paar Faxen auszutreiben.

Das Hochmoor bei Nacht zum Beispiel, »... *weil sonst strecken die Toten wie Kraken ihre Arme aus dem Sumpf und ziehen die schlimmen und ungehorsamen Kinder mit in die Tiefe!*«.

Oder das stillgelegte Sägewerk Königsdorfer bei Tag, »... *weil sonst schnallt dich der ruhelose Geist der alten Königsdorferin auf die Kreissäge und dreht den Strom wieder auf!*«

Oder die Gruft der als Hexe zum Tod verurteilten, auch genau in dieser Gruft lebendig eingemauerten Leopoldine Grubmüller. Bis zu ihrem zwölften Lebensjahr konnte die alte Huber deren Gekreische hören, obwohl das 400 Jahre zurückliegt – so dachte sie zumindest, um mittlerweile zu wissen: Es sind nicht die Gespenster, die uns Angst und Schrecken bringen, sondern nur die Dämonen aus Fleisch und Blut.

Ja und schließlich die aktuell noch lebende Grubmüllerin namens Anita: »... *weil wer in ihr linkes Auge schaut, der fällt auf der Stelle tot um.*«

Kein Glaubenthaler-Kind möchte ihr, egal um welche Uhrzeit, begegnen müssen. Und auch die Erwachsenen reißen sich jetzt nicht unbedingt um ein Stelldichein, allen voran die Herren, denn: »Schön ist anders. Der Ben Tim Tarek Tino«, so ist sich die Stammtischrunde sicher, »würd die vom Fleck weg mitspielen lassen in so einem Killbill- oder Bumm-Tschango-Film!« Und obwohl in diesem Kreis weder ein fließendes noch stockendes Englisch verbreitet ist, weiß jeder Bescheid. Eine Schönheit war sie einst, was immer das auch bedeuten mag.

Für die Steinzeitler winterbespeckte Bäuche und die drei H: voluminöser Hintern, große Hängebrüste, kräftige, dicke Haxen. Für die Ägypter schmale Köpf, schmale Gestalt, Manga- oder Walt-Disney-Augerl, schwarze Haare; für die Römer blond und hünenhaft, wie dann für die Nazis; für die Griechen nur hünenhaft, aber dafür mit Hirn; für die Barock-Rokokoler fett und weiß gepudert; für die strengen Katholiken offiziell nix, Amen, aber hinterrücks uiuiui, Hauptsache gepudert, und dann wie die Habsburger – als Folgeerscheinungen der dynastischen Heiratspolitik innerhalb der engsten Verwandtschaft – dicke Lippen und deformierte Kiefer.

Ende nie.

Anita Grubmüller jedenfalls wurde schon als Kind von einem Schoß auf den anderen herumgereicht, zuerst ins Naserl, dann Wangerl, dann Popschler und irgendwann auch Brüstchen gekniffen, bis sie fünfzehnjährig, damals noch als Praxmoser Anita, mit Schürhaken in der Hand für ihre damals beste Freundin, die Grubmüller Kathi, Partei ergriff – und ihr linkes Auge verlor. Gegen Kathis Bruder, den Grubmüller Ulrich, ihren späteren Ehemann. Die Liebe ist ein seltsames Spiel.

Und auch wenn Anita von da an nur noch rechts sehen konnte, wurde trotzdem kein elender Nazi aus ihr. Nicht einmal eine Narzisstin. Denn von da an ging es körperlich bergab, entwickelte sie sich vom Schönheitsideal Ägyptens rasant Richtung Rokoko, opferte sie obendrein ihr wallendes Haar der Benutzerfreundlichkeit eines eigenhändigen Scheren-Kurzhaarschnittes. All das in Kombination mit ihrer schwarzen Augenklappe.

Eins, zwei, drei, fertig ist die Hexerei.

Herzlich willkommen, Phobos und Deimos.

Ja, und weil sich der Bürgermeistersohn Kurti Stadlmüller mit der wohl größten Tapferkeit brüstet, sprich gewaltige Angst vor ihr hat, und Amelie Glück in den letzten Monaten seine Kumpanin geworden ist – viele Glaubenthaler und -innen sehen in den beiden bereits die zukünftige Geheimwaffe gegen das Dorfsterben, die Kinderlosigkeit, den Klimawandel und vielleicht sogar das weltweite Verschwinden der Sozialdemokraten –, steht dem Mäderl jetzt mehr Furcht als Tapferkeit ins Gesicht geschrieben.

Ruckartig fischt Amelie nach dem Schürzenzipfel der alten Huber.

»Grüß dich, Hanni!«

Leise die Stimme, mehr eine Bitte um Nachsicht als um Aufmerksamkeit. Zu Recht. Freundin von Überraschungsbesuchen ist die alte Huber nämlich keine, insbesondere solchen.

Die Grubmüllerin also steht vor dem Fenster. Nicht zum ersten Mal. Denn bis zu jenem Tag, als der alten Huber das Maisfeld vor die Nase gesetzt wurde, tauchte sie gelegentlich wie zufällig an Hannelores Küchenfenster auf.

Mit genau denselben Worten.

»Grüß dich, Hanni!«

Man sprach kurz, so wie in der Gegend üblich, manchmal über die Fensterbank, manchmal auf der Hausbank, hin und wieder während der Gartenarbeit. »Wart, Hanni, ich helf dir die Buschbohnen hochbinden!« Grundlos geseufzt wurde viel, dabei »Jaja!«, »Na ja!«, »Ja mei!«, »Mein Gott!« gehaucht. Gesprochen wenig. Wenn, dann über das Kochen, Backen, die Kräuterverarbeitung, den Obst- und Gemüseanbau im Allgemeinen, die Winterernte im Speziellen, Kohlrabi, Mangold, Sauerampfer. Ja, und an persönliche Worte von Frau zu Frau kann sich die alte Huber überhaupt nur ein einziges Mal erinnern.

»Schlecht schaust heut aus, Anita! Alles in Ordnung?«

»Nur der Ulrich! So wie immer.«

»Was wie immer?«

»Männer eben.«

»War er grob? Zu dir?«

»Zu mir! Da würd er für mich ja dann noch irgendwas übrighaben, oder? Und jetzt sag, Hanni: Wie bekommst du deine Rosen nur so schön hin?«

Und ja, die alte Huber mochte diese Besuche. Ausnahmsweise. Trotz ihres Vorhabens: Meine Ruh will ich! Einfach nur meine Ruh!

Bis dann eben Adam Grubmüller mit seinem Pflug kam. Die guten Aussichten Geschichte. Seither ward auch Anita nie wieder gesehen, nicht einmal, um sich für ihre Männer zu entschuldigen.

So etwas verunsichert, ja kränkt, weil man fragt sich ja doch: Hab ich mich danebenbenommen, etwas Falsches gesagt, sprech ich zu viel, zu wenig, artikuliere ich mit waagrechter Speichelabgabe, sind es meine Ansichten, meine Gewohnheiten, ist es der Mund-, Körpergeruch …

Und jetzt steht sie plötzlich wieder hier.

»Hanni, entschuldige die Störung, aber …«, legt sie los, als wäre nichts geschehen. Aber nicht mit der alten Huber natürlich. Da gibt es zuallererst die kalte Schulter. Wo kämen wir denn auch hin, wenn der Mensch nicht seinen Trotz hätte. Seine Sturheit. Auf Bäume vielleicht, mit Greifschwanz und vier Beinen.

»Moment!«,

zieht sie also behutsam das Backblech aus dem Ofen, lässt sich Zeit, blickt auf ihre kleine Küchenhilfe – »Es wäre dann so weit!« –, doch da ist jedes Strahlen aus dem so entzückenden Gesicht gewichen und nur mehr das Zucken übrig. Wie versteinert klammert sich Amelie Glück an ihrer Emailleschüssel fest, der Blick auf die nun so leibhaftig gewordene Angstgestalt Anita gerichtet, ihre schwarze Augenklappe, und die Frage, ob nun dahinter wohl der Tod lauert.

»Los, Amelie–!« Soll ja schließlich auch der Ribiselkuchen, wie ein Boxspringbett, seinen weißen Topper bekommen. Nicht aus Latex oder Visco-, sondern eben Kaltschaum. »Der Eischnee ist fällig!«

Keine Reaktion, nur der Schnee folgt gehorsam, gleitet über die spiegelglatte Innenseite der Emailleschüssel hangabwärts und fällt. Dumpf die Landung, und selbst das geht spurlos an Amelie vorüber. Sind schließlich zwei Paar Schuhe, der kindliche und der Starrsinn von Greisen. Der kindliche ist weltoffen, unvoreingenommen, begeisterungsfähig, vermag sich an all den weißen Riesenelefanten, Steinzeitantilopen, Komodowaranen, die da gelegentlich als Kumuluswolken getarnt über den Himmel spazieren, ebenso zu erstaunen wie an so einer schwarzen Augenklappe.

»Das tut mir leid, ich wollt euch nicht schrecken!«

»Ist schon recht!«

»Wart, Hanni, ich helf euch!«, verlässt Anita das Fenster, betritt uneingeladen das Haus, und ruckzuck ist es mit der Backstubenatmosphäre vorbei. In Windeseile breitet sich ein Stallaroma in der Küche aus, sogar der einfallsloseste Mensch sieht da in Gedanken die komplette Schweinesippschaft im Gänsemarsch durch die Tür hereinmarschieren, hört das Grunzen, das zufriedene Schmatzen. Die reinste Zauberei ist das.

Magic Anita.

»Ganz schön fest geworden, gratuliere!«, geht sie zielstrebig an Amelie und Hannelore vorbei, nimmt die auf der Arbeitsplatte liegende Rolle Backpapier zur Hand, reißt ein Stück herab, spannt es, fährt damit unter die Masse, hebt den Schnee empor, ohne dass da auch nur ein Patzen auf dem Boden kleben bliebe, Magic Anita, die Zweite, »Kommt ja alles sicher noch einmal ins Rohr, oder, dann macht ihn die Hitze wieder steril! Soll ich's gleich draufgeben, Hanni?«

Nur ein Nicken als Antwort.

Und während Anita ihr Bestes gibt, wirft nun auch die alte Huber einen ersten Blick auf sie und muss sich zusammenreißen, es Amelie nicht gleichzutun. Es sind erschreckende Spuren, die das letzte halbe Jahr an Anita Grubmüller hinterlassen hat. Ihre dunklen kurzen Haare sind ergraut, ihr Rokoko-Körper ist zumindest auf Steinzeitniveau herunten, wahrscheinlich ohne Steinzeitdiät, ermattet ihr Gesicht, dazu trübe, leicht gerötete Augäpfel. Als hätte sie die Nacht durchgeheult.

»Mein Beileid zum Tod deines Schwiegervaters, Anita!«, zeigt nun auch die alte Huber eine erste Gefühlsregung.

»Danke, Hanni!«, ist die Antwort, gefolgt von echter Sorge: »Die Helga ist weg, Hanni. Ich, ich …!« Sie muss unterbrechen, um Contenance zu bewahren. Und Hannelore sieht es wieder, wie einst in den vertrauten Zeiten, dieses sanfte, tiefbraune, momentan so müde Grubmüllerinnen-Auge.

»Das haben wir gehört, Anita!«

»War ich zu laut. Das tut mir leid!«

»So war das nicht gemeint! Ich wollte nur sagen, wir wissen schon, dass du sie suchst.«

Sie sieht das unsichere, zaghafte Lächeln, sieht die so ungekämmten kurzen Haare, das verkommen wirkende Äußere, die Offensichtlichkeit, mit der hier gar nicht erst versucht wurde, sich hinter irgendeiner Maskerade verbergen zu wollen:

»Hast du sie vielleicht gesehen?«

»Nein, leider. Wie lang ist sie denn schon weg?«

Sie sieht diese zu Herzen gehende Verlorenheit der ansonsten so wuchtigen Anita.

»Beim Frühstück war sie auch schon nicht da!«

»Ist zu Hause also wieder was passiert?«

Pause.

Anita Grubmüller senkt wortlos den Kopf, und das kennt nun auch die kleine, immer noch schweigende Amelie bestens von sich selbst. Eine eindeutigere Antwort kann es kaum geben. Höchste Zeit, einzugreifen: »Willst du dich nicht hinsetzen, Frau Grubmüllerin, und ein Wasser trinken? Oder den selbst gemachten Eierlikör!« Und ja, da spricht der vorlaute Kindermund der emotional doch eher behäbigen alten Huber nun aus der Seele.

»Ich weiß nicht. Besser das Wasser vielleicht.«

Mit einem langen, tiefen Atemzug nimmt Anita Grubmüller Platz. So unsagbar müde wirkt sie, nicht wie nach langer Nacht oder schweren Zeiten, sondern von innen heraus, wenn so ein ganzes hartes Leben durch den Körper fließt, tagein, tagaus.

»Ich trink auch am liebsten nur Wasser, aber ohne Blasen drinnen«, befüllt Amelie ein Glas und stellt es auf den Tisch.

»Dank dir. Du bist also die Kleine vom Brandl-Grundstück. Und jetzt hilfst du der Frau Huber so fleißig?«

Für so etwas ist Amelie natürlich noch zu jung: Überbrückungskommunikation, Schmalsprech, die ganze rhetorische Fragerei. Sicher hilft sie der Frau Huber! Sieht man doch: Kuchen backen, Schnee schlagen, Wasser servieren. Und dass sie aus der Stadt nach Glaubenthal gezogen ist, weiß mittlerweile wirklich jeder hier im Dorf. Also wird auch gleich gar nicht weiter um den heißen Brei geredet, wenn es doch so viel Wichtigeres gibt.

»Ist das wirklich so gefährlich in deinem Gesicht, Frau Grubmüllerin?«

»Was meinst du?«, zieht Anita ihre Augenbrauen so weit gen Haaransatz, da schaut dann sogar die linke ein Stück unter der Augenklappe hervor.

»Na, dein linkes Auge? Fällt da wirklich jeder tot um, der in das Loch hineinsieht?«

Totenstille.

Anita Grubmüller verzieht keine Miene.

Und auch der guten Hannelore fällt spontan gar nichts dazu ein, obwohl ihr derartige Gustostückchen natürlich bestens bekannt sind: »Du musst deine Zähne besser hineinkleben, Frau Huber, weil das sonst so spritzt, wenn du redest. Und warum hast du eigentlich immer dicke Spitalstrümpfe an, die eine Farbe haben wie Haut? Hast du da so Krampfadern drunter, wie meine Oma früher? Aber warum? Meine Mama hat gesagt, Krampfadern bekommt man beim Kinderkriegen, und du hast doch gar keine Kinder!«

Was soll man da schon groß drauf sagen, außer, dass vielleicht ein paar Kinder zukünftig in diversen Pressestunden, Gesprächsrunden oder Nachrichtensendungen die Politikerbefragung übernehmen sollten: »Warum antworten Sie immer das Gleiche, obwohl ich ständig etwas anderes frage? Warum lacht nur Ihr Mund und sind Ihre Augen so ernst oder traurig oder leer oder einfach nur ganz weit hinten irgendwo versteckt, wie Glasperlen in einem Kaleidoskop? Was kosten eigentlich ein Liter Milch und ein Kilo Brot?«

Derartiges ist Anita Grubmüller vermutlich auch noch nicht so oft passiert, anstatt geschnitten oder verhöhnt einfach gradraus angesprochen zu werden. Die Dinge beim Namen nennen.

Mit einem tiefen Atemzug gönnt sich die Grubmüllerin zwar einen Schluck Wasser, die alte Huber aber humpelt zu einem Küchenkasten, nimmt zwei Stamperl zur Hand.

»Jetzt den Eierlikör?«

»Gern, Hanni!«

Dann wird eingeschenkt.

»Prost, Anita. Auf den Kindermund!«

»Prost, Hanni! Tun dir leicht auch so die Krampfadern weh bei der Hitz, wie mir?«

»Leider!«

»Ich schwör da auf mein Rosskastanien-Weinlaub-Gel. Aber in den Kühlschrank legen musst du's, dann wirkt es doppelt!«

Dann wird getrunken.

»Oft sieht man dich ja nicht mehr im Dorf, Hanni! Komm doch einmal in unsere Patchwork-Gruppe! Da sind wir nur Frauen.«

»Du meinst zusammenflicken, was die Männer so zerrissen haben!«

Anita Grubmüller weiß haargenau, was gemeint ist. Lächelt

sanft, nickt, atmet tief durch, leert zügig ihr Gläschen und widmet sich der immer noch auf Antwort wartenden Amelie.

»Fünf Sekunden, sagst du?«

Amelie nickt. »Das haben mir die anderen so gesagt.«

»Die anderen? Aha. Willst du es selbst ausprobieren?« Anita deutet auf ihre Augenklappe, ihr Blick dabei verschmitzt, geheimnisvoll zugleich, und der kleinen Amelie schnellt gewaltig der Puls in die Höhe. »Ausprobieren?!«

»Na komm schon. Und ja nicht wegschauen. Ich zähl bis fünf, dann zieh ich die Klappe weg!«, greift Anita Grubmüller nun das Leder auf und die alte Huber nach ihrem Stamperl Eierlikör.

»Also los: fünf!«

Amelie bringt völlig überrumpelt kein Wort zustande.

»Vier!«

Ein Elend ist das mit jedem Countdown, selbst in der schwachsinnigsten Fernsehshow: Er wirkt.

»Drei. Trommelwirbel.«

Und die alte Huber traut ihren Augen nicht, denn Amelie krallt sich nun tatsächlich an ihrem eigenen Kleidchen fest, unübersehbar dabei diese Mischung aus Gruseln, Aufregung, Freude. Der Mensch ist schon ein seltsam Ding.

»Zwei: Spürst du es schon, wie langsam die Kälte kommt?«

Eine ungeahnte Wärme liegt da in Anita Grubmüllers rechtem Auge, und auch wenn die alte Huber weiß, wie wertlos eine Beurteilung aus der Ferne ist, aber so, wie sich das alles gerade anfühlt, ist sie womöglich eine liebevolle, gute Mutter.

»Eindreiviertel, eineinha…«

Punktgenau, wie in all den lachhaften Bumm-Tschack-Filmen, wenn der rote Draht irgendeiner Sprengladung nach einem xbeliebig langen Countdown in genau der letzten Sekunde entschärft wird, zerreißt nun auch hier ein Schrei die Stille.

Forsch klingt es, aggressiv, bedrohlich.

»Frau!« Nichts Liebevolles schwingt da mit.

Und das kennt sie nur zu gut, die alte Huber. Ihr Ehemann Walter hat sie auch stets so gerufen:

»Frau, wo ist mein Schnupftabak!«

»Frau, die Supp'n ist kalt!«

»Frau, die Küh g'hörn g'molchen!«

Gut, hin und wieder wurde aus dem »Frau« ein »Hannelore«, und ganz selten, wenn Walter Huber etwas Nettes wollte, aus dem »Hannelore« ein »Hanni«.

Als Spitzname konnte dieses »Frau« jedenfalls nicht bezeichnet werden, vielmehr als eine hier in Glaubenthal unter Eheleuten übliche Form der Anrede. Dem alten Hanslbauern zum Beispiel, der beide Weltkriege miterleben musste, sind bis zu seinem eigenen Tod vier Frauen weggestorben, und bei seiner fünften war er bereits so senil, da konnte besagte Elfriede froh sein, mit diesem »Frau« zumindest nicht falsch angesprochen zu werden. Ja, und mittlerweile geht die Mär um, einige der Männer hielten diese Tradition bis zum heutigen Tag nur deshalb aufrecht, um nach dem Stammtisch zu Hause den Namen der werten Gemahlin nicht mit dem der Gespielin zu verwechseln. Die alte Huber jedenfalls empfand dieses »Frau« in jenen wenigen Jahren, als ihre Ehe eine funktionierende Lebensgemeinschaft war, nie als abwertend, sondern wohlwollend, ja respektvoll sogar. »Frau« als Bezeichnung einer Institution, die alles trägt und zusammenhält. Das Fundament. Herablassend, abschätzig kam es ihr erst vor, als auch der Ton ein solcher wurde.

So wie eben jetzt.

»Frau!«

Anita Grubmüller reagiert nicht, trinkt nur ihr Wasser, blickt ins Leere. Bedrückend die Stimmung.

»Frau-au!?«

Und es hört sich seltsam an, befremdend, denn kein Ehemann verlangt hier nach seiner Gattin, sondern ein erwachsener Stiefsohn nach seiner erwachsenen Stiefmutter.

»Ich glaub, dein Typ wird verlangt, Anita!«

Es ist ein vielsagender, um Verzeihung bittender und zugleich fast Hilfe suchender Blick: »Es tut mir leid mit dem Maisfeld, Hanni, ich hab versucht, es zu verhindern, aber –«

»Frau, verdammt. Wo ist die Helga, dieses Dreckstück? Und auch der Vater ruft nicht zurück!«

13 Bloßsprechung

Als Pfarrer Feiler eine seiner obligatorischen Runden durch die Kirche unternehmen wollte, stand das Kirchentor bereits offen.

»Einbrecher!«, so sein erster Gedanke.

Dann der zweite: »Ich hab doch zugesperrt«,

und schließlich der dritte: »Oder nicht?«

Elendes Kurzzeitgedächtnis.

Schließlich ist er nicht mehr der Jüngste und wie seine Pfarrersköchin Luise Kappelberger längst in Rente, führt diese Pfarre also freiwillig und nur deshalb, weil hier sonst endgültig Sperrstunde wäre.

Da ist es dann wohl nicht verwerflich, wenn sein Erinnerungsvermögen die ewigen Routinen erst gar nicht mehr abspeichert. Ob seine Verdauung regelmäßig funktioniert, er könnte es nicht sagen, ebenso wenig, welcher Schwachsinn am Vortag wieder im Fernsehen lief, wie viel Gläser Rotwein er dabei getrunken hat und was ihm zuvor als Abendessen serviert wurde.

»Wie haben dir denn gestern die böhmischen Buttermilch-Dalkerln mit frischen Himbeeren und Vanilleeis geschmeckt, Ulrich?« Etwas Süßes hat es gegeben, wirklich?

»Gut waren s', Luise!«

Er weiß es einfach nicht mehr. Wozu auch.

Dafür weiß er haargenau, welch wahrlich süße Verführung ihm seine erste und wahrscheinlich einzig große Liebe, die Königsdorfer Waltraud, stets aufgetischt hat, wenn sie ihn besuchen kam. Die Vergesslichkeit ist eben wählerisch, und manches bleibt eben ewig haften. Wie das erste Mal.

In der finstersten Ecke seiner Kirche, dort, wo der Beichtstuhl steht, war ein Knarren zu hören. »Wer ist da!«, ging er darauf zu, da erhellte plötzlich einladend hell das flimmernde Rot des kleinen Lämpchens die Dunkelheit. Kurzum: Der Beichtstuhl hatte seinen Betrieb aufgenommen, zeigte ihm »Besetzt«, was für Pfarrer Feiler von diesem Tag an bedeuten sollte: Waltraud Königsdorfer sitzt auf der Sünderseite und wartet darauf, ihm gleich an Ort und Stelle den Grund dafür liefern zu dürfen, sich von ihren Fehltritten lossprechen lassen zu können.

Schrecklich schöne Fehltritte.

Nur beisammengesessen sind sie anfangs, jeder auf seiner Seite, haben es hinausgezögert, sich vorgelesen. Er ihr. Stellen aus dem Hohelied der Liebe zum Beispiel:

> *Die Liebe ist langmütig und freundlich, die Liebe eifert nicht, die Liebe treibt nicht Mutwillen, sie bläht sich nicht auf, sie verhält sich nicht ungehörig, sie sucht nicht das Ihre, sie lässt sich nicht erbittern, sie rechnet das Böse nicht zu, sie freut sich nicht über die Ungerechtigkeit, sie freut sich aber an der Wahrheit; sie erträgt alles, sie glaubt alles, sie hofft alles, sie duldet alles!*

Und auch wenn er als Pfarrer damals schon wusste, was das alles für Schmarrn ist und eine Liebe, die alles duldet, Stockholm-Syndrom genannt wird, es war trotzdem wunderschön. Vor allem ihre Texte, ihre Stimme, die reinste Erotik. Heinrich Böll zum Beispiel, *Billard um halb zehn*:

> *… das, wovon dir deine Freundinnen Gruselmärchen erzählen, werden wir nicht im Schlafzimmer tun, sondern im Freien: Du sollst den Himmel über dir sehen. Blätter oder Gräser sollen dir ins Gesicht fallen, du sollst den Geruch*

eines Herbstabends schmecken und nicht das Gefühl haben, an einer widerwärtigen Turnübung teilzunehmen, zu der du verpflichtet bist; du sollst herbstliches Gras riechen, wir werden im Sand liegen, unten am Flussufer, zwischen den Weidenbüschen … Wir werden keinen blutigen Ernst draus machen, obwohl's natürlich ernst und blutig ist …

Irgendwann ist es dann erstmals geschehen.

Danach immer wieder.

Bis die Königsdorfer Waltraud ging, zwischendurch unter anderem die Traude Hanslbauer, spätere verheiratete Grubmüller, kam, und sogar verheiratet kam sie noch, ja, und irgendwann nahm die Reise bei Luise Kappelberger ihr Ende. Heilfroh ist er, sein eigener Beichtvater sein zu dürfen.

»Dann muss die Luise in Zukunft eben kontrollieren gehen!«, betritt er nun also seine Kirche und nimmt die obligate Morgenrunde trotzdem äußerst vorsichtig in Angriff.

Aufmerksam lässt Pfarrer Feiler zuerst das große Weihwasserbecken, dann den Beichtstuhl, den Treppenaufgang hinauf zur Empore mitsamt Orgel hinter sich und geht auf den Altar zu. Jeden Namen kennt er, der links und rechts an den Holzbänken auf kleinen ovalen Messingschildern zu finden ist.

Die Birngrubers und Grubmüllers, Hanslbauer und Schuster, Holzinger, Huber, Absamer, Bruckner, Königsdorfer, Praxmoser und wie sie sonst noch alle heißen. Manche mittlerweile ausgestorben: die Pointners, Gschwandtners, Lugner. Um eine Sitzgelegenheit muss sich hier also keiner mehr streiten, weder zu Weihnachten noch Ostern. Ruhig liegt das Kirchenschiff in Gottes Hafen, und so viel Segel kann der katholische Dreimaster bestehend aus Vater, Sohn und Heiliger Geist gar nicht setzen, um in der aktuellen Flaute auch nur irgendwie in Fahrt zu kommen. Selbst hier in Glaubenthal gleichen die Besucherzahlen der Sonntagsmesse mittlerweile den Zulaufzahlen ehemaliger Großparteien.

Die Welt verändert sich.

Ständig.

So auch genau in diesem Augenblick.

Denn da kennt Ulrich Feiler seine Pfarrkirche gut genug, um zu wissen: Hausgeist hat er keinen, maximal den Heiligen, und der steinerne, von Holzpfeilen durchbohrte Sebastian wird ihm da jetzt wohl auch nicht grad, kaum hörbar, in den Rücken räuspern. Schneller, als es die untere Hälfte seiner Soutane erlaubt, kehrt er sich um. Wie der Rock einer Tänzerin dreht sich der Saum hinterher, lässt die für einen Moment bloßgestellten behaarten Unterschenkel wieder verschwinden.

»Hallo!«

Nichts zu sehen. Nur der leere, düstre Gang.

Und nein: Auch der Beichtstuhl knarrt nicht von allein.

Logisch kommt Pfarrer Feiler der Gedanke, es könnte, wie schon des Öfteren, ein versprengtes Schäflein der Stammtischrunde den Heimweg nicht mehr gefunden und in Ermangelung eines Taxistandes diese kleine Holzkammer mit einer Kutsche verwechselt haben. Oder Zeitmaschine, Raumkapsel, Peepshow, was auch immer. Alles schon erlebt. Nur ist da weder ein Stöhnen durch den dicken Filzvorhang heraus zu hören noch ein Schnarchen oder Gelalle: »Scotty, beam mich hoch!«, »Kitt, hol mich hier raus!« Nichts. Nur Stille. Und auch die hat er in seinem Beichtstuhl schon oft erlebt, endgültig sogar. Mit Theodora, der Ehefrau des Dorfältesten Alfred Eselböck.

Und nun hört er es wieder. Dieses Schluchzen.

Dazu das angehende rote Licht. Besuch auf der Sünderseite.

Da fährt ihm jetzt natürlich ein wenig der Schauer über den Rücken, läge ihm fast ein »Waltraud!« auf den Lippen. »Blödsinn!«, flüstert er. Jemand will sein Herz erleichtern, das ist alles.

»Wer ist da?«

Vorsichtig öffnet Ulrich Feiler den schweren Filzvorhang, schiebt den Kopf ins Dunkel, um sich umgehend zu bekreuzigen. Nur Elend, Schmerz, Tränen.

»Was machst du hier, um Gottes willen!«

»Wie haben dir denn gestern die böhmischen Buttermilch-Dalkerln mit frischen Himbeeren und Vanilleeis geschmeckt, Ulrich?«

»Verdammt, Luise, was willst du hier?«

»Beichten, Ulrich?«

»Hier? Du hockst ja eh jeden Tag mit mir im Wohnzimmer, da können wir doch reden!«

»Da hörst du mir aber nie zu! Und ich glaub, das zahlt sich aus!«

»Wieso?«

»Weil die Helga verschwunden ist!«

»Willst du noch eine Milch mit Honig?«

»–«

»Einen Ribiselkuchen? Nein?«

»–«

»Sie werden sich Sorgen machen! Soll ich?«

»–«

»Nein!«

*

Viel ist an diesem Tag dann eigentlich nicht mehr passiert. War ja, nachdem Amelie nach Hause gehen musste, »Aber morgen will ich dein Zeugnis sehen«, auch nicht mehr viel an Zeit übrig.

Ein Viertelstündchen hat sich die alte Huber hingelegt, danach das Haus nicht mehr verlassen, bei geschlossenen Fensterläden die Hitze draußen gehalten und dabei in der Küche eines ihrer Kreuzworträtsel gelöst. Erfolgreich. »Da schaust', Walter, gell!«

Was früher dieser letzte stille Ankerpunkt ihrer längst verlorenen Beziehung war – senkrechte und waagrechte Felder, abwechselnd in Abwesenheit des jeweils anderen gefüllt, nur um daraus irgendwie doch noch ein Schaubild des Gemeinsamen werden zu lassen –, schafft die alte Huber mittlerweile problemlos allein. Und ja, es zeigt ihr: »Du meisterst dein Leben«, macht sie glücklich, zufrieden, ab und zu hört sie in ihrem Inneren sogar ein wohlwollendes Brummen. *»Schau, schau!«*, sagt der dann, ihr Walter. *»Bist ja gar nicht so dumm!«*

Den Rest des Tages hat sie mit Hausarbeit verbracht.

Zusammenräumen.

Und sie liebt es. Putzen, wischen, herumkramen, ausmustern, Dinge durch die Hände gleiten lassen und sich erinnern.

Generell nachdenken dabei.

Über dies und das.

Und an diesem Nachmittag natürlich ganz besonders:

die Tante Lotte, den alten Praxmoser, seine aus dem Maisfeld so zerfranst herauslaufende Tochter Uschi und ihr keineswegs überraschendes lüsternes Abenteuer zwischen den Stauden. Hat sie ihr alter Vater bei einer verwerflichen Unzucht erwischt und dem Liebhaber hinterhergeschossen? Nur wem? Und warum? Die Uschi ist doch längst erwachsen und hatte es ohnedies nicht leicht.

Das weiß die alte Huber noch genau, wie der Uschi kurz nach Fehlgeburt ihres ersten Sohnes auch für immer der Wimmer Schorsch davon ist. Und wie sie dann dem Sedlmayr aus Sankt Ursula aus lauter Angst vor einem neuerlichen Verlust keinen Nachwuchs schenken konnte, ist dieser Sedlmayr aus Sankt Ursula offiziell zu einer Traktormesse verschwunden und hat inoffiziell in irgendeinem Thermenhotel seine heutige Sedlmayrin geschwängert. Irgendwann wurde die Uschi dann Mutter, Vater unbekannt, zwei Jahre später durch den damals schon schwer gehbehinderten Damen- und Herrenausstatter Joachim Engelbert zu einer glücklichen, wahrhaft geliebten Ehefrau, Uschis schönsten Jahre, dann wurde sie Witwe und vor gut einem Jahr tablettenabhängig: »Das wirst du nicht schaffen, Uschi, ohne etwas zu nehmen! Außerdem bräuchte ich dich als Hilfe in meiner Praxis!« Ohne Bürgermeister Kurt Stadlmüller und die Zauberkraft seiner Medikamente hätte sich die Uschi längst schon auf die Reise ihrem Kind hinterher begeben. Sechzehn Jahre alt ist ihr David auf seinen aufrisierten 50 cmm geworden. Der letzte Schultag, das Moped, die Landstraße, das Eisenkreuz. Das Herz hat es ihr gebrochen.

Und nicht nur ihr.

Auch Davids Großvater, der alte Praxmoser, war von da an ein anderer, denn seine Enkerln David und Helga sind ihm alles.

Im Gegensatz zum Rest seiner Großfamilie.

Ja, und ganz besonders getroffen hatte Davids Tod seine Cousine Helga, die beiden waren wie verschlungener Efeu stets unzertrennlich. Abends konnte sie die alte Huber oft singend über die Wiesen spazieren sehen. Im Kanon.

Abendstille überall, nur am Bach die Nachtigall
Singt ihre Weise, klagend und leise, durch das Tal

Gute Kinder. Und ebensolche Geschichten wurden von den beiden immer erzählt, herzzerreißend.

»Schau Opa, wir haben ihr Tupfen gemalt. Jetzt sieht die Lotte aus wie der Kleine Onkel!«

»Wer soll das sein?«

»Na, das Pferd von Pippi Langstrumpf!«

»Ach so, der! Aber die Lotte ist doch eine Dame!«

»Dann Tante Lotte!«

Gute Zeiten. Damals.

Denn das ganze Leben wurde ein anderes.

Für die gesamte Familie.

»Morgen!«, wurde der alten Huber da schließlich klar.

»Morgen ist Schulschluss! Davids Todestag!«

Schwere Gedanken.

Und ausnahmsweise wollte sie den Abend dann ausklingen lassen wie nur selten sonst. Sich im ersten Stock ihres Hauses in Walters Ohrensessel fallen und seinen Fernseher laufen lassen.

Dort eben, wo Walter einst auch logierte, auf dass sich die ohnedies mühsame Ehe nicht allzu oft in die Quere kam. Er oben, Hanni unten. Nur die Küche als gemeinsamer Ort.

»Irgendwas wird es schon spielen!«, dachte sie sich also beim Betreten seines Schlafzimmers. Und was sie tatsächlich zu Gesicht bekam, war ein gänzlich anderes Programm.

Auf dem Bett ist sie gelegen, so zierlich, filigran, tief schlafend, kleine Kopfhörer in den Ohren, wohl wissend, wie ungestört es sich im ersten, unbewohnten Stock der alten Huber zur Ruhe kommen lässt. In ihrem Sommerkleid. Barfuß. Die Füße schmutzig, die Hände, die Fingernägel voll rissigem Lack, selbst aufgemalte bunte Spiralen, das Handgelenk gefüllt mit selbst geflochtenen Armbändern, so wie immer eine dünne Jersey-Haube auf dem Kopf, tief in die Stirn gezogen, bis zu den Augenbrauen. Ihr Gesicht ein Schaubild roher Gewalt. Geschwollen, rötlich-blau die rechte Backe. Spuren blauer Flecke an ihrem Körper, Schürfwunden, Kratzer.

Helga.

Da war nur Schmerz in ihrem großflächig mit Make-up getarnten Gesicht. Auch tatsächlich, denn unübersehbar zogen sich die Spuren einer deutlichen Handschrift über ihre Backe, möglicherweise sogar mit der verkehrten, knöchernen Seite. Und die alte Huber konnte es spüren, als wäre diese rohe Gewalt auf sie selbst herniedergesaust, als hätten die Schläge sie getroffen.

Alles erlebt.

Zeiten, als die Nötigung in Erziehungsangelegenheiten noch zu den pädagogischen Zaubermitteln schlechthin zählte.

Hartherzigkeit und Gefühlskälte, um die von Natur aus verkommene Kindesnatur auszutreiben – all das mit allerhöchster Legitimation, ob weltlich oder geistlich, katholisch oder protestantisch, völlig egal. Sogar im öffentlichen Raum wurden in Hannis Kindheit noch unbekümmert beschwingt der Wille gebrochen, Fleiß und Ordnung in das Bewusstsein geprügelt – mit allen möglichen Hilfsmitteln.

Gürtel, Kochlöffel, Teppichpracker,

Rohrstock, Haselnussruten, Holzlineal,

was eben gerade zur Hand war.

Zwischendurch Scheitelknien, Besenkammer, Kohlenkeller.

Und immer schön dankbar sein natürlich. Für alles.

Punkt.

Einfach nur an die Seite dieses geschundenen Mädchens, das da in ihrem Bett lag, hat sich die alte Huber gesetzt, tief betroffen. Sie schlafen lassen. Alles, was es zu fragen gäbe, stand Helga in ihr Gesicht geschrieben.

Fünfzehn Jahre ist sie alt.

Und viel zu schmächtig, kindlich.

»Du wirst Hunger haben«, dachte sich die gute Hannelore nach einer Weile, um in die Küche hinunterzuschleichen und Helga Grubmüller eine Jause zu richten.

Und als sie zurückkam, waren die Augen geöffnet.

*

Mittlerweile ist es dunkel draußen. Und die Vereinbarung klar.

»Ich lass dich jetzt allein, Helga. Du kannst gern bis morgen bleiben. Keiner wird es erfahren. Mich geht das zwar alles nichts an, aber wer immer dir das angetan hat: Du bist damit nun nicht mehr allein, denn jetzt weiß ich davon!«

Dann geht auch sie zu Bett. Voll Dankbarkeit an ihren Vater. Gott hab ihn selig.

Ein guter, sanfter Mensch, die kleine Hanni sein Ein und Alles. Rückblickend betrachtet also kein Schaden, mit fünf Jahren über Nacht von der Mutter verlassen worden zu sein. Verschaut hat die sich, in einen neuen Mann, ein neues Leben, vielleicht sogar eine neue Familie, weit weg, das Land der unbegrenzten Möglichkeiten. Oder gleich anderer Planet, mittlerweile wahrscheinlich sogar Paradies, weil seither ward sie nie wieder gesehen.

Mutterliebe ist schließlich auch nur ein Wort.

Die Liebe ihres Vaters aber glich einem Versprechen – bis die zwölfjährige Hanni dann eines Morgens allein vor ihrem Frühstück saß, schließlich die Hauptstraße herunterlief, in die Gaststube des Brucknerwirts stürmte, ihren Vater dort auf den Tisch gebeugt liegen sah, ihn an den Schultern packte:

»Komm heim, Papa, bitte, komm heim!«

Die Mutter weg, der Vater tot. Das neue Zuhause die Familie Huber. Die Einsamkeit, Gewalt, der Schmerz.

»Was mach ich nur ohne dich, Papa, was!«

Weiterleben.

Einfach nur noch weiterleben.

Und nur ein Realitätsverweigerer glaubt, die pädagogischen Zeiten wären besser geworden, davon ist sie überzeugt, die alte Huber. Denn was den Kindern da einst an roher Gewalt fürs Leben weitergegeben wurde, lernen die Söhne und Töchter jetzt unbeaufsichtigt, schmerzbefreit und deutlich wirkungsvoller im Internet. Hemmungslos austeilen, ohne je eingesteckt haben zu müssen. Eine Riesengaudi wird das noch, wenn die dann alle groß geworden sind.

Helga Grubmüller aber scheint mit Vergangenheit und Zukunft gleichzeitig leben zu müssen.

»Armes Kind!«, flüstert sie, die alte Huber, den Blick hinaus auf das Maisfeld gerichtet. Ein dunkler Ort vielleicht.

Ein düsteres Labyrinth?

3
David Copperfield

Gut hat sie geschlafen. Erfreulicherweise.

Trotz Hitze, trotz der obligaten schmerzenden Krampfadern und trotz des Besuches. Oder wer weiß, vielleicht genau deshalb? Vielleicht beruhigt die Tatsache, nicht allein im Haus zu sein.

Aufgestanden ist die alte Huber jedenfalls mit einem lauten:

»Guten Morgen, Kaffee oder Tee? Oder Kakao!«

Nur, da kam weder etwas retour noch die knarrende Holztreppe herunter. Also ist Hannelore hinaufgestiegen.

Das Bett tipptopp gemacht, offenbar wurde sogar mucksmäuschenstill das benutzte Geschirr gereinigt, kein Krümel übrig. Jause, Ribiselkuchen, Abendbrot. Das Mädchen hatte Hunger. Nur eines der vielen Flechtstücke um Helgas Handgelenk lag in Herzform auf dem Nachtkästchen. Ein Freundschaftsband. Als Dankeschön.

So begann der Tag noch in vertrauten Bahnen.

Garten gießen, Paradeiser hochbinden und ausgeizen, Zucchini und Gurken ernten, damit Blüten nachtreiben können, ja, und Lindenblüten zupfen.

Dann zurück, frühstücken und an die Arbeit, umgeben von dem wahrlich betörenden Aroma und den Schwingungen der neuen Radiofrequenz. Veränderung zahlt sich aus. Eine Freude ist das.

Liebe Eltern, heute ist Zeugnistag. Machen Sie es vielleicht wie ich: Holen Sie Ihre eigenen aus der Lade, und vielleicht geht es Ihnen dann wie mir, und Sie bemerken:

Das schlechteste Zeugnis in der ganzen Familie bringt heut garantiert keines Ihrer Kinder nach Hause.

»Recht hat sie!«, hält sich auch die alte Huber, passend zum Thema, nun strikt an ihren eigenen Erfahrungen. »1, 2, 3, 4, 5!«, hat sie ihr Vater einst wissen lassen. »Wie in der Schule. Ist leicht zu merken, Hanni.«

1 Liter aufgekochtes Rohrzuckerwasser,
2 in Scheiben geschnittene unbehandelte Zitronen,
3 Zentiliter Zitronensäure,
4 Handvoll Lindenblüten, all das dann
5 Tage ziehen lassen,
dann abfiltern und als Zaubertrank für die kalte Jahreshälfte in Flaschen füllen. Und weil dieser Sirup so wunderbar Krämpfe, Fieber, Schmerzen, Hustenreiz lindert, entwässert und beruhigt, wird auch die doppelte Menge zubereitet, um die Hälfte wieder verschenken zu können.

Was ist das überhaupt, ein gutes Zeugnis? Hauptsache, man hat eine gute Zeit miteinander. Werden ja eh so schnell groß, unsere Kleinen. Lassen Sie uns plaudern. Rufen Sie an, erzählen Sie uns, wie es Ihnen heute so geht.

Ach, wie nett. Eine Wohltat fürs Huber-Herz scheint diese Sendung, während sie Zitronen in Scheiben schneidet, diese den bereits mit Lindenblüten gefüllten Rex-Gläsern zufügt und mit dem auf Zimmertemperatur abgekühlten Zuckerwasser aufgießt. Deckel zu, und ab damit in die Sonne. Gibt zurzeit ja reichlich davon.

Und Anrufe wird es gleich auch in Hülle und Fülle geben, da ist sich die alte Huber sicher. HörerInnen, die der Moderatorin erklären, warum gute Noten so wichtig sind. Und ja, in ihren besten Zeiten hätte die Huberin dann vor lauter Zorn vielleicht selbst zur Wählscheibe gegriffen und aus dem wahren Leben berichtet. Schließlich hat sie es auf ihre alten Tage schon mit bedenklich vielen Menschen zu tun bekommen, die zwar Musterschüler waren, mit flächendeckend Sehr Gut, sich hintenraus intelligenztechnisch aber maximal als mobile Raumteiler haben einsetzen lassen: »Stell dich einfach hierher, und bitte ja nix angreifen!«

Und wissen Sie, was ich heut zu Hause mach, liebe Hörerinnen und Hörer? Ich räum für ein paar Wochen alle Schulsachen weg und wechsle die Fotos des Schulfotografen, die da bei uns überall herumpicken, sogar auf meinem Handy, mit irgendwelchen Familienfotos aus, damit die Verhältnismäßigkeit wieder stimmt.

Und jetzt kommt der alten Huber sogar ein Lacher aus. Welch wahre Worte.

Da hat sie nämlich ordentlich geschaut, wie Amelie zu Beginn dieses nun abgelaufenen Schuljahres eine ganze Schulfotomappe heimgeschleppt hat, mit gefühlt Hundert Porträts und Klebeetiketten, von denen das Kind vielleicht drei tatsächlich braucht, und die restlichen 97 werden weiß Gott wo überall hingepickt, damit ja keiner vergisst, um welche beiden Mittelpunkte sich der Alltag so dreht.

Kinder und Schule.

Schule und Kinder.

Manchmal auch Kinder und Kinder.

Und natürlich: Schule und Schule.

Gewiss, auch für die alte Huber war der Zeugnistag stets ein besonderer. Sogar ihr wirres Gemenge namens Haare hat sie sich von ihrem Vater kämmen lassen und ist in ihr schönstes Kleidchen und die geputzten Schuhe gestiegen. Die eigenen, schönen. Nicht die löchrigen, aus Sammelkisten herausgezupft mitsamt den Röcken, Hosen, Jacken. Viel besaßen sie ja damals nicht, aber doch schon eine Spur mehr als zu Hannis Geburt 1948.

Die Fünfzigerjahre. Eine Zeitenwende, in kleinen Schritten weg von der Nachkriegsarmut, hin zu einer Welt, in die man Kinder wieder mit Freude hineingebar. Schulbus gab es keinen, dafür die eigenen Füße. Einige hatten vier Kilometer zurückzulegen in nur eine Richtung, egal bei welchem Wetter. Allein. Und auch wenn manche der Kinder vor allem im Juni einfach nicht auftauchten, weil zu Hause auf den Feldern geholfen werden musste, saß an diesem letzten Schultag jeder in seiner Bank.

Dennoch hatte Schule eine gänzlich andere Bedeutung.

Sie war Beiwerk.

Und wenn dann gleich die Kinder heimkommen, vielleicht schaffen wir ja, es ihnen selbst zu überlassen, was denn für sie an ihrem Zeugnis das Schöne ist: lauter Sehr Gut oder das Nicht Genügend mit Aufstiegsklausel oder was weiß ich.

Übriges: Sie haben es ja sicher schon gehört. Twitter, Facebook und Youtube wurden für den Friedensnobelpreis nominiert, weil sie sich freiwillig selbst zerstört haben. Das wird also ein wunderbarer Sommer. Endlich Ferien!

Wer könnte das wohl schöner besingen als die wunderbare Conny Froboess.

Und richtig das Herz geht ihr auf, der guten Hannelore.

Mit den Klängen einer Elektroorgel nimmt sie ihren Kochtopf zur Hand, beginnt vorsichtig, die Rex-Gläser zu befüllen. Glockenklar die Stimme der kleinen Conny. Während draußen hinter dem Maisfeld, dort, wo die Dorfstraße an Hannelores Bauernhof vorbeiführt, ein vertrautes Brummen zu hören ist.

Wenn man in der Schule sitzt, über seinen Büchern schwitzt
Und es lacht der Sonnenschein, dann möcht man draußen sein

Heute also kommt er früher als sonst, hat wie stets bereits alle Stationen hinter sich, um hier am Ortsrand seine letzte Ladung loszuwerden. Der Schulbus.

Ist die Schule endlich aus, geh'n die Kinder froh nach Haus
Und der kleine Klaus ruft dem Hänschen hinterher:

Die quietschenden Bremsen sind zu hören, das Zischen der Türe, das Öffnen, der Wirbel, das Gebrüll, während die alte Huber den Deckel eines Rex-Glases schließt und ihr Küchenradio die entsprechende Hintergrundmusik liefert.

Pack die Badehose ein, nimm dein kleines Schwesterlein
Und dann nischt wie raus nach Wannsee
Ja, wir radeln wie der Wind durch den Grunewald geschwind
Und dann sind wir bald am Wannsee

Dazu die Abschiedsrufe des Busfahrers Pepi: »Ihr elenden Rotzpipn und Rotzpipinnen, Zwerge und Zwerginnen, entsetzliche Ferien wünsch ich euch. So langsam sollen sie vergehen, dass ihr den ersten Schultag gar nicht mehr erwarten könnt. Und du, Schusterbauern-Kind, lern g'fälligst für deinen Nachzipf, das ist ja peinlich, wenn du sitzen bleibst! Bist ja jetzt schon einen Kopf größer als die andern! So, jetzt schaut's, dass weiterkommt's, verschwindet's. Aber dalli, dalli!«

Hei, wir tummeln uns im Wasser wie die Fischlein, das ist fein
Und nur deine kleine Schwester, nee, die traut sich nicht hinein

Gelächter, Jubel, immer leiser werden die Stimmen, verlieren sich die Kinder in alle Richtungen.

Pack die Badehose ein, nimm dein kleines Schwesterlein
Denn um acht müssen wir zu Hause sein

Nur noch das Motorengeräusch des immer noch in der Station stehenden Busses bleibt übrig, als würde er den Kindern wehmütig hinterherbrummen.

»Woll'n wir heut ins Kino geh'n und uns mal Tom Mix anseh'n?«
Fragte mich der kleine Fritz, ich sprach »Du machst 'n Witz!
Schau dir mal den Himmel an, blau so weit man sehen kann
Ich fahre an den Wannsee und pfeife auf Tom Mix.«

»Eine schöne Nummer hast du da laufen, Hanni!«, klingt es über das Maisfeld hinweg zu ihrem Häuschen herüber.

Pack die Badehose ein, nimm dein kleines …

Radio aus.

»Was hast gesagt, Pepi?«, streckt sich die alte Huber aus dem Fenster. »Ich seh dich ja leider nicht!«

»Die zwei Grubmüller-Deppen Ulrich und Adam sind außer Gefecht. Ich helf dir dieses Maisfeld umschneiden! Oder soll ich gleich mit dem Bus durchfahren?«

Meine Güte, der Pepi Straubinger. So ein Guter.

»Wieso außer Gefecht?«

»Der Grubmüller Ulrich ist offenbar seit vorgestern auf der Landwirtschaftsgeräteausstellung untergetaucht, und der Adam hat sich in der Nacht sein rechtes Bein gebrochen.«

»Wie das?«

»Flaschenpost: Schnaps raus. Kummer rein. Alles fein. Nur leider: Den Heimweg vom Brucknerwirt wollt er über die Weide des Schusterbauern abkürzen, ist dann ein bisserl mit der wild gewordenen Irmi um die Wette gelaufen, stockbesoffen und mit rettendem Sprung in die Glaubenthaler Ache gestürzt. Nicht grad die beste Idee natürlich, weil so niedrig war der Wasserstand schon lang nicht mehr!« Herrlich!

Nein, Mannsbild käm der alte Huber keines mehr ins Haus, nicht einmal ihre einstige große Liebe, der ehemalige Volksschuldirektor Friedrich Holzinger, und selbst einer der magischen Peters könnte sich vor ihrem Schlafzimmerfenster die Kehle wundsingen, egal ob Kraus, Maffay oder der wiedergeborene Alexander. Trotzdem wäre es gelogen, zu behaupten, sie hätte sich nicht geschmeichelt gefühlt, wie dem Straubinger Pepi kurz nach Walters Tod im Vorbeifahren durch das Fenster seines Schulbusses ein »Na, wie wär's mit uns beiden, Hanni. Jetzt, wo du wieder allein bist?« ausgekommen ist. Und das vor versammelter Schülerschar.

Ein Spaßvogel durch und durch. 25 Jahre jünger, und doch in gewisser Weise artverwandt mit Hannelore und somit ein Lichtblick hier im Dorf. Denn seit er die Kinder durch die Gegend kutschiert und somit mehr über deren Eltern zu Ohren bekommt, als ihm lieb ist, können ihm die erwachsenen Glaubenthaler allesamt gestohlen bleiben.

»Dass du eine schöne Nummer laufen hast, hab ich g'sagt, Hanni!«, und er hört sich deutlich trauriger an als sonst. So ein letzter Schultag ist schließlich kein Freudentag für ihn.

»Die neuen Sachen heißen ja alle nix. Und du, Pepi, hast' jetzt also Urlaub. Und? Wirst wieder deinen armen Eschen ein paar Äste absägen, an deinen Bögen herumbasteln und Wildschweine jagen? Oder machst du dir irgendwo eine schöne Zeit?«

»Eine schöne Zeit?«, kommt es bedrückt zurück, dazu ein in sich gekehrtes: »*Nichts wird so oft unwiederbringlich versäumt wie eine Gelegenheit, die sich täglich bietet*, Marie von Ebner-Eschenbach.«

Kurz herrscht Wortlosigkeit.

Nur das Brummen des Motors, dazu leise einsetzende Radioklänge, diesmal aus dem Schulbus.

Pack die Badehose ein, nimm dein kleines Schwesterlein
Und dann nischt wie raus nach Wannsee
Ja, wir radeln wie der Wind durch den Grunewald geschwind
Und dann sind wir bald am Wannsee

Das Zischen und Schließen der Tür.

»Alles in Ordnung, Pepi!«

Hei, wir tummeln uns im Wasser wie die Fischlein, das ist fein
Und nur deine kleine Schwester, nee, die traut sich nicht hinein

Der letzte Zuruf aus seinem offenen Fenster heraus über das Maisfeld hinweg, bis zur alten Huber.

»Mich hat grad der Bürgermeister angerufen und mir das Herz herausgerissen, Hanni. Die Uschi ist tot. Schlaftabletten!«

Seine Schwester.

Pack die Badehose ein, nimm dein kleines Schwesterlein
Denn um acht müssen wir zu Hause sein!

Das Leben geht.

Und kommt.

Auch von der Straße herauf. Amelie ist aus dem Bus gestiegen und marschiert, ihr Zeugnis in der Hand, Richtung Huberhäuschen.

»Hallo, Herr Schusterbauer. Geht es der Irmi gut? Wie heißt denn das Kalb?«

»Nur Schuster!«

»Nur Schuster! Das Kalb heißt Schuster. Wirklich, Herr Schusterbauer.«

»Ich heiß nur Schuster, Amelie. Ohne Bauer. Und das Kalb heißt Egon!«

»Das ist aber ein großer Rasenmäher, den Sie da haben.«

»Ist ja auch eine große Futterwiese.«

»Na dann. Auf Wiedersehen, Herr Schusterbauer.«

Schusterbauer.

Er kann es nicht mehr hören.

Schusterbauer hier, Schusterbauer dort.

Überall Schusterbauer, Schusterbauer, Schusterbauer.

Sogar die Kinder nennen ihn so. Auch die eigenen.

»Was ist jetzt, Schusterbauer? Lässt sich Mama von dir scheiden wegen deiner Brielmaierin und der Madame Janette?«, hat ihn die wildeste Kreatur des Haushaltes, sein Pubertier Hannah, kürzlich wissen lassen. Und einen Saustall pflegt sie in ihrem Gehege, dagegen ist Bruder Tobias direkt als autistisch einzustufen.

»Red gefälligst mit deinem Vater, wie es sich gehört, Schusterbauer-Kind!«

»Aber für das doppelte Taschengeld setz ich mich bei Mama für dich ein, o. k.? Kommt dir billiger, als nach der Scheidung für mich Unterhalt zu zahlen, Schusterbauer!«

Es mag ja ehrenwerte Menschen geben, die tatsächlich so heißen. Johann Schusterbauer, Monika Schusterbauer, vielleicht sogar Jerome, Cherry-Li-Chen oder gar Chesus-Rodriges Schusterbauer.

Er aber heißt Franz.

Franz Schuster. Ohne Bauer hintendran.

Bauer ist er von Beruf.

So wie die Anni Rehberger zum Beispiel Fußpflegerin ist, Ulrich Feiler Pfarrer, der Konrad Fischler Tischler. Trotzdem heißen die nicht alle Feilerpfarrer, Fischlertischler, und die Anni nicht Rehbergerpedikürschnerin, was hier ohnedies die Hälfte nicht versteht, also besser Hornhautanni.

Warum also Schusterbauer?

»Jetz reg dich nicht so auf!«, hat ihm der Brucknerwirt kürzlich dazu einen Obstler spendiert. »Oder ist Bauer eine Abwertung für dich?« Bauer! Eine Abwertung. Nein, für ihn nicht. Nur für den Großteil der Bevölkerung. Auf einen ganzen Stand herabsehen, aber ohne Supermarktregal verhungern! Wer sind hier also die Trottel. Nein, Franz Schuster liebt seinen Beruf. Und trotzdem ist er nicht nur seine Arbeit, sondern noch viel mehr.

Ein Mann zum Beispiel. Einer, der auch ebensolche Bedürfnisse hat und es nicht lustig findet, wenn er seiner Schusterbäuerin Rosi einfach so der Lust halber auf den Hintern klopft und als Reaktion ein zynisches »Reichen dir die Küh im Stall jetzt nicht mehr, Schusterbauer!« bekommt. Als wär sie nicht seine Ehefrau Rosi, sondern die Brucknerwirtin Elfie und er ein x-beliebiger Gast. Entsprechend plump dann sein Antrag, so wie eben in alten Zeiten: »Die Küh sind zwischendurch nicht schlecht, aber der Schusterbauer würde zur Abwechslung auch gern wieder einmal seine Schusterbäuerin schustern! So einfach ist das!« Früher hätte sie den Witz als Einladung verstanden und ihn Richtung Heustadel geschleppt.

Heute ist die Antwort: »Lass das, Franz! Nicht jetzt. Mir geht's grad nicht so gut! Ich bin müd!« Kopfweh sowieso. Und besonders absurd: »Ich bin nicht gewaschen. Ich bin nicht rasiert!«

Auch das kann er nicht mehr hören. Die Menschheit wäre längst ausgestorben, hätte das je eine Rolle gespielt. Außerdem, was soll plötzlich diese Rasiererei? Er hat kein Kind geheiratet, sondern eine erwachsene, rassige Frau, der einst keine Sekunde der Gedanke an Sauberkeit oder irgendeinen absurden Haarschnitt gekommen wäre, wenn ihr schweißgebadet im

Stall plötzlich danach war, oder auf dem Traktor, oder gleich hier in der Futterwiese. Sollten Hannah und Tobias jemals erfahren, wo sie gezeugt wurden, die Eltern wären Helden.

Nichts mehr davon übrig.

Froh kann seine Rosi also sein, wenn er sich nicht drüben im Bordell Marianne anstatt als Schusterbauer mit »Privet, du starke Franz!« begrüßen lässt, sondern vor seinem Computer die 55-jährige Madame Janette auf ihrer Pornoseite besucht.

Was bitte ist dabei?

Das Entsetzen im Gesicht seiner Schusterbäuerin wird er jedenfalls nie vergessen: »Ich hab geglaubt, du willst die Homepage für unsere Gästezimmer neu gestalten! Und jetzt, jetzt, … Pfui. Obendrein vor so einer Drecksschlampn, die der Uschi aus dem Gesicht geschnitten ist!«

Die Gedanken sind frei. Ach, Uschi.

Wie ein Verbrecher soll er sich seither fühlen, egal, wie sehr er sich bemüht, ins Zeug legt, weit über seinen Schatten springt. Sogar die Weißgold-Saphire haben nichts genützt. »Jetzt schenkst du mir so was? Und jedes Jahr den Hochzeitstag vergessen!« Genommen hat die Rosi den rechten als auch linken Ohrstecker natürlich trotzdem.

All das, obwohl es in seinen Augen nur eine einzige Person gibt, die sich entschuldigen müsste: Rosi Schuster, geborene Grubmüller. Stattdessen bestraft sie ihn mit Schweigen und weint sich bei den Kindern aus. Jawohl, sogar die Kinder wurden ins Bild gesetzt!

»Warum muss der Papa im Wohnzimmer schlafen? Du schnarchst doch auch, Mama!«

»Euer Vater betrügt mich mit einer Janette!«

Tobias wollte natürlich sofort wissen, um welche Internetseite genau es sich handelt. Hannah hat die Neuigkeit umgehend per Handy ihren Freundinnen mitgeteilt, die Freundinnen dann mündlich zu Hause, und wer es tags darauf auf der Titelseite des Pfarrblattes zu lesen bekommen hätte, wäre nicht mehr überrascht gewesen. Pfarrer Feiler war sich jedenfalls nicht zu blöd, seinen von der Weißfleckenkrankheit gescheckten Zeigefinger zu heben und auf offener Straße zu ermahnen: »Versündig dich nicht, Schusterbauer!« Aber sich selbst eine Pfarrersköchin halten! Diese lachhafte Scheinheiligkeit. Können ihn alle mal.

Ergo hat er nun noch eins draufgesetzt und sich anstatt der virtuellen eine echte Lady zugelegt, ein heißes Eisen, eine schnittige Dame. Worauf seine Rosi erstmals ihr Schweigen brach:

»Was soll das?«

»Das ist meine Neue. Die Brielmaierin. Muss dir doch gefallen!«

»Sag, spinnst du jetzt komplett! Warum?«

»Weil keine sonst so schön rasiert, wie sie!«

Es sind eben die niederen Instinkte, denen er hörig ist.

Ja, und nun steht Franz Schuster in seiner Futterwiese, voll Traurigkeit, denn wie er grad vom Straubinger Pepi gehört hat, ist die Uschi tot. Ach, Uschi, sie wird ihm fehlen. Ein wenig sieht er sich noch um, sieht auf der Weide drüben den Egon neben seiner Mutter Irmi bereits die ersten Schritte wagen, sieht der kleinen Amelie Glück hinterher, wie sie Richtung Huberin spaziert, streicht seiner Brielmaierin zärtlich über den Körper und wirft den Motor an, andächtig fast.

Das Geräusch wie Musik in seinen Ohren.

Franz Schuster hat heut viel zu tun.

Für die nächsten Tage ist Regen gemeldet, und dank der

Landwirtschaftsgeräte kann heutzutage alles auch kurzfristig eingeholt werden. Mittlerweile sind ja kurze Liegezeiten des Heus das Ziel, auf dass die hohen Inhaltsstoffe im Futter bleiben. Keine Brückenverluste, die Energie nicht am Feld verlieren, sondern in den Stall zu den Tieren bringen. Und dank der so fortschrittlichen Geräte bedeutet das, viel flexibler zu sein, den Schnitt auf das Wetter abstimmen und spätestens am zweiten Tag nach dem Mähen schon schwadern und das Futter einfahren können.

Also schnell noch die eine Wiese mähen, dann die bereits geschnittene zu Siloballen verarbeiten.

Zügig geht es dahin. Und vorsichtig natürlich, den Blick immer geradeaus.

Das hat er gelernt.

Wobei der Rat des Verkäufers eindringlicher kaum hätte sein können:

»Mit dem Brielmaier –!«

»Der Brielmaierin!«

»Nenn es, wie du willst, jedenfalls ist damit nicht zu spaßen, Schusterbauer. Das Biest ist extrem leichtgängig und läuft quasi wie von selbst! Trotz der 300 Kilo.« Höchstgeschwindigkeit rund 7 km/h, 19 PS, Schnittbreite 2,34 Meter. Kurz: Ein Brielmaier-Motormäher mit fünfreihiger Stachelwalze und Doppelmesser-Bidux-Schneidwerk. Oh Wunderwerk der Technik, die steilen Hänge von nun an Spaziergänge. Nur der Ahnungslose sieht in der Sense den Ausdruck ländlicher Idylle, Franz Schuster hingegen die brennende Sonne, den Schweiß, das Jucken, die Blasen-, Rücken-, Nacken-, Schulterschmerzen.

Das einzig Schöne daran war, wenn einst die beiden Praxmoser-Dirndln Anita und Uschi oder die Grubmüller Katharina und ganz besonders seine Rosi mit Sense, Rechen, Heugabel in Händen alles Wunderbare an sich zum Schwingen brachten.

Ansonsten aber nur Plagerei.

Alles Geschichte.

Von nun an also läuft Franz Schuster seiner Brielmaierin hinterher, diesem schnurrenden Raubkätzchen. Unerbittlich graben sich die Stachelwalzen in die Wiese, treiben den Motormäher wie von selbst voran, lassen das Bidux-Doppelmesser-Schneidwerk gefräßig seine Schneise ziehen. Und ja, er hat schon lange nicht mehr solch Freude empfunden.

Sogar einarmig konnte er seine Lady bald fahren, den Drehgriff in der Hand, nackt dabei sein Oberkörper, die Muskeln prall, das Lagerhaus-Kapperl keck in die Stirn gezogen.

All das aus der Ferne von seiner Rosi begutachtet. Heimlich natürlich. Was für ein Mann! Ihr Mann.

Und natürlich war es ihr selbst völlig klar: Ja, sie hat sich gehen lassen, ihn übersehen, Tochter Hannah und ihren Sohn Tobias über alles gehoben, obwohl die beiden längst nicht mehr getragen werden müssen, keine Kleinkinder mehr sind, Zimmertüren von innen absperren, statt Mama gelegentlich Mutter oder entsetzlicherweise sogar Rosi sagen, viel öfter aber noch den Eindruck vermitteln, diese ihre Mama-Mutter-Rosi sei außer als Köchin, Haushaltshilfe, sprechender Kalender mit Erinnerungsfunktion, Putzfrau samt Textilreinigungsunternehmen weder vorhanden noch nötig. Grundfalsch ist das, sich mit den Kindern gegen den Ehemann zu verbünden. Wenn schon verbünden, dann lautet die Devise wohl: Zwei gegen Zwei, bis dann eines sicheren Tages zu Hause auch nur mehr die Hälfte davon übrig ist: sie und ihr Schusterbauer.

Lang schon nicht mehr hatte Rosi Schuster, so wie draußen

ihr Schusterbauer seinen Brielmaier-Motormäher, ihren Gillette-Venus-Nassrasierer zum Einsatz gebracht. Anders an diesem Morgen.

Und auch bei Franz Schuster ging es voran, den Hang entlang, immer näher dem Ufer der Glaubenthaler Ache entgegen.

Hier hat er laufen gelernt, schwimmen, überleben also.

Und das Töten. An der Seite seines Vaters war er in der Strömung gestanden, *»Bleibt im Schatten, dann kommen sie ganz von selbst!«*. Forellen fangen. Mit bloßen Händen. Manchmal sogar in bester Gesellschaft. Denn auch Severin Praxmoser fand sich ein, mit seiner englischen Schirmmütze, der schwarzen Billard-Bent-Pfeife in seinem rechten Mundwinkel, seinen damals noch dunklen Locken, dafür ohne Bart, und vor allem mit seinen beiden Töchtern. Anita und Uschi.

Ja, und weiter drüben, flussabwärts, dort, wo das Grubmüller-Grundstück beginnt, war hin und wieder sogar der alte Johann zu sehen, mit seinem Neid, seinem Hass: »Fangt's uns nicht alle Fisch weg dort droben!«, seinem Sohn Ulrich, gelegentlich auch Tochter Rosi. Nur seine Tochter Katharina hatte sich längst von ihrer Familie in Richtung Kloster verabschiedet.

Jetzt ist es für den gemeinen Glaubenthaler und die gemeine Glaubenthalerin natürlich deutlich leichter, sich in der Ache mit bloßen Händen eine frische Forelle zu fischen, als in der Anrainerschaft Adrettes zu angeln. Und logisch war der Schusterbauer damals zu keinem klaren Gedanken mehr fähig, als da die Bauerstöchter mit nasser und folglich himmlisch durchschimmernder Oberbekleidung so wunderbar vorgeneigt in der Ache standen – um nach den Fischlein zu lauern. Der liebe Gott muss schon eine große Freud gehabt haben, wie ihm seine Eva eingefallen ist. Folglich hat sich Franz Schuster flussaufwärts in die Grubmüller Rosi verschaut, während der Grubmüller Ulrich flussabwärts in Richtung Praxmoser Anita nicht einmal eines seiner beiden Augen werfen wollte, aus lauter Scham. Schließlich hatte die Praxmoser Anita ja seit ihrem fünfzehnten Lebensjahr nur mehr ihr rechtes. Seinetwegen. Links die Augenklappe. Und nur deshalb, weil sie ihrer besten Freundin, der Grubmüller Kathi, gegen deren Bruder, den Grubmüller Ulrich, zur Seite gestanden ist.

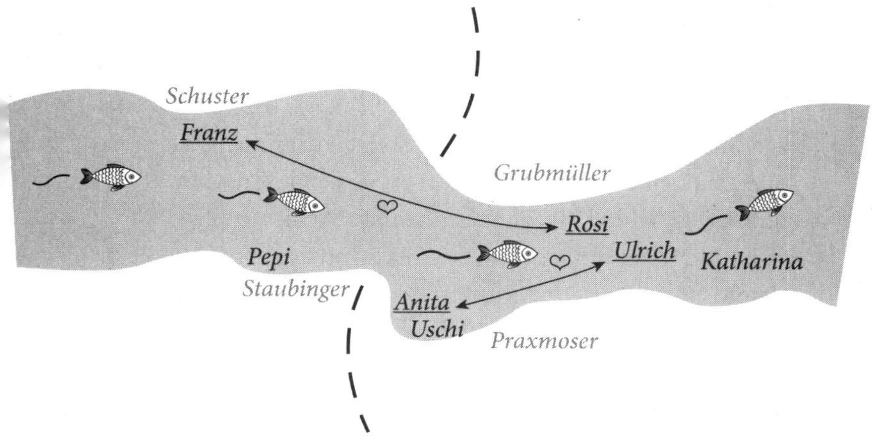

O Ache, Ort der Liebe.

So also wurde mit durchgefrorenen Zehen, klammen Händen und zwischen den Fingern zappelnden Fischen jeweils der Grundstein für die spätere Vermählung gelegt, kam es also eines Tages zur gar wundersamen Verwandlung der Anita Praxmoser in die Schweinbäuerin Anita Grubmüller und der Rosi Grubmüller in die Schusterbäuerin Rosi.

Mittlerweile fischt keiner mehr mit den Händen in der Ache.

Dachte sich Franz Schuster zumindest immer.

Bis er eines Tages mit seiner Brielmaierin auf halber Höhe parallel zum Achenufer durch die Wiese fuhr. Und garantiert hätte Franz Schuster brav weiter seine Spuren gezogen, eine um die andere Parallele, wäre da nicht plötzlich sie gewesen. Die Uschi. Wie ein Engel. Und wie Gott sie schuf.

Pudelnackt stand sie in der Glaubenthaler Ache, um sich wie in alten Zeiten händisch ein paar Forellen zu fischen. Was für ein Anblick. Der Wellengang des Wassers, dazu die wogende Uschi, ihre bewegten Kurven, logisch hat dann auch der Schusterbauer eine solche zurückgelegt, beziehungsweise seine Brielmaierin. Ungewollt hangabwärts, den Blick ganz auf die Uschi gerichtet, und all seine plötzlich aufwallenden Fantasien. An sich kein Problem. Für die mit einem kühlen Versöhnungsweizenbier in der einen, den Rechen in der anderen Hand und allerlei wunderbaren Absichten auf ihn zukommende Schusterbäuerin Rosi aber ein einschneidendes Erlebnis.

Derart geschrien hat sie, da sind der Uschi Engelbert dann auch noch die Schwerhörigen unter den Forellen davon.

Und niemals wird er das höhnische Gelächter seines Neffen Adam Grubmüller vergessen, als dieser davon erfuhr. »Der Schusterbauer Franz, dieser Depp, hat beinah seine eigene Frau, unsere Rosi-Tant, umgesägt!«

Nix ist passiert und doch so viel.

Denn mittlerweile hat Rosi Schuster das erste E ihres Rechens mit einem Ä ausgetauscht, ihren Mann endgültig aus dem Schlafzimmer verbannt und lässt keine Möglichkeit aus, ihn zu piesacken.

Und jetzt ist also die Uschi tot.

»Ach Rosi!«, geht es dem Schuster Franz nun durchs Gemüt. Sie fehlt ihm so, seine Schusterbäuerin. Und den Rücken ruiniert er sich auf dem Wohnzimmersofa auch. Hin und her und her und hin zieht seine Brielmaierin fast selbstständig ihre Spur, braves Stück, und den traurigen Schuster Franz hinter sich her. Der Drehgriff in seiner Hand, das Lagerhaus-Kapperl keck in der Stirn, sein Kopf dabei gesenkt. Und gut ist das.

Denn direkt vor seinen Füßen, in der frisch gemähten Wiese, sticht ihm ein vertrautes Glitzern ins Auge. »Gibt's das!« Franz Schuster muss sich einbremsen, den Motor drosseln, bücken.

»Das kann doch nicht sein!« Höchst verwundert.

Natürlich kann das sein.

Warum soll sich die Uschi Engelbert im Laufe ihres Lebens nicht genau die gleichen Weißgold-Saphir-Ohrenstecker zugelegt haben und hier durchs Gras gelaufen sein, direkt neben dem Grubmüller-Mais.

Aber wenn nicht?

Hat ihr die Rosi in der gemeinsamen kleinen Patchworkdecken-Gruppe aus lauter Rache gleich die Ohrstecker weitergeschenkt, weil sie der Madame Janette eben so ähnlich schaut?

Oder hat die Rosi seine Ohrstecker hier einfach weggeschmissen, zornentbrannt?

Und wo ist dann der zweite?

»Was kriechst in der Wiese herum, Schusterbauer? Suchst ein Packerl Taschentücher für deine Madame Janette?« Schneidend die aus dem vorbeifahrenden Einsatzwagen herausrufende, wohl jedem in der Gegend geläufige Stimme. »Oder willst dich von deinem Rasenmäher überfahren lassen?«

Nicht einmal einen Blick ist ihm dieses Rindvieh eines Polizisten wert, maximal den Schlachtschussapparat.

»Was ist mit dir, Schusterbauer?«

»Nichts, Swobodabulle!«

Und Ochs würde dreimal besser passen.

17 Ohne Schilling nach Guangdong

Sie kommt schlagartig.

Diese derart gewaltige seelische Übelkeit, da muss die alte Huber immer aufpassen, aus ihrem Taumel wieder herauszufinden. Den ganzen Tag könnte sie da nur mehr herumsitzen, ins Nichts starren, aufs Essen vergessen, Trinken, wahrscheinlich sogar Denken. Wie betäubt.

Uschi Engelbert ist tot.

Bitter. Warum muss es, wie in einer Obstschale, immer die Guten zuerst erwischen. Die angeschlagenen Früchte bleiben liegen und liegen und liegen, werden auf ihrer Unterseite immer schimmeliger, fauliger, ziehen die Schmeißfliegen an, irgendwann ist die Schüssel so gut wie leer, hat das Leben alles Bekömmliche herausgeklaubt, und nur mehr die Ungenießbaren sind übrig. Arme Uschi Engelbert. Was auch immer sie da durch das Maisfeld gejagt hat, Tante Lotte wird es wohl nicht gewesen sein.

»Geht es dir nicht gut, Frau Huber?«

»Alles bestens!«

Amelie steht neben ihr, hat es eilig, verständlicherweise. Hurtig packt sie das bereits präsentierte Zeugnis wieder in den Umschlag und marschiert aus der Küche. Sogar ihr Glas Wasser samt dem Schuss hausgemachten Schafgarbensirup und Blättern der Zitronenmelisse lässt sie stehen. Gibt heute eben viel zu tun.

»Hier, Amelie, bevor ich's noch vergess!«, greift die alte Huber in die Tasche ihres Kittelkleides: »Das ist für dich!«

»Aber Frau Huber. Das ist viel zu viel! Das sind ja 50 Euro!«

Wenig ist es natürlich nicht. Aber: zu viel? Für zwei Wochen Italien und die langen Ferien? Die alte Huber kann doch rechnen. Nicht einmal für ein Brickerl täglich oder Twinni geht sich das aus. Magnum schon gar nicht. Was sind heute schon 50 Euro. 688 Schilling, 97,79 DM, wären vielleicht noch etwas wert gewesen vor 20 Jahren. Nur ist halt Umrechnen genauso klug wie eine Langspielplatte mit Kassettenrekorder hören wollen, eine Kassette mit CD-Player, und eine CD auf dem Handy. Die Vergangenheit lässt sich solange auf keinem Gerät der Gegenwart abspielen, bis sie sich wiederholt. Beängstigend.

»Jetzt nimm schon, wo deine Mama doch jeden Groschen umdrehen muss.« Und nicht nur weil Amelie auf Nadeln sitzt, sondern auch das Wort »Groschen« garantiert nicht versteht, gibt es nun dieses Um-den-Hals-Fallen, bei dem die alte Huber immer noch nicht recht weiß: wie reagieren? Ist ja auch verdammt schwer, wenn ein Mensch, sobald er laufen konnte, kaum noch in den Arm genommen wurde. Manch heutige Selbstverständlichkeit war dazumal eben eine andere.

»Sehen wir uns eh heut beim Schulabschlussgrillen, Frau Huber!«

»Na, so weit kommt's noch!«

Weg ist es, dieses Bündel Lebensfreude, und für die alte Huber nur noch eines wichtig.

Dieses elende Maisfeld.

So prächtig die Sonne nun auch auf dieses Land herabscheint, es ist ein düsteres Gefühl, mit dem sie nun auf die Stauden zugeht, als würden sie ihr zuflüstern.

»Na los, Hanni, trau dich. Komm zu mir!«

Und genau das hat sie vor.

Mit Gehstock in der Hand.

»So eine Schnapsidee!«, wird ihr bereits nach den ersten schmerzhaften Schritten bewusst.

Unwegsam der Boden, trockene Erdklumpen, eng stehende Pflanzen. Menschen mit Platzangst sei von einem Besuch hier abgeraten. Meine Güte, hat die alte Huber als Kind immer ausgesehen, wenn sie durch die Felder gelaufen ist, Verstecken spielen oder einfach nur die kleinen gelben Kolben naschen. Und immer dabei dieses mulmige Gefühl, eine verbotene Zone zu betreten. Dazu all die riesigen Pflanzen, deren Blätter wie Fangarme mit scharfen, widerspenstigen Blättern nach ihr greifen.

Eine halbe Ewigkeit muss ihr letzter Besuch in dieser Umgebung nun her sein. Ein paar Kühe standen da noch in ihrem Stall, zwei Ziegen, die Hühner, Gänse, genug Vieh für den Eigenbedarf. Ihr Ehemann Walter hatte noch sein Leben, sein Land und beide Beine, ja, und der Mais keine Ahnung von irgendeiner künstlich herbeigeführten Genveränderung. Kam der Tag, um die Felder abzuernten, ging Hannelore Huber morgens mit einem Jagdgewehr durch die Kukuruzreihen, und alle fünfzig Schritte wurde ein Schuss gen Himmel abgefeuert.

Jeder einzelne konnte Leben retten.

Tiere, die aufgescheucht Reißaus nehmen, denn um Unterschlupf und Futter zu finden, ist der Andrang hier groß. Meisen, Zipsalp, Rotkehlchen, Fasane, Rebhühner, Kraniche, Graugänse, Ringelnattern, Erdkröten, Mäuse, Marder, Füchse, Feldhasen, Rehe, Wildschweine … Die Liste endlos. Was die alte Huber schon an Leichen beseitigen musste, nachdem der Mähdrescher seine blutrote Spuren gezogen hatte, reicht ihr für ein Leben.

Und jedes Mal waren da diese feinen Schnitte an ihren Unterarmen, kaum zu erkennen. Je höher das Tempo, desto mehr davon. Erst der Schweiß, das Salz haben sie spürbar werden lassen. Ein Brennen und Jucken. Und obendrauf das Gift. Denn nur mit gutem Zuspruch lassen sich Maiszünzler und Maiswurzelbohrer nicht zur Umkehr überreden. Durch ein Kukuruzfeld zu laufen, ist also nicht zwingend frei von Nebenwirkungen. Folglich lässt es Hannelore Huber mit dem Laufen auch lieber gleich bleiben, ist ja ohnedies kein Spaß mehr in ihrem Alter, sondern bewegt sich in äußerst gemächlichem Tempo durch die Staudenreihen, beherzt dabei nur ihre Armbewegungen, der Gehstock wie eine Machete von sich gestreckt. Hin und her und her und hin – und wäre sie nicht gar so angespannt, ihr käme wohl unweigerlich der Gedanke an den *Radetzkymarsch* und das letzte Neujahrskonzert, oder vorletzte, oder im Grunde an jedes andere auch – zum Glück ohnedies immer dasselbe. Und wenn der ganze Spaß dann eines üblen Tages aus Hallstatt II in der südchinesischen Provinz Guangdong live übertragen wird, mit André Rieu am Pult des Johann Strauss Orchesters, ist sie hoffentlich schon tot.

Kein schönes Bild, das alles.

Auch nicht alles weitere. Denn mit jedem Schritt tiefer hinein in dieses Feld wird auch ihr Unbehagen immer größer. Aber sie hält dagegen, beginnt leise, ihren Walter zu zitieren, Gott hab ihn selig,

Kukuruz, Kukuruz,
ohne Fleisch und ohne Fett,

während bei den Grubmüllers wieder diese unsägliche Brüllerei einsetzt.

»Frau, verdammt. Und was will die Polizei im Ort.«

»Glauben Sie, Chef, ist das ein Zufall?«

»Was? Dass sich die Kollegin Untersattler schwängern lässt, und ich bekomm das Kind?«

»Nicht wahr, Chef! Das wusste ich ja gar nicht! Sie sind der Vater von …«

»Meine Güte, Brauneder, denken Sie mit. Einmal wenigstens!«

»Dann sind Sie also gleichzeitig selbst auch Vater geworden? Herzliche Gratulation. Und wenn ich das ganz offen sagen darf: Es freut mich, dass Sie einmal etwas aus Ihrem Privatleben mit mir teilen, Chef!«

»Ah geh!«

»Ist es ein Bub oder ein Mädel?«

»Ein Bub!«

»Das passt zu Ihnen. Und sicher ein hübscher, oder? Gesund hoffentlich auch, und natürlich gescheit, wie der Vater, und …!«

»Eine Dumpfbacke ist das und jetzt schon gescheitert!«

»Ich mag Ihren schwarzen Humor.«

»Humor?«

»Keine Sorge, die Kinder wachsen sich aus, und …!«

»Schluss damit, Brauneder! Stellen Sie sich in die Einfahrt. Wir sind da!«

So viel geistige Alltagsverknappung wie bei Lukas Brauneder hat die Polizeischule noch nicht gesehen. Ein Trauerspiel ist das. Wolfram Swoboda erspart sich also jede weitere Erklärung à la: »Sie hab ich gemeint, Brauneder. Sie sind der Gschrapp, den man mir angehängt hat, das Kind, die Dumpfbacke!«

Alles wurde anders, nachdem Angelika Unterberger-Sattler endlich ihren Frischling geworfen hatte. Und es dauerte, bis Wolfram Swoboda eines Tages mitgeteilt wurde, seine Bitte um Verstärkung sei erhört worden. Er bekomme also endlich wie gewünscht einen Kollegen zur Unterstützung. Jubel natürlich.

Es war ein verregneter Morgen, als Lukas Brauneder die Dienststelle betrat und Wolfram Swoboda nicht recht wusste, was da jetzt vor ihm steht. Ein abgemagerter Musterschüler irgendeiner Eliteschule, der nach dem Geigenunterricht vor seiner russischen Haushälterin davongelaufen ist? Ein grad frisch gekrönter Bezirksmeister im Blitzschach, der als Beweis seiner realen kämpferischen Fähigkeiten in eine viel zu große Uniform schlüpfen und eine Mutprobe ablegen muss? Eines wusste Wolfram Swoboda jedenfalls auf Anhieb. Seine Bitte um Verstärkung war nicht er-, sondern überhört worden, weil wo bitte war da die Verstärkung? Und besser als mit seinem ersten Satz hätte sich diese Verhöhnung eines ganzen Berufsstandes gar nicht vorstellen können.

»Bin ich hier richtig?«

Wenn schon diese vier Worte zur Begrüßung, dann bitte in anderer Reihenfolge, als Feststellung: »Hier bin ich richtig.« Punkt.

Klare Ansage.

Aber als Polizist verkleidet einen Raum betreten und die einzig anwesende, ebenso eindeutig als Polizist erkennbare Person fragen, ob man hier richtig sei, das, das, das … Wolfram Swoboda wusste nur eine Antwort: »Das kann ich Ihnen nicht sagen, ob Sie richtig sind! Je nachdem, wo Sie hinwollen. Wir sind hier jedenfalls der örtliche Kostümverleih. Die Hose und die Ärmel könnt ich Ihnen kürzen lassen beim Schneider Popowitsch, wenn Sie wollen!«

Da war nur Leere im Gesicht des Lukas Brauneder. Und Stillstand. Wolfram Swoboda hat nicht mitgestoppt, aber derweil in Seelenruhe den Filter seiner alten Melitta mit Kaffee angefüllt, Wasser in die Maschine geleert, auf »Start« gedrückt, sich umgedreht und danach immer noch diese rat- und regungslose Person vor sich gesehen. Als hätte sich Lukas Brauneder aus dem Raum-Zeit-Gefüge herausgenommen und in einen Kristall verwandelt, spiegelte sich in seinen glänzenden Augen das draußen vor dem Fenster unübersehbar auf den Gehsteig ragende Schild »Polizei!« wider. Zumindest äußerlich seelenruhig nahm Wolfram Swoboda vor seinem Schreibtisch Platz, die Tageszeitung in der Hand, und schließlich kam doch noch ein erstes Lebenszeichen.

»Ein, ein, ein Kostümverleih?«

Das genieß ich jetzt, dachte sich Wolfram Swoboda, blätterte mit bemühter Langsamkeit auf die nächste Seite, zählte geistig die obligaten 21, 22, 23, um dann über die Oberkante seiner Gazette dieses Nichts ins Visier zu nehmen: »In Ihren Unterlagen steht, Sie wären 27 Jahre alt, Brauneder! Warum belügen Sie die Behörde um mindestens ein Jahrzehnt und die viel wichtigere Frage ist, warum …«

»Ich bin hier also richtig!«, kam es erleichtert zurück.

»Wenn Sie mich noch einmal unterbrechen, Brauneder, dann schick ich Sie als ersten Einsatz rüber ganz ans Ende des Glaubenthaler Grabens zum alten Praxmoser, der begrüßt jeden Fremden mit einer Schrotladung und war hier in der Region jahrelang Schützenkönig!«

Er hätte es tun sollen. Aber nein.

Ein Elend ist das mit seiner Güte. Seither versieht Lukas Brauneder hier seinen Dienst und träumt Wolfram Swoboda jede Nacht nur noch von ihr: seiner Untersattler.

»Brauneder. Sie sollen sich nicht in die Einfahrt einparken, sondern in die Einfahrt stellen! Das ist ein gewaltiger Unterschied.«

»Aber Chef, in der Einfahrt steht ein, ein weißes Pferd –«

»Na, da fahren Sie eben vorsichtig! Und wehe, Sie streifen wo an. Das gehört zu uns!«

»Zu uns?«

»Das ist jetzt aber ein Witz, oder! Ich hab das extra in die Stellenausschreibung geschrieben, fett markiert: Der neue Kollege muss des Springreitens mächtig sein, und ein bisserl Voltigier-Kenntnisse wären auch nicht schlecht.«

»Wir haben jetzt eines von den Polizeipferden?« Lukas Brauneder erblasst.

Wolfram Swoboda steigt aus, sieht sich um. Keine Menschenseele, keine Schaulustigen. Nur der SUV des Bürgermeisters und Dorfarztes Kurt Stadlmüller und Tante Lotte. Gut, Uschi Engelbert wohnt ein Stück außerhalb, ohne unmittelbaren Nachbarn, Streusiedlung eben, trotzdem zieht jeder Todesfall die Menschen aus ihren Löchern wie die Fleischfliegen. Hier aber dürfte die abschreckende Wirkung zu groß gewesen sein.

»Traut sich keiner her, oder, Tante Lotte! Und was machst du hier?«, streicht er der Pinzgauerin des alten Praxmoser über den Hals.

»Aber Chef, mein letztes Mal war als Kind auf einem Pony!«, steigt nun auch Lukas Brauneder aus.

»Sie können ja bei irgendeinem Bauern üben gehen, die freuen sich, wenn es was zu lachen gibt!«

»Aber Che-!«

»Dass Sie keine Schmerzen haben, Brauneder, ist schon ein außergewöhnliches Wunder!«

»Wieso Schmerzen?«

»Weil das natürlich die Stute vom alten Praxmoser ist, Uschis Vater. Die Polizeipferde können S' als Leberkäs-Semmerl essen, in der Stadt!«

»Ach so?«, amüsiert sich Brauneder, und wenn es eine Eigenschaft gibt, die Wolfram Swoboda an ihm dann doch irgendwie bewundert, wäre das seine stets gute Laune. Was Wolfram Swoboda zumindest die Theorie bestätigt, wie angenehm es sich als Vollpfosten wohl leben lässt und dass geistige Schlichtheit der beste Impfschutz gegen die Traurigkeit ist.

»Was ich Sie eigentlich fragen wollte, Chef: dass grad heut, am letzten Schultag, die Uschi Engelbert stirbt. Glauben Sie, ist das ein Zufall?«

»Bei mir steht O. B. im Ausweis, Brauneder!«

»Das versteh ich nicht!«

»Ohne Bekenntnis. Ich hab keinen Glauben, verdammt! Und wie kommen Sie überhaupt auf diese absurde Idee?«, und allein während er die Frage stellt, schießt Wolfram Swoboda die Erinnerung und somit endgültig Traurigkeit ein. Heut war das, natürlich.

»Na ja, Chef, weil laut Akte ihr Sohn David –!«

»– Ich weiß es, Brauneder, Sie Klugscheißer!«

Das Moped, die Landstraße, das Eisenkreuz. David Engelberts letzter Schultag.

Und was Wolfram Swoboda nun zu sehen bekommt, nimmt ihn mehr mit, als ihm lieb ist.

19 Nur Verdruz

Kukuruz, Kukuruz,
ohne Fleisch und ohne Fett,
Kukuruz, Kukuruz, das ist fast so wie Diät.

Wenn so eine Ehe, jeder in eine andere Richtung, nur mehr einer ziellosen Flucht zweier Sträflinge gleicht, mit schweren Ketten an den Füßen, dann bleiben die wenigen Episoden der Freude eben hängen, wie die Sehnsucht zurück in die gemeinsame Zeit und nach dem trocknen Brot.

Borscht ist gut, Kwaß ist gut,
aber wie zum Trutz – hei –

Mit Maisgerichten war Walter jedenfalls keine Freude zu bereiten.

Das wird die alte Huber nie vergessen, wie ihm da bei Polenta auf dem Teller zuerst das Herz weich und dann die Zunge locker wurde.

kocht sie mir, macht sie mir –
nichts als Kukuruz!

Gesungen hat er und ihn die alte Huber ein »Untersteh dich!« wissen lassen, im vollen Bewusstsein darüber, wie dieses Liedchen nun weitergeht.

Hei, hei, hei! Der Teufel soll sie holen –
hei, hei, hei! Samt ihrer Kocherei!

Und logisch war Walter nicht zu bremsen, ein Schmunzeln auf den Lippen. Und jetzt lächelt sie doch noch ein wenig, die gute Hannelore. So wie damals bei Tisch, den brummenden Walter neben und diesen Moment der Entspannung in sich. Sogar angesehen haben sich die beiden, durch die Augen des anderen in diese jeweils unbekannte Tiefe geblickt, und dabei miteinander gesungen, dieses alte Lied. So wie die alte Huber nun allein, zaghaft zuerst

Alle Tage Kukuruz, alle Tage Kukuruz,

dann immer energischer.

jeden Sonntag Kukuruz,
jeden Montag Kukuruz,
jeden Dienstag Kukuruz,
jeden Mittwoch Kukuruz, das sind Scheidungsgründe!
Hei, hei, hei! Wer kann das ertragen?

Durchaus gezielt geht es dabei der einen oder anderen Kukuruzstaude an Kopf und Kragen. Und ja, das tut schon gut, sich bei jedem Schlag den Schädel des Grubmüller Adam zu visualisieren. Links, rechts, Ulrich, Adam, Ulrich, Adam, auf dass es die struppigen Häupter nur so durchbeutelt.

Bald schimmert ihr durch das Grün des Kukuruz ein weiteres Grün entgegen, matt, verkommen, rostig: der mittlerweile von Mais umwachsene Kurzschnauzer T180. Und je näher die alte Huber nun kommt, desto schneller ihre Schritte und eindeutiger die Tatsache: Da liegt jemand.

Bloßfüßig, die Zehennägel verdreckt, ragen hinter dem

Traktor haarige, nackte Beine heraus. Die weiße Unterhose in den Kniekehlen, daneben ein Funkgerät, und den Rest will die alte Huber eigentlich gar nicht sehen müssen, nur leider. Die so scharf herableuchtende, brennende Sonne schenkt ihr kein Erbarmen.

Bauchabwärts wie Gott ihn schuf und nun auch wieder zu sich holte, breitet sich Großbauer Ulrich Grubmüller vor ihr aus. Auf der Landwirtschaftsgeräteschau dürfte er also offenbar nicht gewesen sein!

Blitzschnell muss es gegangen sein. Und ja, die alte Huber hat sich bereits als Kind schon gedacht: Wenn sie sich je eine Art zu sterben aussuchen dürfte, dann genau so:

Hier muss ein Meisterschütze am Werk gewesen sein, denn der Schuss ging direkt ins Herz. Schmerzfrei, unbemerkt, aus und vorbei. Schneller und schöner sterben zu dürfen, ist kaum möglich.

Von schön kann mittlerweile keine Rede mehr sein. Schließlich genießt Ulrich Grubmüller sein finales Schläfchen hier bereits seit letzter Nacht, also doch schon ein Weilchen, und das bei einer Affenhitze, wie sie hier in Glaubenthal noch nicht erlebt wurde. So etwas hinterlässt natürlich Spuren. Kurzum: Ulrich Grubmüller hat schon deutlich frischere Zeiten gesehen. Nicht nur der eigenen Selbstauflösung wegen, sondern weil die vorbeispazierenden Trauergäste einen ordentlichen Appetit mitbringen. Der Leichenschmaus also gleich an Ort und Stelle. Bakterien, Insekten, Vögel, Reptilien, Säugetiere ... Und wenn sich die alte Huber mit ihrem Ausflug noch ein wenig Zeit gelassen hätte, wer weiß, was dann noch übrig wäre.

Viel jedenfalls nicht. Und logisch kommt der guten Hannelore nun der Gedanke, ob es sich wohl in den dazugehörigen Familien ähnlich verhält. Denn auch hier schrumpft seit gestern mit jedem verstrichenen Tag die Zahl der Überlebenden. Zuerst der alte Grubmüller, ersoffen in seiner Jauchgrube. Dann, am Todestages ihres Sohns David, die Praxmoser-Tochter Uschi Engelbert, und jetzt ihr Schwager, der Grubmüller-Sohn Ulrich. Erschossen. Nur von wem?

Da braucht die alte Huber jetzt keine große Kombinationsgabe, um auf folgende Idee zu kommen: Ulrich Grubmüller erklärt seiner Frau Anita, eine Landwirtschaftsausstellung zu besuchen, betrügt diese seine Frau aber stattdessen mit ihrer alleinstehenden Schwester Uschi Engelbert. Die beiden verabreden sich mit Funkgeräten, nicht blöd, um diverse Kontaktnachweise auf Mobiltelefonen zu verhindern, gönnen ihrem tristen Alltag hier unter dem rostigen Traktor also einen luftigen, von Hannelore akustisch vernehmbaren Höhepunkt – und werden in flagranti erwischt. Von Severin Praxmoser: Uschis Vater, Anitas Vater, Ulrichs Schwiegervater. Worauf sich dieser nicht zweimal bitten lässt und den ohnedies verhassten Schwiegersohn Ulrich kurzerhand erschießt. Auch dieser Schuss war für die alte Huber zu hören.

Und viele Gründe, daran zu zweifeln, wer Ulrich Grubmüller auf seine letzte Reise geschickt haben könnte, gibt es nicht.

- Erstens ist der durch seine Brust gehende Treffer ein lupenreiner Herzschuss und Severin Praxmoser war bis vor Kurzem der längstdienende Schützenkönig dieser Gegend.
- Zweitens muss Ulrich Grubmüller schon als massiv lebensmüde bezeichnet werden, zuerst gegen den Willen des alten Praxmoser dessen älteste Tochter Anita zu ehelichen und dann, wahrscheinlich auch nicht unbedingt nach Absprache mit dem Herrn Schwiegerpapa, zwischen den Stauden seine jüngere Tochter Uschi zu begatten. Justament unter diesem

Traktor. Baujahr 1953. Da fällt der alten Huber auf Anhieb ein Haufen Bauern ein, die solch einem Schwiegersohn keinen derartigen Gnadenschuss verpassen, sondern absichtlich schön schlecht treffen würden, auf dass der Todeskampf dann schon ein bisserl dauern möge, möglichst qualvoll.

- Drittens ist die Feindschaft zwischen den Familien Grubmüller und Praxmoser derart tief sitzend, da war es ohnedies nur eine Frage der Zeit, wer in diesen Familien wem zuerst eine Kugel verpasst.

Uschi jedenfalls läuft danach Hals über Kopf davon, stolpert vor Hannis Augen aus dem Maisacker, hinterdrein Tante Lotte, die Noriker-Stute des alten Praxmoser. Bleibt nur noch die Frage offen: Wie ist Uschi Engelbert nun ums Leben gekommen? Hat sie tatsächlich ihr eigener Vater … Welch schrecklicher Gedanke.

Als wolle er seinen Zusammenbruch vor der Jauchegrube wieder ausbügeln, streift Lukas Brauneder seine Einweg-Gummihandschuhe über, zückt sein Diktiergerät und beginnt, mit dieser seltsam mechanischen Stimme, als wäre aus irgendeinem Raumschiff ein alter Android ausgemustert worden, in dieses zu sprechen.

»Die Tote ist weiblich, 45 Jahre. Mit Lockenwicklern und geschlossenen Augen sitzt sie vor dem laufenden Fernseher, die falschen Fingernägel rot lackiert, eine offene Dose Schlaftabletten steckt in ihrer Hand! Leer. Über ihr luftiges Negligé verteilt ein heruntergeschmolzenes Magnum, vermutlich Double Caramel, auf dem Synthetik-Ledersofa ein halb leerer Ramazzotti ohne Glas, daneben ein Funkgerät, auf ihrem Schoß ein Buch, *David Copperfield* von Charles Dickens, als aktuelles Fernsehprogramm läuft *Das große Schlagerfest XXL – Die Party des Jahres.*«

»Schalten S' endlich diesen Schmarrn ab, Brauneder, bevor mir das Kotzen kommt!«, zeigt Wolfram Swoboda Nerven.

»Was für'n Schmarrn, Chef?«

»Den Fernseher, Brauneder. So ein plötzlicher Hirntod beim *Großen Schlagerfest XXL* ist nämlich keine Überraschung. Gut, Sie könnt so was natürlich nicht treffen!«

Doch zu spät.

Bürgermeister Kurt Stadlmüller betritt das Wohnzimmer.

Verbittert wirkt er und ungehalten. Streng sein Ton.

»Finger weg!«

Lukas Brauneder zuckt zurück, als hätte er den Elektrodraht des Schusterbauern erwischt. Und eines ist klar: Wenn hier jemand sein Polizeipersonal anfauchen darf, dann nur der Chef Wolfram Swoboda persönlich.

»Vergreifen Sie sich nicht im Ton, Stadlmüller!«

»Und Ihr Nachwuchs nicht am Programm, Swoboda. Ich hab der Uschi den Fernseher aufgedreht. Ich hab der Uschi den Schmarrn in der Mediathek gesucht, weil sie genau diesen Schmarrn gern geschaut hat. Und ich dreh der Uschi den Fernseher auch wieder ab. Verstanden. Nur ich!«

Und Lukas Brauneder sorgt für Erstaunen, scheint nicht nur über seine eigene Naivität ziemlich erhaben zu sein, sondern obendrein immun gegen jegliche von außen auf ihn einwirkende Emotion.

»Und was haben Sie sonst noch alles angegriffen? Weil das ist vielleicht nicht gar so gut wegen der Fingerabdrücke!«

»Wissen Sie, was nicht gut ist! Dass ich hier seit über einer Stunde auf die Polizei warten muss, als hätte die Polizei gar so viel zu tun, oder haben S' vorher wieder eine Infusion gebraucht!«

Höchste Zeit für Wolfram Swoboda, ein wenig mitzumischen.

»Wie war das noch einmal, Stadlmüller. Sie wollten nach Uschi Engelbert sehen, weil die Uschi ja immer so verlässlich ist und heut nicht in Ihre Ordination gekommen ist, und haben Sie tot gefunden. Das müssen wir jetzt erst einmal glauben. Gibt es Zeugen? Von der Frage ganz abgesehen, was der Praxmoser hier macht! Der redet doch seit Jahren kein Wort mehr mit seinen Töchtern! Wer hat ihn verständigt? Sie?«

»Niemand. Das Pferd war schon hier, wie ich gekommen bin! Und jetzt ersparen Sie mir das Polizeigetue, Swoboda. Ich hab mich immer um die Uschi gekümmert, hab der Uschi ihren Buben, den David, seit seiner Geburt als Hausarzt betreut, hab mit ihrem Halbbruder, dem Straubinger Pepi, dem Schusterbauern und ihrem Schwager, dem Grubmüller Ulrich, die sich alle hassen wie die Pest, trotzdem seinen Sarg mitgetragen, während Sie nicht einmal beim Begräbnis waren! Also verhören Sie mich hier nicht, Swoboda. Schauen Sie sich lieber die Uschi ganz genau an und sagen mir, was Sie sehen.«

Und sie wirkt, diese regungslose, aufrechte Ausstrahlung des Arztes, wie ein erhobener und zugleich auf ihn gerichteter Zeigefinger.

Du. Bist. Schuld.

Wolfram Swoboda weiß, was zu tun ist, auch aus Gründen des Welpenschutzes: »Warten S' draußen, Brauneder, aber sofort!« Da kennt er die Spezialfälle in seinem Revier nämlich viel zu gut, um vor möglichen Konsequenzen keinen Respekt zu haben.

Männer gibt es, allein die Idee, diese möglicherweise in Rage zu versetzen, schreit nach guten Kontakten oder einer Krankenzusatzversicherung. Da fehlen Wolfram Swoboda nämlich ein paar Hände, um aufzählen zu können, wie oft er beispielsweise drüben in dem Tankstellenimbiss Pittner, kurz vor der Ortseinfahrt Sankt Ursula, den Straubinger Pepi, als er noch in seinem Lastwagen für das Sägewerk unterwegs war, aus diversen Schlägereien herauslösen musste. Ja, lösen, wie aktuell diese elenden SUV-Aufkleber, derer sich auch Kurt Stadlmüller kürzlich erfreuen durfte. Mitten in Sankt Ursula ist er nach einem Patienten-Hausbesuch neben seinem Geländewagen gestanden und hat mit seiner Arzttasche auf den danebengeparkten VW Passat gedroschen wie ein Irrer.

»Verlogene Welt!«

Und natürlich musste er ihn festnehmen, verhören, und natürlich konnte er jedes Argument von Doktor Stadlmüller nachvollziehen. Da freut sich Wolfram Swoboda schließlich selbst schon drauf, erstmals so einen Idioten zu erwischen, der ein betagtes Auto fährt, einen alten 2CV, 68er-Symbol der Freiheit zum Beispiel, oder irgendeinen volksnahen Abgasbetrüger, und dann jedem Sport-Utility-Vehikel mit Hybridantrieb oder Harnstoffeinspritzung »FUCK SUV!«-Etiketten auf die Windschutzscheiben pickt – was jetzt auch nicht für den SUV spricht, sondern nur für sich selbst. Der Mensch ist schon ein fester Depp, so amüsant, so simpel, dass es ja direkt schon wieder ganz schön kompliziert und ziemlich traurig wird.

»Ich versteh Sie, Stadlmüller, trotzdem dürfen Sie nicht jeden x-beliebigen VW ruinieren. Und wenn da mein alter Porsche gestanden wäre, dann Gnade Gott!«

Und ja, er versteht ihn auch jetzt. Seine Überreaktion, seinen Schmerz.

Still wird es.

Zwei Männer und eine tote Frau.

Eine Spur tiefer werden die Atemzüge des Wolfram Swoboda, dazu das Schniefen des Kurt Stadlmüller. Tränen.

»Mein Beileid, Stadlmüller. Das ist wirklich bitter mit der Uschi!«

Auch für Wolfram Swoboda.

Und sie hängt ihm nach, die Frage des Arztes: »Schauen Sie sich lieber die Uschi ganz genau an und sagen mir, was Sie sehen.«

Ja, Wolfram Swoboda ist sich völlig im Klaren darüber: Auch er war nach seiner Scheidung einer der vielen, die sich von Uschi rundum wieder aufpäppeln, bewundern, verwöhnen haben lassen, seelisch, körperlich, sexuell. Ihr dabei den Himmel versprechen und nicht einmal das Gelbe vom Ei übrig lassen. Ihre Hoffnung auf eine langfristige Bindung missbrauchen wohlwissend, einen Menschen wie sie auf Dauer nicht aushalten zu können. Jemand, der zwanghaft für sein eigenes brüchiges Selbst den ständigen Nachweis einholen muss, für irgendetwas nützlich und dadurch wertvoll, von irgendjemandem gebraucht und nicht unnötig zu sein.

So also kann Wolfram Swoboda nicht umhin, in der toten Uschi Engelbert auch einen endlich erlösten Engel zu sehen. Zufrieden sieht sie aus, befreit von dem immer enger werdenden Zangengriff ihrer Zwänge und ihrer Einsamkeit.

Und er sieht noch viel mehr.

Auf dem Synthetik-Ledersofa direkt neben der halb leeren Flasche Ramazzotti blinkt ein Display. Dazu das Rauschen, ein Piepton und schließlich ein aufgeregtes »Hallo!«, weiblich, leicht krächzend. »Hallo, hallo. Hört mich da jemand!«

Gottlob reagiert Wolfram Swoboda auch zuerst, greift zum Sofa und schnappt sich das dort liegende Funkgerät.

»Wer spricht?«

»Hallo, hallo. Ob mich jemand hört!«

Keine Reaktion, nur der schwere Atem aus den kleinen Lautsprechern, dazu ein Fluchen: »Ja, darf denn das alles wahr sein, so ein Dreck!«

»Das ist die Huber Hanni!«, erkennt Bürgerdoktor Stadlmüller auf Anhieb. Und es dauert, bis wieder ein Rauschen einsetzt.

»Sie müssen loslassen, wenn Sie mich hören wollen, Frau Huber, und den Knopf drücken, wenn Sie sprechen. Alles klar?«

»Und mit wem sprech ich dann?«

»Swoboda, Polizei!«

»Nicht wirklich?«

»Ziemlich wirklich sogar. Und ihren Vogelbeerschnaps oder

hausgemachten Eierlikör könnt ich jetzt auch dringend brauchen!«

»Sind Sie vielleicht grad bei der Uschi!«

»Sind Sie also eine Hellseherin. Jetzt bin ich aber sehr neugierig! Moment –«, streckt er das Funkgerät von sich, brüllt: »Brauneder, reinkommen!«, um mit Blick aus dem Fenster neben Tante Lotte stehend eine Geschichte wie aus *Tausendundeiner Nacht* erzählt zu bekommen: die Liebelei im Feld, der Schuss, das weiße Pferd, die durch die Finsternis huschende Uschi … All das obendrein bezeugt vom Schusterbauer Franz.

»Und?«, darf sich Wolfram Swoboda zurück im Wohnzimmer von Brauneder verhören lassen: »Warum hat die alte Huber ein Funkgerät, das mit der Uschi verbunden ist?«

»Weil sie es im Maisfeld gefunden hat. Hören S' zu, Brauneder: Vermutlich hat der Grubmüller Ulrich seine Frau, die Anita, mit ihrer Schwester Uschi betrogen. Beides Praxmoser-Töchter. Und weiters vermutlich hat der alte Praxmoser die Uschi und den Ulrich heut Nacht im Maisfeld erwischt, worauf die Uschi davongelaufen ist und sich aus lauter schlechtem Gewissen umgebracht hat!«

»Und der Ulrich Grubmüller!«

»Den hat er gleich an Ort und Stelle erschossen, und dort liegt er jetzt. Das heißt: Sie machen sich nützlich, Brauneder – und suchen den alten Praxmoser.«

»Aber ich weiß ja gar nicht, wie der aussieht!«

»Was für ein Talent!«, kommt es Kurt Stadlmüller kopfschüttelnd über die Lippen.

»Dort!«, deutet er auf die Vitrine. »Das Foto!« Darauf ein aufrechter, stolz wirkender Mann mit kahlem Schädel, tief in die Stirn gezogener englischer Schirmmütze, Pfeife in seinem rechten Mundwinkel, wallendem grauem Bart.

»Der?«, traut auch Brauneder seinen Ohren nicht: »Wie ein russischer Seefahrer oder als Fotomodell für eine Whisky-Werbung oder …«

»Wahnsinn, Brauneder, Sie heißen doch so, oder? Ich muss sagen, Sie haben den siebten Sinn. Der alte Praxmoser ist geborener Sankt Petersburger, was sein Vorname Severin verrät.«

»Wirklich!«

»So wahr mir Gott helfe. Dimitri Petrowitsch Severin. Bevor er in Glaubenthal von den kinderlosen Praxmosers adoptiert wurde und seinen alten Nach- als Vornamen behalten hat, war er auf Eisbrechern durch die Nordostpassage unterwegs, hat dann ein Zeitchen Beluga-Wodka importiert …«

Und Wolfram Swoboda platzt der Kragen.

»Weil Sie ja als Arzt hier den glorreichen Ruf haben! Also hören Sie auf mit dem Blödsinn, Stadlmüller. Meine Leut nehm ich schön selber auf die Schaufel! Der Praxmoser ist genauso wenig russisch, Brauneder, wie Sie den Tarzan spielen könnten. Und jetzt verschwind'n S' und nehmen bitte Ihre Waffe mit, wenn S' den Praxmoser suchen!«

21 Friedensgrüße

Schon allein das Anheben der Beine war ihr, als hätte sie Blei an den Füßen.

»Ja darf denn das wahr sein!«

Hinauf wollte die alte Huber aber trotzdem. Sich auf den zerfransten Sitz des Traktors niederlassen. Sehen und gesehen werden, darauf kommt es an.

Wie in einem Bunker steht die Luft. Die flirrende, drückende Hitze gleicht einer Eisenrüstung, und selbst die Atemzüge hinterlassen ein wärmendes Gefühl.

»Wo bleiben die so lang!«, streckt sie sich ein Stück aus dem Traktorsitz empor, um halbwegs in die Ferne zu sehen, und zuckt ruckzuck wieder ab. Na, der Kerl hat ihr gerade noch gefehlt. Mit deutlich überhöhter Geschwindigkeit schießt der Grubmüller-Traktor aus dem Waldstrich die Forststraße herüber, kommt immer näher, lässt eine Staubwolke in den Himmel aufsteigen und bremst sich schließlich ein, genau zwischen dem Maisfeld und Hannelores Häuschen. Nur noch das Brummen des Motors, dazu, aus dem Hintergrund, ein hasserfülltes Brüllen. »Runter vom Traktor, sonst, sonst …!«, atemlos.

Vorsichtig äugt die alte Huber über die Kolbenspitzen hinweg und atmet erleichtert durch. Denn es ist nicht Adam, sondern Helga Grubmüller, die da hinter dem Steuer sitzt.

Hier in der Gegend war das insbesondere in früheren Zeiten natürlich kein überraschender Anblick. Kinder und Jugendliche, die wie selbstverständlich eingebunden werden in das tägliche Arbeitsleben, bei Aussaat und Ernte helfen, auf den Feldern stehen, Melkmaschinen bedienen, Ställe ausmisten,

Traktoren lenken. Letzteres einst natürlich nur durch die Hand der Söhne, heute auch Töchter.

Heimat bist du beider eben.

Tragischerweise hat sich dieser Umstand hier in Glaubenthal nicht schon in den Fünfzigerjahren herumgesprochen. Vielleicht hätte es sich Johann Grubmüller dann zweimal überlegt, als Halbwüchsiger auf diesen grünen Kurzschnauzer zu steigen. Vielleicht wären dem Traktor somit die schwersten Dellen erspart geblieben, Johann nicht in der Jauchegrube und sein Sohn Ulrich unter dem Steyr-Oldtimer zu Liegen gekommen. Vielleicht also wären die beiden heute noch im Leben und nicht im Tode vereint.

Nur leider. Elender Konjunktiv, sinnloses Geschwätz.

Acht Jahre war die gute Hannelore damals alt, als sie nach dem Sonntagsgottesdienst neben ihrem Vater vor der Kirche stand, rundum die Leut, der Tratsch, das Gerede, und es plötzlich laut wurde: »Du Waschlappen, zeig dich!« Während der Messe konnte sie es schon beobachten, wie sich da zwei der damals noch reichlich vorhandenen Ministranten während des Friedensgrußes –

»Der Friede des Herrn sei allezeit mit euch!«
»Und mit deinem Geiste!«
»Gebt einander ein Zeichen des Friedens!«

– nicht die Hände reichen, sondern ein paar Alternativen durchprobieren wollten. Johann Grubmüller und Severin Praxmoser. Severin verweigerte anfangs überhaupt jede Regung, Johann beschränkte sich auf das Zeigen der geballten Hand, worauf Severin ein lautes: »Das ist mir klar! Wer nix im Hirn hat, dem bleibt nur die Faust« folgen ließ, Johann umgehend eine großzügige Ladung seines Speichels gezielt in Bewegung setzte, dafür ein »Lama, passt zu dir. Dumme Tiere.« zurückkam und dieser mit einem, in das damals pubertierende Praxmosergemächt versenkten Knie seine Beantwortung fand. Noch rechtzeitig vor Ende des kollektiven Händeschüttelns wurde Johann Grubmüller vom damaligen Pfarrer in die Sakristei verwiesen. Ja und als dann im Anschluss an den Schlusssegen die Glaubenthaler Gemeinde ins Freie strömte, stand Johann bereits parat, um die mit Severin begonnenen Friedensaktivitäten außerhalb der Kirche fortzusetzen. Die Fäuste wollte er durch die Luft fliegen lassen wie sonst nur die Herren in der Gaststube des Brucknerwirts. Und weshalb, erklärt sich zwischen zwei schwer geschlechtsreifen Burschen von selbst. Das halbe Tierreich muss sich seine Weibchen erkämpfen, warum soll da justament für zwei derartige Affen etwas anderes gelten. Fortpflanzung also. Als Subjekt der Begierde stand die damals wohl einträglichste aller möglichen Eroberungen zur Disposition, sprich Waltraud, Tochter des Sägewerkbesitzers Königsdorfer.

So also lauerte Johann Grubmüller, zu allem bereit, beinah vergeblich. Bis dann der ohnedies nicht für seine durchschlagende Männlichkeit bekannte Praxmoser Severin aus der Kirche huschte, in der Menge untergetaucht davonlaufen wollte und die kleine Hanni Tragisches beobachten konnte. Hier die Angst des Severin, dort der Jagdinstinkt des körperlich haushoch überlegenen Johann. Hier die Resignation, dort das Auf-die-Beute-Stürzen: »Da hast du recht: Wer nix im Hirn hat, dem bleibt nur die Faust!«, die Gewalt.

Dazu das Gelächter der umstehenden Herren. »Was duckst du dich weg wie ein Mädchen! Dreh dich um und heb die Arme, Severin. Schlag zurück!« Nicht einmal Hannis Vater rührte sich zum Erstaunen seiner kleinen Tochter von der Stelle.

»Aber Papa!«

»Das müssen sich die beiden selber ausschnapsen, Hanni! Ist ja nur ein Boxkampf.«

»Nur!«

Nachhaltig beeindruckend war das für die junge Huber, mit welcher Gelassenheit, Spannung, ja Inbrunst fast, ein ganzes Dorf, die jeweiligen Väter inklusive, offenbar dabei Zeuge werden wollte, wie die Natur eben strikten Gesetzen gehorcht, sich nicht nur draußen in freier Wildbahn der Stärkere gegenüber dem Schwächern durchsetzt – und das direkt nach dem Sonntagsgottesdienst. Amen.

Da sah es für Severin Praxmoser schon ziemlich schlecht aus und er vor lauter verschwollener Augen wahrscheinlich seine Angebetete gar nicht mehr, trat sie endlich dazwischen. Waltraud Königsdorfer. »Aufhören! Keinen will ich von euch beiden. Keinen!« Selbstverständlich eine Lüge. Warum auch soll ein Menschenweibchen anders ticken als jede andere Dame, Löwin, Hirschkuh, Pfau, egal. Natürlich bleibt so ein Imponiergehabe nicht wirkungslos, beeindruckt es, wenn sich zwei in aller Öffentlichkeit derart um ihre Aufmerksamkeit bemühen. Und natürlich wussten die beiden nach diesem Abbruch Bescheid: Die Sache muss entschieden werden.

So kam es auch. Auf offener Weide fort. Wenn auch mit ungleichen Waffen.

Haflinger gegen Kurzschnauzer. Ackergaul gegen Zugmaschine.

Hier Severin, damals schon ein Pferdefreund, mit Hengst Jupiter beim Pflügen.

Dort Johann mit Traktor beim Nachdenken. Kein aussichtsreiches Unterfangen. *Wird er? Wird er nicht? Und soll ich dann? Oder nicht?* Ja, und als Jupiter während des Wendens wie zu erwarten seinen stämmigen Leib über die Nachbarwiese schob, stieg Johann in die Pedale: »Runter von unserem Grund!«

So also bekam der damals funkelnagelneue 1953 Grubmüller T180 seine ersten groben Dellen, der heute längst verstorbene Pferdefleischhauer Kanzian zwecks Weiterverarbeitung einen frisch angefahrenen Haflinger und Severin Praxmoser nicht nur sein lahmes Bein, sondern auch eine ebensolche Ehe. Denn aus Waltraud Königsdorfer wurde seine Frau. Von wegen, die Natur und ihre strikten Gesetze!

Die Physik siegt eben nicht immer. Leider. Denn von da an nahm das Schicksal seinen bösartigen Lauf.

Spaß wurde das für Severin Praxmoser nämlich keiner, in so eine Holzhandelfamilie einzuheiraten, somit der erste Mann im Dorf zu werden, dessen Frau den eigenen Namen behält, und auch sonst nichts zu sagen zu haben. Zuerst den Schwiegervater als Chef, nach dem Tod des Schwiegervaters dann die Schwiegermutter als Chefin und nach dem Tod der Schwiegermutter die eigene Frau. Und wirklich jeder in Glaubenthal wusste, warum sich die Sägewerkstochter Waltraud Königsdorfer grad ihn und nicht den Johann Grubmüller ausgesucht hatte.

»Ein Leben auf Augenhöhe wäre das!«, soll Waltraud, wie Gott sie schuf, in ihrer letzten gemeinsamen Nacht in der Schnitthalle der Kreissäge vor ihm gestanden haben, so die Erzählung, die Späne in ihren langen Locken, der nackte, schweißnasse Körper mit Holzmehl paniert, wunderschön. »Und genau darum, Johann, wäre mir das mit dir auf Dauer zu anstrengend, so ebenbürtig wie wir sind! Ich brauch einen Mann, der spurt, der mir Kinder schenkt, aber keine Mühe macht. Darum der Severin! Aber ich behalt meinen Namen.«

Ein Leckerbissen so etwas natürlich für den Spott. Verhöhnt wurde Severin Praxmoser nach allen Regeln der Kunst, um sich schließlich einen Spitznamen einzufangen, dessen Folgeerscheinung das Dorf mit einer Wucht treffen sollte, als hätte der Dreißigjährige Krieg seine Spuren hinterlassen: »Der Mann ohne Eier!« Eines düsteren Tages nämlich sind ihm dann welche gewachsen.

Seine Enkelin aber hat sie offenbar schon jetzt.

»Helga!«

Das A lang gezogen wie ein Würgen, müht sich Adam Grubmüller also tatsächlich mit frischem Gipsbein, Krücke und dreiläufiger Schrotflinte den Feldweg herauf. Nur an Breite hat er gewaltig zugelegt. »Du kannst ja jetzt leicht zum Vater laufen, aber lass mir den Traktor, damit ich mich um den alten Praxmoser, dieses Dreckschwein, kümmern kann!«

»Na, das spricht sich ja schnell herum!« Die alte Huber kann es kaum glauben. Gerade erst hat sie dank Zufall die Polizei angefunkt, und jetzt marschieren bereits die betroffenen Grubmüllers auf, bestens informiert und obendrein komplett. Denn auch das letzte verbliebene Familienmitglied läuft nun den Feldweg entlang. Anita Grubmüller, Helgas Mutter, Adams Stiefmutter und die Tochter des alten Praxmoser: »Adam, ich bitte dich, richte kein Unheil an, du weißt ja noch gar nicht ...!«

»Alles weiß ich. Und du bleib stehen, du Dreckstück, sonst vergess ich mich!«, ist Adam Grubmüller zu hören.

Dazu Anita: »Helga, ich fleh dich an!«

Sinnloses Gebrüll.

Weder ihr wie eine Urgewalt auf sie zuhumpelnder Halbbruder Adam, noch das besorgte Rufen ihrer Mutter können

Helga Grubmüller davon überzeugen, wie gefordert den Motor zu drosseln. Stattdessen legt sie einen geländetauglichen Gang ein und wählt eine höchst ungewöhnliche Richtung.

»Ja, gibt's das!«, sieht die alte Huber dieses couragierte Mädel nun direkt auf sich zukommen. Zack, zack, zack, knickt es der Reihe nach die Pflanzen, zieht der rot-weiße Steyr Terrus CVT eine schnurgerade Schneise in das Maisfeld, bleibt direkt neben seinem gebrechlichen grünen Vorfahren, dem Steyr T180, stehen.

Links Helga, unverändert seit dem Morgen, die Haube, das Kleid, nun dazu die Gummistiefel.

Rechts Hanni.

Jugend und Alter, Neuwagen und Oldtimer, Rad an Rad.

»Papa, Papa!«, springt sie heran, stürzt sich auf Ulrich Grubmüller, beugt sich bitterlich weinend über ihren toten Vater. Verhält sich so ein von seinem Vater geprügeltes Kind? War er ein anderer, als Hannelore glaubt? Wem also hat Helga ihren Schmerz zu verdanken? Dem alten Johann? Adam?

Und während die alte Huber durstig, schweißgebadet und mit überraschend weich gewordenen Knien vom Traktor steigen und dem so zerbrechlichen Mädchen irgendwie beistehen will, hört sie vom Feldrand aus Adam Grubmüller mit seiner dreiläufigen Schrotflinte in den Himmel feuern: »Praxmoser, du bist tot!«, und links von sich Stimmen, die ihr noch nie so lieb waren wie in diesem Augenblick. Stadlmüller, Swoboda und sogar der Schusterbauer. »Wer um Gottes willen war so vertrottelt, jetzt schon die Grubmüllers zu verständigen! Du, Schusterbauer, oder Sie, Swoboda?«

Weder noch.

»Und ich am allerwenigsten!«, will die alte Huber noch von sich geben, doch dazu reichen ihre Kräfte nicht mehr. Stattdessen kommen da dieses Zittern, die Übelkeit, der Schwindel, das Ohrensausen, das aufsteigende Hitzegefühl, das Verschwimmen der Konturen …

22 Auf ein Wort

Pfarrer Feiler spürt es. Etwas ist im Kommen.

Die ganze Nacht hat er schon nicht geschlafen, nur noch an eines denken müssen. An Luise Kappelberger, seine Pfarrersköchin, und ihren Auftritt gestern Abend. Völlig verrückt.

»Was ich dir jetzt erzähl, Ulrich! Schwör mir, dass jedes Wort davon im Beichtstuhl bleibt!«

»Ich bin Priester und halte mich an alle meine Versprechen, meine Pflichten. Dazu gehört das Bewahren des Beichtgeheimnisses!«

»Und der Zölibat?«

»Was soll das?«

»–«

»Warum siehst du mich so an? Du konntest ja wohl selbst am meisten davon profitieren!«

»Wovon?«

»Dass ich mir an Jesus Christus und Maria Magdalena ein Vorbild genommen hab!«

»Du erschütterst mich! Jesus hatte Geschlechtsverkehr? Woher weißt du das? Steht das im dritten Testament?«

»Mir wird das zu blöd hier!«

Aus dem Beichtstuhl ist er raus, zügig durch die Kirche marschiert, konnte sich im Hintergrund noch diesen bissigen Ton seiner Pfarrersköchin anhören. »Und wie viele Frauen hatte Jesus dann? So viele wie du?« Und bevor ihm da noch irgendjemand zuhört, ist er hurtig aus der Kirche hinaus, an der Friedhofsmauer vorbei, hat dabei vom Hügel aus über das Dorf gesehen und gleich an Tempo zugelegt. Das fehlt ihm gerade noch, dem Gerede da unten ausgeliefert zu sein. Ihm reicht es schon, mit dem größten Tratschweib unter dem Sternenhimmel auch noch unter einer Decke leben – und gottlob wenigstens nicht mehr liegen – zu müssen.

Nur noch ins Haus zurück, in sein Zimmer.

Lang dauerte es allerdings nicht, und das Gespräch wurde durch das Türblatt fortgesetzt.

»Wenn die Waltraud Königsdorfer noch nicht gestorben wäre, gäb es noch ein Sägewerk und würde sie heuer ihre 75er feiern, so wie ich, weißt du das!«

»Lass mich in Ruh, Luise!«

»Und die Grubmüller Traude auch! Ebenso 75. 1945 ist also dein Jahrgang!«

»Das stimmt. Kriegsende. Also sei nicht so zänkisch, Weib, und erweise dich deinem Geburtsjahr als würdig.«

»Würdig und recht! Wenn die Traude noch am Leben wäre, könntest du mit ihr darauf anstoßen, wie erfolgreich die Pilgerreise nach Lourdes war vor 50 Jahren und wie brav die Gottesmutter ihre Bitte um Fruchtbarkeit erhört hat.«

»Genau deshalb fährt man auch nach Lourdes. Aus dem tiefen Glauben an die Kraft Gottes, die Kraft unseres Herrn Jesus Christus, die Kraft des Heiligen Geistes, und in Lourdes vor allem an die Kraft der Gottesmutter Maria!«

»Aber ohne Manneskraft wird die Traude in Lourdes auch nicht geschwängert worden sein, sonst wäre die Traude ja der weibliche Jesus.«

»Was willst du damit sagen?«

»Dass bis auf den Busfahrer und dich kein anderer Mann mit war, der ihr die Katharina geschenkt hätte. Nur Weiber! Ich inklusive! Darum weiß ich auch: Die Traude hätte dort niemals mit irgendeinem fremden Mann oder mit einem Busfahrer von irgendeinem Reiseunternehmen etwas angefangen. Das wär dann nämlich noch das viel größer Wunder, als wenn sich der Heilige Geist mit ihr vergnügt hätte.«

»So ein Schwachsinn. Ich hoff, du findest einen guten Gesprächstherapeuten.«

»In unserer Patchworkgruppe haben wir darüber geredet! Drunten bei der Heike Schäfer!«

»Wie bitte? Und wer ist wir?«

»Na, so wie immer. Die Heike, die Schusterbäuerin Rosi, die Anita und die Helga und ...?«

»Ihr redet dabei über mich, die Katharina und den Zölibat. Sag seid ihr von allen guten Geistern verlassen!«

»Nur über die Grubmüller Katharina haben wir geredet. Manche haben sie schon Jahrzehnte nicht mehr gesehen. Und du?«

»–«

»Und dass sie in zwei Wochen ihren 50er feiert, darüber haben wir auch geredet. Und Ulrich? Fährst du hin?«

»Wohin?«

»Nach Oberbruck!«

»–«

»Katharina im Schweigekloster besuchen. Ihr zum Geburtstag gratulieren?«

»Warum bitte sollte ich das tun?«

Und Ulrich Feiler wusste, was nun kommt, auch wenn es an sich unmöglich war, er mit Luise nie darüber geredet hatte.

Leise ihre Stimme. Ganz nahe musste sie mit ihren Lippen an das Türblatt gekommen sein.

»Ich würde vermuten, weil sie deine Tochter ist.«

»–«

»Ulrich?«

»–«

»Willst du mir etwas sagen?«

Dass es sie nichts angeht, diesen blöden Trampel. Dass es ein Fehler war, ein verfluchtes Tratschweib wie sie in seine Dienste zu nehmen und auf Kosten der Kirche durchzufüttern. Dass er schon viel früher die Notbremse hätte ziehen sollen. Dass dieser elende Zölibat schon Sinn macht, dass …

»Ulrich, hörst du mich?«

Dass er jetzt auch schweigen wird, wie Katharina.

Seither geht er ihr aus dem Weg.

Und jetzt steht sie wieder an seiner Tür.

»Ulrich?«

»–«

»Ulrich!«

»–«

»Mit mir musst du eh nichts reden. Aber die suchen dich schon alle.«

»–«

»Die Uschi und der Ulrich sind tot!«

»Wie: der Ulrich?«

»Die Uschi auch!«

»Der Ulrich! Der Ulrich!«

»Alles in Ordnung mit dir?«

»Ulrich, Ulrich!« flüstert er, kreidebleich. Immer wieder Ulrich.

4
Moby Dick

23 Gummibärli haben

»Mamaha!«

»Was ist denn jetzt schon wieder, Amelie?«

»Nichts?«

»Wenn nichts ist, warum störst du mich dann. Schon wieder! Wenn du mich nicht arbeiten lässt, dann wird das nichts mit dem Sommerfest, verstanden! Und jetzt lies dein Buch!«

*

»Der Roy Sullivan ist in seinem Leben achtmal von einem Blitz getroffen worden und hat das trotzdem alles überlebt!«

»Leise lesen, Amelie. Ich wünsch mir ja auch längst Regen, aber –«

»Und gestorben ist er an einer Kugel im Kopf. Warum, wurde nie geklärt. Hast du das gewusst?«

»Nein, hab ich nicht, ich kenn deine *Guinness-Bücher der Rekorde* aber auch nicht alle auswendig!«

*

»Und die Melanie Martinez hat fünf Häuser durch fünf Hurrikans verloren, Betsy 1965 …!«

»Amelie!«

»Juan 1985, Georges 1998, Katrina 2005, Isaac 2012 …!«

»Verdammt! Du weißt genau, ich mach jetzt Homeoffice, dafür brauch ich meine Ruhe!«

»Aber du sitzt eh nur vorm Computer!«

»Und das ist dann keine Arbeit?«

»Und wie soll ich das wissen! Du sitzt ja auch oft vorm Computer und machst dann gar keine Homoffis, nicht einmal ein einziges!«

»Du nervst, Amelie. Wenn das dann die ganzen Sommerferien so geht, hab ich bald keine Heimarbeit mehr, mir schickt kein Verlag mehr auch nur irgendwas zum Lektorieren, und wir –«

»Aber du ärgerst dich ja eh immer nur mit dem Schmarrn, den die anderen schreiben, und der dann in den Büchern steht!«

»- und wir verlieren unser Haus ganz ohne Wirbelsturm. Und jetzt Mund zu. Überleg dir vielleicht jetzt schon, was du morgen zur Fahrt anziehst, nicht, dass du dann wie gestern vorm Schlafengehen wieder einen Anfall bekommst und den ganzen Kasten ausräumst. Und iss den Obstteller, den ich dir gemacht hab!«

»Darf ich dann ein Gummibärli?«

»–«

»Darf. Ich. Dann. Ein. Gummibärli?«

»Was, Amelie? Das Gummibärli großziehen, bis es 18 ist? Oder aus dem Haus schmeißen? Oder …«

»Haben, Mama. Darf ich dann bitte ein Gummibärli haben!«

»Na geht doch. Ich versteh nicht, warum du dir das nicht merken kannst? Und wenn wir schon dabei sind: Was willst du denn damit machen, wenn du es dann hast: wieder mit dem scharfen Küchenmesser in dünne Scheiben schneiden und jede einzeln ans Fenster kleben? Oder nach …«

»Ich hab geglaubt, du musst deine blöden Homoffis machen.«

»Oder nach Farbe geordnet in den Ofen legen und warten, bis ein Frisbee draus wird? Oder einfach in einem Wasserglas ewig neben deinem Bett herumstehen lassen?«

»Aber es ist riesig geworden, fast so groß wie deine alten Schlümpfe. Und die Frisbees sind auch alle geflogen, weißt du noch!«

»Als wenn ich das vergessen könnte. Das rote ist so lange unter dem Sofa auf dem neuen Parkettboden picken geblieben, bis das Holz die Farbe herausgesaugt hat und es ein weißes wurde. Den Fleck sieht man heut noch.«

»Ich will einfach nur ein Gummibärli essen!«

»Schrei nicht so herum! Und falls du es vergessen hast: Du hattest heut schon zum Frühstück ein Butterkipferl mit Nutella, was du bei der Frau Huber genascht hast, will ich ja gar nicht wissen, dann dein Mittagessen, später als Jause ein Joghurt mit frischen Erdbeeren und dazu ein halbes Packerl Mannerschnitten, und ich wette, du warst danach noch heimlich an der Süßigkeitenlade, weil von selber wird die Staniolhülle von der Lindt-Kugel nicht herausgeflattert sein. Außerdem weißt du genau: Ich mag dieses kleinteilige Gummizeug genauso wenig wie die elenden Maoams, die M&M's, die Traubenzucker-Lutschtabletten …«

»Magst du jetzt also gar nix mehr? Und das alles nur wegen dieses blöden Tennis-Knies.«

»–«

»Lachst du mich jetzt aus, Mama?«

»–«

»Das ist so gemein von dir …«

»Nicht Tennis-Knie, Amelie. Tennessee. Tennessee Williams war ein –«

»Du hast mir das tausend Mal schon erzählt. Das war ein Schriftsteller, und der ist an der Verschlusskappe von irgendwelchen Nasen- oder Augentropfen erstickt. Blablabla. Ich geh jetzt raus zum Kurti und lauf mit ihm durch den Ort!«

»Na, ganz bestimmt! Du weißt aber schon, warum die Polizei da ist und dass der Grubmüller Adam nach dem alten Praxmoser sucht?«

»Drum hat der Kurti gesagt, er will den Praxmoser vorher finden und ihn warnen!«

»Weißt du, wer hier wen warnt? Ich dich, mein kleines Fräulein! Räum lieber dein Zimmer auf und vor allem deine Schultasche aus, bring die Jausenbox in die Küche, bevor sich der Inhalt völlig vergammelt von alleine in Bewegung setzt! Und dann hol den Kurti her zu uns und macht eine Liste, was ihr alles mitnehmt, damit wir nichts doppelt einpacken und durch die Gegend schleppen müssen.«

»–«

»Und schmeiß die Tür nicht so zu!«

24 Pfiaschis

»Vier!«

Ringt sich die alte Huber erste Worte ab.

»Es ist schon vier!«

Vor ihren Augen eine in die Mauer integrierte Uhr, bestehend nur aus einem weißen Stunden- und einem weißen Minutenzeiger, das Zifferblatt die schmucklose weiße Wand. Davor ein weißer Schreibtisch mit weißem Ledersessel. Darauf eine weiße Orchidee in weißem Übertopf. Über ihre Beine gelegt eine weiße Decke, unter ihr die weiße Liegefläche eines Untersuchungstisches.

Das Sprechzimmer Gottes.

Sie ist also immer noch hier. In der brandneuen Hausarztpraxis des Bürgermeisters Kurt Stadlmüller. Brand deshalb, weil er direkt über dem Dachstock seines ehemaligen Niedrigenergiehauses haufenweis Steckerlbrot hätte durchbacken können, so lichterloh war es ihm vor zwei Jahren in Flammen aufgegangen. Alles in Schutt und Asche. Mittlerweile aber wieder auferstanden von den Toten. So wie in gewisser Weise auch die alte Huber.

Einen leibhaftigen Schutzengel hat sie gehabt.

Da würd die gute Hannelore nämlich garantiert anders ausschauen, wäre Helga Grubmüller nicht geistesgegenwärtig aufgesprungen, um den vor ihren Augen bereits stattfindenden Sturzflug abzufangen. Mit überraschend kräftigen Armen. Kopfüber in den Maisacker wäre sie gestürzt und wie der danebenliegende Ulrich vielleicht nie wieder aufgestanden.

Kreislauf adieu. Endgültig.

Die Hitze, die Aufregung, der Flüssigkeitsmangel, das Alter.

Erst zwischen den Stauden ist sie wieder zu Bewusstsein gekommen, dann ging es schnell und viel zu langsam gleichzeitig.

Schnell: weil sie vom Polizeibeamten Wolfram Swoboda und Kurt Stadlmüller mit den Worten: »Keine Sorge, Hanni! Du kommst jetzt runter zu mir auf eine Infusion, die bringt dich wieder auf die Beine!«, in die Kabine des roten Grubmüller-Traktors gehoben wurde.

Langsam: weil die hinter dem Steuer sitzende Helga im Beisein des Bürgermeisters Stadlmüller die Fahrt sehr gesittet anlegen musste: »Die Hanni stirbt nicht, Helga, außer du fährst noch rasanter, dann sterben wir aber aller!« Und recht war das der alten Huber nicht, denn es ging durch das Dorf, die Hauptstraße entlang, auch liebevoll Fußgängerzone genannt.

Und das nicht der vielen Menschen wegen. Schließlich ist es hier in Glaubenthal unter gewöhnlichen Umständen mangels entsprechenden Verkehrsaufkommens so gut wie unmöglich, während eines Einkaufsbummels überfahren zu werden. Abgesehen davon, wo soll man einkaufsbummeln?

In der *Tischlerei Konrad* zum Beispiel starten und sich fürs Schlafzimmer, WC oder Herrgottswinkerl per Hand ein paar Zirbenflocken herunterhobeln lassen, sind ja grad en vogue. Zirbenkissen, Wellness-Zirben-Ganzjahresbettdecke, Zirben-Molke-Badzusatz, Zirbenkuscheltiere und weiß der Teufel. Die alte Huber und der süßlerte Zirbengeruch werden jedenfalls keine Freunde mehr, derart aufputschend ist dieses Odeur für sie, da könnte sie beerdigt in einem Zirbensarg für nichts garantieren.

Von der *Tischlerei Konrad* dann zur *Gemischtwarenhandlung Schäfer* auf ein Mohnbeugerl und aus der Kühlvitrine einen Dosen-Eiskaffee, damit weiter, vorbei an der längst geschlossenen *Damen- und Herrenausstattung Engelbert,*

der leer stehenden *Zweigstelle der Post,*
der ehemaligen *Bäckerei Friedrich,*
der einstigen *Volksschule,*

sich daraufhin beim *Brucknerwirt* einen doppelten Obstler gegen das Dorfsterben genehmigen, und noch einen, danach in der *Friedhofsgärtnerei Fuchs* ein Fleißiges Lieschen erstehen, droben in der *Pfarrkirche* eine Kerze auf alle tatsächlich Verstorbenen entzünden, diese dann besuchen, das Fleißige Lieschen gleich unter den Grabstein setzen und den Einkaufsbummel schließlich drunten in die *Bücherei* des Alfred Eselböck ausklingen lassen. Ein paar Reiseführer durchblättern. Flaniermeilen. Fifth Avenue New York, Via Monte Napoleone Mailand, Oxford Street London, Champs-Élysées Paris, Kaufingerstraße München, Berliner Ku'damm, Wiener Graben …

So vielleicht. Und all das mit der guten Chance, unterwegs auf keinen zweiten Einkaufsbummler treffen zu müssen.

Paradiesisch.

Heut aber sprühte der Ort nur so vor Lebendigkeit. Alles vorbereiten, trotz der Grubmüller-Tragödie die Feste feiern, wie sie fallen, Schulabschluss hurra. Das ganze Dorf schien aus den Häusern gekrochen, tauschte sich untereinander aus: »*Wie war das Zeugnis bei euch!*«, »*Und wo geht's hin in den Ferien!*« Und? Und? Und? Zwischendrin ein: »*Tragisch mit der Uschi, so jung!*«, »*Schlaftabletten sollen's g'wesen sein!*«, »*Vielleicht hat sie sich schuldig gefühlt wegen dem Grubmüller Ulrich! Sollen ja ein Verhältnis gehabt haben.*«, »*Auch nicht schad um diesen Lumpen!*«, »*Die Anita kann einem leidtun, wirklich!*«

All das während die alte Huber vorbeikutschiert wurde:

»*Beileid, Helga, wegen deinem Papa!*«, »*Und Opa!*«, »*Dass man dich auch wieder einmal sieht, Hanni!*«, »*Blass bist halt!*«, »*Der Kreislauf, oder!*«

Jeder weiß bereits alles und der eine möglicherweise mehr von dem anderen, als der andere von sich selbst.

Herzlich willkommen in Glaubenthal.

Einzig erstaunlich daran schien der alten Huber die Tatsache, wie beiläufig über die große Tragödie im Hause Grubmüller eigentlich gesprochen wurde. Gut, es ist viel los, Schulschluss, Sommerfest-Vorbereitung, packen für den Urlaub. Schlechter kann man sich seinen Todestag nicht aussuchen, um auf ordentlich Aufmerksamkeit, ja Mitgefühl zu stoßen. Trotzdem war diese Kälte schon besonders auffällig. Das rächt sich eben hintenraus, im Leben menschlich ein rechtes Schwein gewesen zu sein – wenngleich es dem toten Despoten auch nicht viel mehr zu Herzen gehen wird, wenn ihn die Leut dann nach seinem Abgang genauso wenig mögen wie zuvor. »Arschlöcher sitzen leider immer am längeren Ast, Hanni!«, hat sie ihr Vater gern wissen lassen, »drum ist es besser, du meidest gleich den ganzen Baum oder generell den Wald. Du weißt, wie ich das mein!«

Heut noch.

Entsprechend wenig konnte die gute Hannelore dann auch diese Traktorfahrt genießen. Ein Höllenritt. Sie, die eigenständige, starke Huberin, plötzlich so rekonvaleszent. Heilfroh war sie da, endlich in der Stadlmüller-Praxis auf den Untersuchungstisch geleitet zu werden. »Danke, Helga, bist ein guter Mensch!«

Kurz waren die beiden allein. Wie schon gestern Abend. Und erstmals schien es der alten Huber, dieses so zerbrechlich und zugleich starke Mädchen schöpft Vertrauen.

»Ich hab Angst.« Kaum zu hören ihre Stimme.

»Ja, aber warum denn, Helga.«

»Na, dann hängen wir dich einmal an, Hanni, ans große

Glück«, unterbrach Kurt Stadlmüller das Gepräch, noch ehe es beginnen konnte.

Aus welchen Zutaten auch immer diese Infusion nun bestanden hat, die alte Huber fühlt sich jedenfalls grad um zehn Jahre jünger. Und nicht nur das. Ihre Beine! Da ist erstmals seit Wochen kein Ziehen zu spüren, kein Schmerz. Ein Wunder.

Vorsichtig setzt sie sich an die Liegenkante, stellt ihre Füße auf den Boden, wartet, atmet durch, erhebt sich, langsam, wartet wieder, wagt die ersten Schritte, gut fühlt es sich an, tritt an das Fenster, zieht die Vorhänge zur Seite, öffnet und sieht ihn vor sich, den ganzen Tiergarten, die Aasgeier, Blindschleichen, Drecksäue, Gewitterziegen, Giftschlangen, Hausdrachen, Hornochsen, Lackaffen, Neidhammel, Rindviecher, Schafsköpfe, Schluckspechte, Schweinigel …

»Direkt nett!«, flüstert sie, »zum Zuschauen!«

Sitzsäcke wurden zusammengetragen, Lampions montiert, bunte Lichterketten gespannt, Sonnenschirme, Bierbänke und Tische aufgestellt, darüber ein großes handbemaltes Transparent gehisst. *Glaubenthaler Schulschluss-Grillen.*

All das im Bereich zwischen dem Kriegerdenkmal und der alten Sommerlinde.

Und so wie jedes Jahr biegen sich die Tische bevorzugt unter selbst aufgetragenem Backwerk, Kekstellern, Nudelsalaten. Menschen sitzen beisammen, ausgelassen die Stimmung, sogar die Persiflage eines uniformierten Polizisten scheint sich zu vergnügen.

Bürgermeister Stadlmüller steht hinter einem bedenklichen Lodern und nennt es vermutlich Grillen, ob sie verbrannt oder verspeist wurden, weiß die alte Huber zwar nicht, sie hört nur den Mangel:

»Wir brauchen Nachschlag, Rosi, schick deinen Mann um ein paar Würste!«
»Besser in die Wüste!«

Ja, und die Schusterbäuerin Rosi steht vor einem Riesentopf und schenkt sich selbst mehr Pfirsichbowle ein als den angestellten Damen aus.

»Willst mir nicht den Becher anfüllen, Rosi!«
»Aber gern. Na dann, Prost!«
»Prost. Und wie ist bei euch das Zeugnis!«
»Bei uns? Also mein letztes Zeugnis vor 30 Jahren war recht gut!«
»Bei unserem Sebastian sind es heuer lauter Einser!«
»Und lauter laute Einser obendrein. Der Arme?«
»Wieso arm?«
»Hast eh recht, Veronika. Es gibt Schlimmeres!«
»Hab g'hört, Rosi, eure Hannah hat Nachprüfungen!«
»Wie gesagt: Es gibt Schlimmeres!«
»Was meinst du?«
»Die Nachprüfung nicht bestehen und –«
»Das stimmt!«
»– und dann mit deinem Sebastian in die Klasse kommen!«
»Aber Rosi, das ist jetzt nicht so nett!«
»Du hast doch g'sagt, ich soll dir einschenken!«

»Richtig nett!«, wiederholt sich die alte Huber selbst.

»Da hast recht, Hanni! Nett ist das alles hier?«

Sichtlich herausgeputzt, in grauer Anzughose, Hosenträgern, hellblauem Kurzarmhemd, Ledersandalen mit braunen

Socken, marschiert der ehemalige Volksschuldirektor Friedrich Holzinger an dem Fenster vorbei. Und wirklich sicher auf den Beinen wirkt er dabei nicht.

»Geht's dir wieder besser, Hanni? Deinen Schlaf möcht ich haben!«

»Dann frag deinen Kurpfuscher-Sohn, was er in die Infusion gemischt hat, vielleicht gibt er dir ja dasselbe wie mir!«

»Ich halt mich an die Pfiaschis – Pfirschss – Pirsischbowle!«, hebt er seine dichten, wie Vordächer in die Welt hinausragenden Augenbrauen und streckt ihr einen Plastikbecher entgegen.

»Dann würd ich mich an deiner Stelle aber hinsetzen, bevor du gleich neben mir liegst!«

»Zu dir legen soll ich mich! Ist das eine Einladung?«

Und die alte Huber glaubt, sie hört nicht recht. Ja, da ist dieses stille Band der Liebe zwischen den beiden, diese unausgesprochene schöne Fantasie: *Stell dir vor, nicht der Walter, sondern wir wären vor 55 Jahren die Glücklichen gewesen*! Dass Friedrich Holzinger aber derart klar seine Zuneigung zum Ausdruck gebracht hätte wie in diesem Augenblick, daran kann sich die alte Huber nicht erinnern. Zaubermittel eben, die Hitze und der Alkohol.

»Und was ist so passiert, die letzten drei Stunden?« Eine Frage, die Hannelore natürlich genauso beschäftigt wie die Tatsache, welche Überschallgeschwindigkeit die Informationen aktuell in Glaubenthal zurücklegen. Da hatte sie gerade erst den toten Ulrich Grubmüller unter seinem rostigen Traktor gefunden, fand sie auch schon das Funkgerät im Maisfeld liegen, konnte so direkt den bei Uschis Leiche stehenden Polizisten erreichen, und kurz darauf kam auch schon der Grubmüller-Traktor angefahren. Dann ihre Ohnmacht und, zack, wieder aufgewacht, weiß bereits das ganze Dorf Bescheid.

»Außer dass sie die Uschi und den Ulrich weggebracht haben und der Grubmüller Adam durch die Gegend gefahren ist wie ein Irrer, um den Praxmoser zu finden, den ja eh schon die Polizei sucht, nicht viel. Jetzt hockt er jedenfalls beim Brucknerwirt und trinkt zur Abwechslung wieder einmal gegen den Kummer. Den Kampf wird er verlieren.«

Friedrich Holzinger deutet um sich.

»Komm raus zu uns, Hanni! Es freuen sich sicher alle.«

Wer glaubt, wird selig, und die Zahl jener, auf die sich die alte Huber jetzt umgekehrt freuen könnt, ist äußerst überschaubar. Die kleine Amelie Glück treibt sich hier unter dem Haufen herumstehender, essender, trinkender, traschtender Erwachsener, sowieso nicht herum, welches Kind macht das auch freiwillig, sondern zieht es vor, mit Kurti und anderen in der Gegend herumzuflitzen. Amelies Mutter Isabella sieht man ohnedies kaum, wahrscheinlich steht sie unter streng beaufsichtigter Quarantäne, um die deutsche Übersetzung des nächsten Dan Brown zu lektorieren. Ja, und Hannelores heimlicher Traummann, der Busfahrer Pepi Straubinger, hat sowieso andere Sorgen. Einzig der Dorfälteste und Bibliothekar Alfred Eselböck sitzt auf seiner Rundbank. Gut, und Pfarrer Feiler und seine Pfarrersköchin Luise Kappelberger fehlen, das wäre dann ein Argument, zu bleiben.

»Außerdem solltest du was essen, Hanni, also komm schon.«

»Gern, Friedrich, gleich nach meinem Besuch im Disneyland!«

Nur ein Kopfschütteln gibt es als Antwort, gefolgt von einem eindringlichen Blick. Dann geht er, murmelnd: »Überleg's dir halt. Das Fest dauert ja zum Glück noch ein bisserl!«

Dass er sich da nur nicht täuscht.

25 Das Duell

Es ist ein Duell, wie es die Welt noch nicht gesehen hat.

Durch und durch männlich.

Von Flaschenpost kann bei Adam Grubmüller nämlich keine Rede mehr sein. Schnaps raus, Kummer rein, und trotzdem ist da nichts mehr fein. Aber schon gar nichts.

Zuerst der Verlust des Großvaters, jetzt des Vaters, dazu die Gewissheit, von nun an zwar der starke Mann sein und endgültig Verantwortung übernehmen zu müssen, aber dank Gipshaxen nicht in vollem Umfang zu können.

Logisch setzt das zu. Ganz besonders seiner Zurechnungsfähigkeit, denn offenbar hatte Adam Grubmüller den Brucknerwirt schon längst verlassen und sich nach Hause begeben, um so wie sein Onkel, der Schusterbauer, diversen landwirtschaftlichen Pflichten nachkommen zu können. Soll ja Regen geben.

Löblich. Will man meinen.

So also fährt er nun auf seiner Wiese ein und stellt sich seiner Arbeit. Wie eben auch Franz Schuster auf dem Nebengrundstück. Und was anfangs nach Alltäglichkeit aussieht, nimmt sukzessive immer bedenklichere Formen an. Wie gebannt sind die Blicke der Menge da bald hinauf auf die Wiesen gerichtet, weshalb es auch die alte Huber hinter dem Fenster der Stadlmüller-Praxis nicht mehr aushält. Zu gering das Sichtfeld.

Also auf zur alten Sommerlinde. Der Stammplatz des Dorfältesten Alfred Eselböck. Wie stets während der Öffnungszeiten sitzt er auch heute in Lesehaltung vor seiner kleinen Bücherei, den Kopf tief gesenkt, weil massiver Rundrücken, beide Hände auf den Gehstock gestützt. Auf seinem Schoß die aktuelle Lektüre, über ihm die breiten Äste der hiesigen Sommerlinde, dahinter dieser sagenumwobene Stamm.

»Setzt dich nur her, Hanni!«, deutet Alfred Eselböck nun neben sich.

»Gern!«

»Bist also wieder auf den Beinen. Grad rechtzeitig, würd ich meinen!«, hebt er den Stock und zeigt auf die Wiese. »Solche Deppen!«

»Und was liest du gerade?«

»Herman Melville. *Moby Dick*. Ein gewaltiger, sprachmächtiger Roman, fantastisch. Und irgendwie passt er sogar zu diesem Theater hier!«

Links der Schuster Franz!

Rechts der Grubmüller Adam!

Jeder auf seinem Traktor. Der eine mit seiner alten John Deere an der Kupplung. Der andere mit seiner funkelnagelneuen Krone Comprima CF 155 XC.

Beides Press-Wickel-Kombinationen.

Ausgelacht hat ihn seine Schusterbäuerin Rosi vor 15 Jahren, höhnisch sogar: »Eine Press-Wickel-Kombination willst du dir zulegen? Was bitte ist das Perverses?«

»Neue Frau ist es jedenfalls keine!«, so seine schnippische Erwiderung. Und natürlich hätte Franz Schuster dabei bedenken müssen, wie hochschwanger und entsprechend reizbar seine Rosi gerade war.

»Das war doch nur ein Spaß!«, gab er nach ihrem hysterischen Anfall aus reinster Angst vor einer Sturzgeburt klein bei. »Ein Gerät zum Siloballenherstellen ist das, darum Press-Wickel-Kombination!«

»Nur ein Spaß!«, wiederholte sie zynisch. »Genau das hast

du mir vor acht Monaten auch gesagt, und jetzt kann ich unser zweites Kind austragen und bald herauspressen. Wickeln darfst dann du! Press-Wickel-Kombination eben!«

Ihm war schon mehr zum Lachen, dem Schusterbauern.

Vor allem, wie sich dann Anitas Bruder, der Ulrich Grubmüller, ständig seine John Deere ausborgen gekommen ist: »Stört dich doch sicher nicht, Schwager, oder!« Logisch kam dem Schusterbauern dann die Idee: »Hab gehört, Ulrich, ihr überlegt euch, eine neue zuzulegen. Meine wird ja eh langsam kaputt. Wollen wir uns das Gerät nicht teilen und wie bisher gemeinsam benutzen?«

»Ich kauf mir doch so was nicht, Franz!«, war die Antwort.

Ein paar Wochen später hat er sie gehabt, seine funkelnagelneue Krone Comprima CF 155 XC.

»Das bringen auch nur Männer zusammen!«, kann es die alte Huber grad nicht glauben. Und auch die hinter ihrer Pfirsichbowle stehende Schusterbäuerin Rosi geniert sich in Grund und Boden: »Wer noch was will, sollt schnell sein, sonst brauch ich den ganzen Topf allein!«

»Und, Hanni? Auf wen wettest du!«, will Alfred Eselböck wissen.

»Auf die Vernunft jedenfalls nicht!«

So kann man sich eben täuschen. Die alte Huber hatte den Schusterbauern bisher ja eigentlich immer als durchweg friedliebenden Menschen eingestuft. Nie und nimmer wäre es ihr in den Sinn gekommen, diesen reifen Mann in einem derart lachhaften Wettstreit mit seinem Neffen erleben zu müssen.

Die Aufgabe ist klar.

Das längst gemähte und in Schwaden, also Reihen, liegende Heu von dem Pick-up-System der jeweiligen Press-Wickel-

Kombination in eine Kammer befördern, dort zu den begehrten Rundballen pressen, hinten wieder ausspucken, automatisch von rotierenden Armen mit einer Folie umwickeln und dann in die Landschaft kippen. Irgendwo müssen die verdammten Plastiksiloballen ja schließlich herkommen. Beim Schusterbauern weiß, beim Grubmüller blau.

Ja, das waren schon gute Zeiten, als sich den Männern noch diverse Möglichkeiten boten, für ein Weilchen aus der Ödnis des Alltäglichen abzutauchen, sich als Helden zu bewähren, sich auf See, hoch zu Ross oder zu Lande gegenseitig die Schädel einzuschlagen, bevor sie vor lauter Langeweile und Trunksucht einen Schaden anrichten, den ein ganzes Bündel an Generationen nicht mehr auszubügeln imstande ist. Und auch hier, zwischen Franz Schuster und seinem Neffen Adam Grubmüller geht es dahin. Wer legt die meisten Eier?

Rechts blau, links weiß, rechts blau, links weiß.

An sich ja die feinste Samstagabendunterhaltung so etwas, à la *Hier kommt die Maus*, *Klein gegen Groß*, oder einst, als die Patschenkinowelt noch in Ordnung war: *Wetten, dass…?*. Pflichtprogramm drunten beim Brucknerwirt.

Der Fernseher ist gelaufen, ebenso die Bruckner Elfie, weil gesteckt voll die Gaststube, wie sonst nur während der Bundesligaspieltage. Fast unisono mit dem »Topp, die Wette gilt« wurden diverse Mutationen in den Raum gebrüllt: »Topp, die Fette quillt!«, »Topp, die Kette killt!«, »Topp, die Nette stillt!«.

Das will sie gar nicht wissen, die alte Huber, wie oft hier in Glaubenthal schon die Rettung hat kommen müssen, weil irgendwo ein Arbeitsunfall passiert ist, und in Wahrheit war das *Wetten, dass…?* Denn logisch gab es, kaum kamen Motorsägen, Äxte, Bierkisten, Feuerwehrleitern, Traktoren oder Gabelstapler zum Einsatz, die nächsten Tage dieses: Na, das kann ja wohl nicht so schwer sein. Heimlich natürlich. Jeder sein eigener Wettkönig.

Was sich der Schusterbauer und Grubmüller da abliefern jedenfalls, ist öffentlich und sieht verdächtig nach einem baldigen Noteinsatz aus. Denn die letzten Bahnen liegen verdammt eng nebeneinander. Ungehemmt steuern die beiden Zugmaschinen darauf zu, schwenken in die Zielgerade, liefern der gespannten Zuschauerschar ein Kopf-an-Kopf-Rennen hochtourig laufender Motoren und rasant kreisender Wickelmaschinen. Die Futterwiese der Circus Maximus. Grad, dass der Grubmüller Adam und Schuster Franz nicht, wie Ben Hur und Messala, mit ihren Wagenrädern aneinandergeraten.

Doch es kommt anders.

Ganz anders.

Denn Adam Grubmüller legt an Tempo zu, zieht weit voraus dem Waldrand entgegen, dann unvermittelt nach links, genau in die Spur seines Kontrahenten, springt trotz frischem Gips von seinem Traktor, humpelt hangabwärts, wie in Rage, mit seiner dreiläufigen Schrotflinte in Händen dem herannahenden Schusterbauern entgegen, worauf sich dieser unter Raunen des Publikums nur noch mit Ach und Krach einbremsen kann, um den dritten Toten innerhalb eines Tages zu verhindern.

»Bist du komplett besoffen?«, springt nun auch Franz Schuster von seinem Traktor. Und die Antwort fällt unerwartet aus.

»Na, davon kannst du ausgehen und dir entsprechend in die Hos'n scheißen. Also verschwind von meinem Grund!«

»Ich von deinem Grund? Du bist grad zu mir hereingebogen und …?«

»Dann wird es höchste Zeit für dich, den Flächenwidmungsplan kennenzulernen!« Einarmig hebt Adam Grubmüller seine

Waffe, feuert in den Himmel, mucksmäuschenstill wird es rundum, und alles Weitere kann für den einen nur noch als Wunder, für den anderen als Pech bezeichnet werden.

Brechend laut fällt das Echo aus. Ein zweiter Schuss also, aus dem Wald heraus, samt damit verbundenem metallenem Bersten. Wobei, von Verbindung kann keine Rede mehr sein. Denn während die einen fassungslos auf den Glaubenthaler Forst starren, ist es Franz Schuster, dem die in Fahrt kommende, ihrer Kupplung entsprungene Krone Comprima ins Auge sticht. Eigenständig, hangabwärts.

Und säße das Glaubenthaler Publikum nun in irgendeinem Kino, könnte es wohl in Zeitlupe den Sprint des Schusterbauern sehen, hinauf zu seinem Neffen und diesem amokrollenden Monstrum entgegen, könnte ihn rufen hören: »Adam, weg, schnell!«, könnte beobachten, wie der reaktionsschwache Grubmüller junior keinen Schritt zusammenbringt und von seinem auf ihn zustürmenden Onkel mit einem gewaltigen Kraftakt aus der Gefahrenzone gestoßen wird. Der Schusterbauer selbst aber schafft es nicht mehr ganz, schmeißt sich zwar zur Seite, kriecht davon, die Krone jedoch behält stur ihre Route bei, lässt sich weder von dem zu langsam hinterhergezogenen rechten Schusterbauernbein stoppen, noch von dem Schusterbauerngebrüll, sondern erst von der John Deere.

»Franzl, Franzl!«, bereut Rosi Schusterbauer jeden Schluck Bowle zu viel, denn so gerne würde sie geradewegs auf ihren zusammenbrechenden Mann zustürmen können – doch sie kommt nicht weit.

»Dort!«,

deutet Bürgermeister Stadlmüller Richtung Waldrand. »Vielleicht schießt er noch einmal!«, und auch ohne seinen

Kopf so weit heben zu können, weiß Alfred Eselböck aufgrund der auseinanderlaufenden Beinkleider:

»Ich nehm an, die Party ist somit vorbei, hab ich recht, Hanni?«

»Die eine schon, die andere, befürchte ich, geht jetzt erst los!«

Seelenruhig tritt der Schütze aus dem Dickicht, erhaben fast wirkt er, heldenhaft, blickt in aller Ruhe unter seiner tief in die Stirn gezogenen englischen Schirmmütze über das Dorf, den Schaft seines Jagdgewehrs in die Hüfte gestützt, den Lauf somit nach Glaubenthal zeigend, grad dass es nicht herausraucht, so wie aus seiner schwarzen Billard-Bent-Pfeife.

Der alte Praxmoser.

Keiner der Glaubenthaler wagt ein Wort, nur Erstarrung. Einzig Adam Grubmüller schiebt sich brüllend hinter seinen Traktor in Deckung: »Ich bring dich um, da kannst du Gift drauf nehmen!«

»Na, viel Spaß!«, flüstert die alte Huber.

26 Der Hammer

Als Pepi Straubinger an diesem letzten Schultag den Schulbus in die Garage manövrierte, um danach in die Ferien zu gehen, war sein Stofftaschentuch bereits pitschnass.

»Die Hitze, der Schweiß!«, würde er sagen, sollte ihn zufällig jemand ansprechen.

Und jetzt, wo dem eingeschäumten Bus selbst an allen Ecken und Enden das trüb gefärbte Wasser herabläuft, als würde er mit seinem Lenker solidarisch bittere Tränen vergießen, spürt Pepi Straubinger bereits diesen ersten Hauch der eisigen Kälte, derer er sich Jahr für Jahr trotz der wärmsten Jahreszeit nicht erwehren kann. Die Erstarrung eines Winterschlafes inmitten des Sommers, das gelingt nur ihm. Vielleicht schafft er es damit ja eines Tags noch ins *Buch der Rekorde,* die Heilige Schrift der wahren menschlichen Natur. Überschwemmt mit Leseexemplaren müsste er werden, der Weltraum, bis hinein in die unendlichen Weiten, selbst einem Klingonen vergeht da blitzartig vor lauter Grausen das Ansinnen, die Erde erobern zu wollen. Nur die Kinder freuen sich, wenn es dann unter dem Weihnachtsbaum liegt und sie endlich in den Sommerferien genug Zeit haben, sich das längste Nasenhaar, den größten Speichelpatzen, das fetteste Furunkel genauer anzusehen. Und ja, vielleicht ist dann eines Tages er mittendrin: »Schau, der Herr Pepi, unser Busfahrer, das ist der einzige Mensch auf dem Planeten, der im Sommer einen Winterschlaf macht!«

Schön wäre das, so ein Eintrag. Vielleicht würde man an ihn denken, ihn sogar besuchen kommen.

Wird nur leider alles nicht passieren.

Demzufolge verändert sich nun sein Wesen, als würde ein

Clown nach Ende der Vorstellung in seiner kleinen Garderobe die Schminke entfernen.

Die ganze Traurigkeit entblättert,
ihre Belachbarkeit abgestreift,
übrig geblieben,
ohne Applaus.

Sommer muss es werden, Jahr für Jahr, um Pepi Straubinger sein Alter spüren zu lassen. Denn so schnell er sonst auch unterwegs ist, sich von dem »Dalli, dalli, Herr Pepi, dalli!« seiner Passagiere antreiben lässt, ihnen dabei jeden Wunsch erfüllt: »Das schaffen Sie nie, Herr Pepi, sich während der Fahrt ein M&M in den Mund zu werfen!«, »Das schaffen Sie nie, Herr Pepi, den Jakob vom Traktor direkt in den Bus steigen zu lassen, ohne dass sein Papa stehen bleiben muss«, so langsam wird er an diesem letzten Schultag während seiner Heimfahrt. Jedes Jahr ein kleines Sterben. Und jetzt ist auch noch die Uschi tot.

Er hat sie geliebt.

Auch Pepi ist für das Sägewerk Königsdorfer Lastwagen gefahren, hat damals bereits die Uschi verehrt, als sie noch im Sekretariat ihrer Eltern Severin Praxmoser und Waltraud Königsdorfer tätig war. Bis dann das Sägewerk geschlossen, aus Pepi ein Schulbusfahrer, aus Uschi Kosmetikerin wurde.

Uschi war damals die Einzige, die sich gefreut hat zu erfahren: »Dann bist du ja mein Halbbruder. Gut, dass wir nie …«

»Gut, aber auch schade irgendwie!«

Ja, er hat die Uschi geliebt.

Und zwar aufrichtig, nicht so verlogen wie all die anderen. Hat gesehen, wie schwach sie ist, ausgeliefert, auch sich selbst, verletzlich, am Ende sogar gebrochen. Und schwache Tiere suchen und erlegen nur die Raubtiere. Bis auf den hatscherten

Herrenausstatter Engelbert war jeder ihrer Männer ein Dreckschwein.

»Willst du dir keine Frau suchen, Pepi?«, hat sie ihn einmal gefragt.

»Ich hab ja eh schon Kinder!«, so seine Antwort. »Einen ganzen Bus voll!« Keinen schöneren Beruf könnte er sich vorstellen.

Die Bauernhöfe der Umgebung anfahren, den ganzen Haufen einsteigen lassen, jedem einzelnen Fahrgast die Stufe hinein in seinen Bus bereits ansehen, ob es gerad schwere, aber gute Zeiten sind zu Hause, oder leichte, aber schlechte.

Und sie stets mit der gleichen Begrüßung willkommen heißen.

Manche verdrehen genervt die Augen, atmen tief dabei aus, dieses stumme: »Nicht schon wieder!«, »Fällt Ihnen nichts anderes ein!«, manche lachen einfach nur, ja, und einige sprechen mit:

Ruhe, ihr Rotzpipn, ihr elendiglichen. Aber dalli, dalli.

Oder:

Einsteigen, hinhocken und Mund zu, ihr Rotzpipn und seit Neuestem auch -pipinnen. Aber dalli, dalli!

Der fünfzehnjährige Xaver Wurm zum Beispiel. Kaum eingestiegen, klopft er Pepi auf die Schulter: »Dalli, dalli, Herr Pepi, dalli, dalli!«, wartet, bis dieser mit den Worten »Lies, du Depp!« die Hand hebt, auf das Schild über sich deutet, worauf sich Xaver umdreht, in den Innenraum blickt, gleich einem Dirigenten die Arme hebt, und wie im Chor setzen die anwesenden Kinderstimmen ein.

»Während der Fahrt nicht mit dem Fahrer sprechen!«, klingt es dann durch den Bus, und dem Straubinger Pepi zieht es die Mundwinkel empor.

Sogar seine Nichte, die Grubmüller Helga, die immer allein in Reihe sieben, ans Fenster gepresst, sitzt, hat er dabei schon einmal schmunzeln gesehen, ganz heimlich, versteckt hinter ihren stets vorgezogenen Schultern, ihrer Jerseymütze und über die Stirn hängenden Haaren. So zerbrechlich sieht sie aus, und heute, am Zeugnistag, war sie nicht eingestiegen!

Kinder, die weiche Masse, in deren Oberflächen die Stempel ihrer Mitmenschen, Eltern, Lehrer, Mitschüler Abdrücke hinterlassen. Oft unübersehbar.

Ausgeliefert.

Wehrlos.

Aber nicht mit ihm. Pepi Straubinger.

Denn links neben dem Fahrersitz liegt dem Straubinger Pepi sein schwerer Vorschlaghammer. Für alle Fälle. Falls ihm wieder einmal versehentlich ein Besoffener einsteigen will: »Is sas nich der Pohostbus nach Sahahankt Ursula!?« Falls er von einem akut vor die Tür gesetzten Ehebrecher überfallen wird: »Lukas, steig aus, du fährst jetzt nicht heim zu Mama, sondern kommst mit mir!« Alles schon erlebt. Sogar von innen musste er mit seinem Hammer bereits die Fenster einschlagen, weil ihm in der Station drüben beim Hanslbauer eine herabstürzende Dachlawine die komplette, zum Glück noch geschlossene Türe verschüttet hatte. Wenn da gleichzeitig eines seiner Kinder ausgestiegen wäre, der Hanslbauer hätte einen zertrümmerten Schädel. Den Wutausbruch vor seiner Haustür jedenfalls wird er sein Lebtag nicht mehr vergessen, seither hat er die saubersten Dächer wahrscheinlich im ganzen Land.

Ja, und letzten Frühling, kurz vor Beginn der Osterferien, ist er mit seinem Hammer sogar ausgestiegen und ein Stück marschiert. Direkt vor der Einfahrt hinunter in den Glaubenthaler Graben zu den Grubmüllers hat er den Schulbus geparkt, seine Kinder angewiesen: »Warten und nix anrühren!« Und wenn er eines weiß, dann, wie sehr er sich im Ernstfall auf den Haufen verlassen kann.

»Und jetzt komm!«

Bis zur Haustüre hat er seine Nichte, die Grubmüller Helga, begleitet, ihre bereits schon in der Früh geschwollene rechte Gesichtshälfte betrachtet, noch einmal nachgefragt: »Und das sind wirklich Zahnschmerzen? So wie dein blaues Auge vor drei Wochen eine Küchenkasteltür war!«

Ihr langsames Nicken, der immer schleppender werdende Schritt, je näher der Hof kam, waren ihm Antwort genug.

Laut, sein Klopfen.

Zähe Sekunden des Wartens, bis endlich ihre Mutter im Vorzimmer stand. Seine Halbschwester.

»Grüß dich, Anita!«

»Pepi, was willst du hier?«

Das wusste er schon, wie sehr sie ihn verachtet, als wäre es seine Schuld, von ihrem Vater gezeugt worden zu sein. Nur Ablehnung hat sie ihm stets entgegengebracht. Auf Davids Beerdigung, wo er mit Bürgermeister Stadlmüller, dem Schusterbauern und seinem Schwager Ulrich Grubmüller sogar den Sarg getragen hat, war sie kaum fähig, ihm ins Gesicht zu sehen.

»Ist der Ulrich da? Oder der Adam?«

»Was ist los?«

»Gute Frage!«, deutete er auf Helga, die wie ein Schatten die Wand entlang im Haus verschwand.

»Also: Ist der Ulrich da? Oder der Adam?«

Besonders seinen Schwager, den Schweinebauern Ulrich

Grubmüller, kennt er bestens. Zwei seiner Backenzähne hat diese Ausgeburt der Hölle jedenfalls vorm Tankstellenimbiss Pittner verloren, das weiß der Pepi haargenau, und die Monika Pittner ist ihm heut noch dankbar dafür.

Anita Grubmüller brachte kein Wort heraus.

Und, nein, an Pepi Straubingers Erscheinungsbild allein wird das garantiert nicht gelegen haben. Und das hat es in sich: kahlköpfig, gertenschlank, trainiert, mit Kurzarmshirt, sehnig die daraus herausragenden tätowierten Arme, einer grünen Jägerhose mit breiten Oberschenkeltaschen und Schnürschuhen.

»Wer ist da?«, kam es grob aus einem der hinteren Räume.

»Ich. Der Straubinger Josef!«

»Lass uns allein, Frau!«, betrat Ulrich Grubmüller das Vorzimmer.

»Was willst?«

Einfach nur auf sich zukommen lassen hat er den Schweinebauern – »Was du willst, hab ich dich g'fragt, Straubinger«. Abgewartet, bis er vor ihm stand, dabei ganz leicht nur den Vorschlaghammer schwingen lassen, sanft das Schleifen des schweren Eisenkopfes über den sandigen Boden, gst, gst, gst, und seelenruhig gemeint: »Nur zur Information, Grubmüller. Beim nächsten Mal, wenn die Helga wieder solche Zahnschmerzen hat, dann denk an mich. Wie du ja weißt, kenn ich einen guten Spezialisten!«

Tage später kam ihm dann nach langer Zeit wieder Helgas Schmunzeln zu Gesicht, dank Xaver Wurm.

»Dalli, dalli, Herr Pepi, dalli, dalli!«

»Lies, du Depp!«

»Während der Fahrt nicht mit dem Fahrer sprechen!«

»Und jetzt hock dich, ab heute fix in die siebte Reihe! Kapiert?«

»Jawohl, Herr Pepi!«

Er liebt seinen Beruf.

Wer verdammt noch mal braucht durchgehend so lange Sommerferien? Die Eltern nicht, die Kinder schon gar nicht, und er am allerwenigsten.

Heute aber war Helgas Sitzplatz leer, ist ihr Zeugnis also in der Schule geblieben. Warum? Aus Traurigkeit, weil ihr Großvater, diese Ausgeburt des Bösen, endlich tot ist? Aus Mitgefühl, weil sich ihr Halbbruder Adam nach seinem Ache-Sprung leider nur einen Gipshaxen geholt hat? Es muss ihr doch endlich herrlich gehen. Vor allem jetzt, wo auch ihr Vater in die Hölle abgefahren ist. Wenn einem all das, an einem solch düsteren Tag, nicht wenigstens ein kleiner Trost sein darf, was dann?

27 Im Tal der donnernden Hufe

In Windeseile ist der kleine Dorfplatz wie leer gefegt, herrscht Totenstille, nur das Brutzeln des Grillers und die noch doppelt besetzte Rundbank.

»Was meinst du, Hanni, sollten wir uns auch verstecken?«

»Vor Severin Praxmoser fürchten müssen sich andere, Alfred!«

Ein wenig wie in einer Loge, so fühlt sich die alte Huber unter der Sommerlinde, den alten Eselböck neben sich, während die Zeit kurz stillzustehen scheint. Denn wie zum Trotz rührt sich der alte Praxmoser nicht von der Stelle, blickt in aller Ruhe unter seiner tief in die Stirn gezogenen englischen Schirmmütze über das Dorf, den Schaft seines Jagdgewehrs in die Hüfte gestützt, den Lauf somit nach Glaubenthal zeigend, grad dass es nicht herausraucht, so wie aus seiner schwarzen Billard-Bent-Pfeife, und zückt seine Mundharmonika.

»Karl May hätt die reinste Freude!«, flüstert Alfred Eselböck.

Und der Anblick, wie er nun so dasteht, seelenruhig seinen Hobel an den Bart führt und eine der wohl berühmtesten Melodien der Filmgeschichte auf Glaubenthal herunterschmettert, könnte bedrohlicher kaum sein. Die fallende große Terz mit aufsteigender kleiner Terz und anschließender kleiner Sekunde. Ennio Morricone. Nur drei Töne, ein Hauptthema von genialer Einfachheit und doch schon das *Lied vom Tod.*

Adam Grubmüller kauert hinter seinem Traktor.

Franz Schuster wimmert vor Schmerzen.

Und die alte Huber kann nicht anders, als die ortsbekannte Lebenseinstellung des alten Praxmoser zu zitieren:

Ein Mann muss tun, was ein Mann tun muss.

Auf wessen Mist diese Weisheit wohl gewachsen ist, hat sich die gute Hannelore natürlich nicht gemerkt. War es John Wayne in *Ringo,* oder Gary Cooper in *Zwölf Uhr mittags,* oder steht es gar zwischen den Zeilen am Ende der *Schöpfungsgeschichte,* als der Herrgott gesehen haben soll, dass es gut war? Eines aber weiß die gute Hannelore nach 53 absolvierten Ehejahren mit Sicherheit: So schier unerschöpflich die Liste all dieser gewiss durchgehenden Heldentaten auch sein mag, eines steht garantiert nicht darauf:

reden.

Und Severin Praxmoser praktiziert diese Kunst mit einer derartigen Inbrunst, da kann selbst Hannelores so verschwiegener Gemahl Walter erst mithalten, seit ihn der Herrgott, oder die Fraugöttin, zu sich geholt hat. Ein treffsicheres Argument ist für den alten Praxmoser ein guter Schuss, und das gesprochene Wort ist die Waffe der Verlogenheit. Er und seine Tante Lotte, das genügt ihm an Gesellschaft. Diesbezüglich müssen sich die gute Hannelore und ihre Pflanzen zwar eine gewisse Artverwandtschaft mit Severin Praxmoser und seinem Pferd nachsagen lassen, von Schrotladungen, die ungebetenen Gästen um die Ohren sausen, wurde in ihrem Fall jedoch noch nie berichtet.

Nein, mit diesem verschwiegenen Herrn ist nicht zu spaßen.

Wer allerdings zu später Stunde trotzdem den Mut aufbringt, sich zuerst durch den Glaubenthaler Graben bis an das aufgelassene Sägewerk Königsdorfer zu wagen, was allein für sich schon ein Akt allergrößter Heldenhaftigkeit ist, und obendrein bis an sein Häuschen heranschleicht, der kann ihn durch das stets bläulich flimmernde Stubenfenster in seinem Schaukelstuhl vor einem Western sitzen sehen und mit etwas Glück sogar zu dem jeweils laufenden Film entsprechend murmeln hören.

So einen Mantel hab ich schon einmal gesehen. Am Bahnhof. Es waren drei. Drei Mäntel. Und in den drei Mänteln waren drei Männer. Und in den drei Männern waren drei Kugeln.

In diesem Fall als Synchronsprecher von Charles Bronson. Und Henry Fonda natürlich:

Ich bin deinetwegen hier. Ich will endlich wissen, wer du bist.

Darauf Bronson, sprich Praxmoser:

Manche Leute sterben vor Neugier.

Und Severin Praxmoser hat sie alle gesehen, viele gelesen, jeden Karl May, sogar irrtümlich *Im Tal der donnernden Hufe* von Heinrich Böll, denn Western war das keiner. Er kennt sie in- und auswendig. Ihre Art zu sprechen, reiten, gehen, stehen, schießen.

Was wär der Mensch schon ohne Laster? Fernfahrer jedenfalls keiner mehr. Ja, und wenn der Wind günstig steht, hört ihn sogar das ganze Dorf. Dann nämlich tritt er so wie jetzt mit seiner Mundharmonika vor die Haustüre und spielt den Glaubenthalern das *Lied vom Tod.*

Einen Traum, den man ein Leben lang träumt, verkauft man nicht.

»Mir reicht's!«, müht sich zum Erstaunen der guten Hannelore ihr Sitznachbar, der alte Eselböck, nun hoch, füllt mit aller Kraft, so weit es geht, seine Lungenflügel und erhebt die Stimme:

»Das kann jetzt aber alles nicht dein Ernst sein, Praxmoser! Entweder du stellst dich freiwillig der Polizei, oder du schaust, dass du endlich weiterkommst. Weil ich steh jetzt auf und helf dem Schusterbauern!«

Ein zarter Ferseneinsatz in die Flanke seiner Tante Lotte, und fast beiläufig dreht Severin Praxmoser ab, lässt Glaubenthal links liegen, verschwindet zurück in den Wald.

Worauf hier alles seinen zu befürchtenden Lauf nimmt.

28 So eine Hetz

Einen besseren Platz als hier unter der Linde könnte es für die alte Huber und Alfred Eselböck gar nicht geben, um dem ganzen Theater beizuwohnen:

»Ist nur ein Beinbruch!«, wird Franz Schuster von Bürgerdoktor Stadlmüller provisorisch versorgt und in das Krankenhaus nach Sankt Ursula geführt.

Ohne Schusterbäuerin, weil:

»Kommt nicht infrage, Rosi.
Du bist viel zu betrunken!«
»Genierst du dich leicht für mich, Franzl!«
»Also, wenn du mich so offen fragst, würden die wahrscheinlich gar nicht wissen, wen von uns beiden sie zuerst stationär aufnehmen müssen!«

Der Hauptplatz füllt sich wieder, als stünden sich zwei Mannschaften gegenüber. Die eine nur mit weiblichen Mitgliedern, Frauschaft also. Die andere rund um das Kriegerdenkmal und Pfarrer Feiler versammelt, mit Jagdgewehren bewaffnet. Ausschließlich Männer also, angeführt von Adam Grubmüller.

Sogar Adams beste Freunde, die beiden um fünf Minuten unterschiedlich alten Lorenzbrüder, diese Hornochsen, sind auf ihren Enduros vom Hoberstein herübergeschossen. Jeder mit seinem wahrscheinlich festgewachsenen Vollvisierhelm auf dem Schädel, seinem schwarzen hautengen Trägerleibchen um den gestählten Körper und der »*100 %*«-Tätowierung auf dem Oberarm: »Weil wir einfach immer Vollgas geben!«, so zwar ihre Erklärung, und trotzdem weiß jeder hier, was das in Kombination mit ihrer in Tannenberg-Schrift hinter das Ohr tätowierten Zahl »*2004*« heißen soll: »*100 % arisch*«, weil 20.04. Hitlers Geburtstag.

»Das wird eine Hetz, wenn du weißt, was ich damit mein, Hanni!«

»Gaudi jedenfalls keine!«

Alfred Eselböck schüttelt nur noch den Kopf, während sich in der alten Huber jenes mulmige Gefühl auszubreiten beginnt, aus dem heraus sie ihre Einsamkeit jeder Gesellschaft vorzieht.

Schwer und gehaltvoll nun die Ansprache seiner Geistlichkeit Ulrich Feiler. Auf der obersten Stufe des Kriegerdenkmales stehend, seine Hände zu Fäusten geballt, wirkt er höchst nervös, spricht wie gehetzt, besessen fast: »*Das kann so nicht weitergehen. Severin Praxmoser hat uns schon genug angetan. Mögen uns der Herr Jesus Christus, alle Engel und Heiligen beistehen auf der Suche nach ihm!*«

»Willkommen im Mittelalter!«, entkommt es der alten Huber.

»Pass auf, Hanni, jetzt erstickt er gleich an seinem eigenen Hass!«, hebt der alte Eselböck nun seinen Stock. Und tatsächlich sieht Pfarrer Feiler gar nicht gut aus, räuspert sich mehrmals, hustet, bekreuzigt sich, breitet seine von der Weißfleckenkrankheit gescheckten Arme aus und blickt dabei in den Himmel: »*Lasset uns beten, für Ulrich! Für unseren Frieden, für unsere Gemeinschaft, für unser Vaterland! Vater unser im Himmel …*«

»Das Mutterland, das Kinderland und das der Kinderlosen natürlich auch, oder, Hanni?«

»Da hast du recht, Alfred. Als würde so ein Land einen

Unterschied machen, wer da wie, wo und warum auf ihm herumspaziert.«

»Ruiniert und verschandelt wird es jedenfalls verlässlich von Zweibeinern wie ich einer bin, mit Schwellkörpern und Hoden. Vertrottelte obendrein.«

»Du bist die Ausnahme, Alfred. Und vielleicht betet der Pfarrer ja grad für sich selbst!«

Mehr ungewollt ins Schwarze treffen geht kaum.

Lautstark wird mitgebetet, fast der ganze Dorfplatz, die alte Huber und Alfred Eselböck ausgenommen. Was ist der Mensch nur für leichte Beute. Am Ende seiner kleinen Andacht greift Ulrich Feiler dann ganz tief in die Trickkiste: *»Selig sind, die da hungert und dürstet nach der Gerechtigkeit, denn sie sollen satt werden. Also holt euch den Dreckskerl!«*

»Na bravo. Hast g'hört, Hanni! Eine Seligpreisung als Kampfaufruf! Ganz was Neues.«

Und Überraschung ist das keine. Für niemanden hier. Seit fünf Jahren schon nützt der Pfarrer regelmäßig seine Predigten, um das über Glaubenthal gekommene Böse zu verfluchen. Und gerade die alte Huber und Alfred Eselböck können sich an das erste Mal besonders gut erinnern – wie Ulrich Feiler da auf seiner Kanzel gestanden hat, neben dem prunkvollen Fenster der barocken Pfarrkirche, ein Buch in der Hand. Blutrot sein Schädel, gefärbt durch das purpurne Kleid der auf Glas gemalten Maria. Laut seine Stimme.

Ich habe gestern einen Roman begonnen, liebe Glaubenthaler, Franz Kafka, Die Verwandlung, *und es erscheint mir wie ein Zeichen, eine Bestätigung, ja ein Auftrag!*

Nur kurz sein Vorlesen:

Als Gregor Samsa eines Morgens aus unruhigen Träumen erwachte, fand er sich in seinem Bett zu einem ungeheueren Ungeziefer verwandelt.

Mit der anderen Hand auf die Brüstung gestützt, blickte er auf seine versammelte Gemeinde herab:

Von wem ist hier die Rede? Von wem? Wer von uns hat sich plötzlich in ein Ungeziefer verwandelt? Wer? Und was werden wir jetzt tun? Was? Ich kann euch sagen, was ich tun werde!

Sein rechter Arm erhoben, die bewegte Hand zur Faust geballt, vor und zurück, vor und zurück, ohne natürlich den alten Eselböck und sein »Na, du bist ein fester Trottel« zu vernehmen:

Verfluchen werde ich ihn, jeden Tag, so wahr mir Gott helfe, darum beten, er möge zertreten werden, als genau dieses Ungeziefer, das er geworden ist!,

entkamen Pfarrer Feiler derart hasserfüllte, hetzerische Worte, die zwar einer Mehrzahl der Anwesenden aus den Untiefen ihrer Seele sprachen, Hannelore Huber aber umgehend dieses Hochamt verlassen ließen.

Und wenn sich dieser Massenmörder mitten am Dorfplatz an unserer Linde aufhängt, spazier ich trotzdem vorher dreimal vorbei, bevor ich ihn einmal find!

Neben ihrem damals noch lebenden Mann Walter ist die alte Huber damals in einer der Bankreihen gesessen, rundum das Kopfgenicke, in ihr der Zorn.

»Frau, spinnst! Was machst du da!«, wollte sie ihr Mann Walter zwar zurückhalten.

»Das Richtige!«, erhob sich auch der Bibliothekar Alfred

Eselböck, gefolgt von dem ehemaligen Volksschuldirektor Friedrich Holzinger und der Brucknerwirtin Elfie.

Der Rest aber blieb sitzen, wie gebannt an den Lippen des Pfarrers hängend. Richtiggehend erleichtert war man damals, endlich die eigenen Empfindungen derart passend ausformuliert bekommen zu haben, obendrein aus solch geweihtem Mund.

Das Wort Gottes sozusagen.

Gelobt sei Jesus Christus in Ewigkeit, Amen.

Und wenn die alte Huber spontan Lust auf eine anständige Gastritis bekommt, braucht sie einfach nur daran zu denken, wie unsicher man sich hier hinsichtlich der Frage ist, welcher der beiden Herren in Glaubenthal wohl mehr Schaden angerichtet hat.

Severin Praxmoser oder Adolf Hitler.

Severin Praxmosers Visage jedenfalls wurde bis dato unter kein Muttergottes- oder Christusbild geschoben, um derart verborgen in manchem Herrgottswinkerl, Wohn- oder Schlafzimmer zu hängen.

Severin Praxmoser geistert auch garantiert in keinem jener Köpfe herum, die vor dem Glaubenthaler Kriegerdenkmal Blumen ablegen, das schlichte Edelweiß zum Beispiel.

Severin Praxmoser hat auch nicht millionenfach Menschenleben auf seinem Gewissen, sondern nach dem Tod seiner Frau Waltraud einfach nur das mutterlos gewordene Sägewerk Königsdorfer ganz nach seinem besten Wissen und Gewissen verwaltet. Er, der Mann ohne Eier.

Grölend bricht die Horde Richtung Waldrand auf, allen voran – wie Kapitän Ahab mit Holzbein, Gehstock und Harpune – Adam Grubmüller mit Gips, Krücke und dreiläufiger Schrotflinte. Und auch er wird sich an seinem Moby Dick die

Zähne ausbeißen. Hinterdrein diese Lachhaftigkeit eines Polizeibeamten namens Lukas Brauneder: *»Ich befehle euch, stehen zu bleiben. Das ist Sache des Gesetzes!«*, *»Und wer soll das sein, das Gesetz? Du?«* Immer leiser werden die Stimmen, immer lauter das Rufen: *»Adam, ich bitt dich, so warte doch. Adam!«* Anita Grubmüller kommt, gefolgt von ihrer Tochter Helga, die Straße herunter, ruft, so laut es ihre Stimme hergibt, der Horde hinterher: *»Das geht nicht gut aus!«* Dann dem in Richtung Kirche hinaufmarschierenden Ulrich Feiler: *»Pfarrer, so mach doch was, es ist heut schon genug passiert!«*

Doch vergeblich.

Nicht einer der Männer dreht sich um. Nichts mehr zu ändern. Unhaltbar verschwindet die Truppe hinter den Bäumen. Und Anita Grubmüller, geborene Praxmoser, bleibt neben dem Kriegerdenkmal stehen, die Hände vor ihr Gesicht gepresst.

»Opa wird sich schon zu helfen wissen!«, legt Helga den Arm um ihre Mutter.

Was für ein bitterer Moment.

Die weinende Anita. Den Schwiegervater Johann verloren, den Mann Ulrich, die Schwester Uschi, und nun vielleicht noch den Vater Severin Praxmoser.

Daneben ihre Tochter Helga, stark und doch so gebrochen zugleich, die aufrechte Haltung, das verschwollene Gesicht. Den Großvater Johann verloren, den Vater Ulrich, die Tante Uschi, und demnächst vielleicht auch noch den zweiten Opa und jenen Menschen, der ihr als Kind so wichtig war.

»Das ist schon tragisch!«, geht dieses Bild der alten Huber jetzt nahe wie schon lange nichts. Und damit ist sie nicht allein. Sofort sind die beiden Grubmüllerinnen von einer ganzen Damenriege umgeben.

»Da sieht man es wieder!«, kommentiert der alte Eselböck das Geschehen, »dort der wilde, hirnlose Haufen, allesamt Männer, und hier die Frauen. Zu friedfertig, um vorschnell auf Jagd zu gehen, und zu schlau. *Selig, die keine Gewalt anwenden, denn sie werden das Land erben!* Sollen sich die Herren nur ihre Schädel einschlagen!« Und wenn es nicht traurig wäre, könnte die alte Huber darüber ja fast schon wieder lachen.

»Die werden sich im Glaubenthaler Graben am alten Praxmoser jedenfalls die Zähne ausbeißen!«

»Wie die Pequod in der Südsee am Pottwal Moby Dick!«, klappt Alfred Eselböck das Stück Weltliteratur auf seinem Schoss zu und müht sich hoch.

»Wart, Alfred, ich helf dir!«, greift ihm die alte Huber unter den Arm. Dann marschieren die beiden los, in Richtung Bücherei, fast in Zeitlupentempo, behäbig, nur sein Schnaufen, das Schleifen seiner Schuhsohlen, der Stockeinsatz, während die Glaubenthaler Damen den beiden Grubmüllerinnen Anita und Helga Trost spenden, Zuspruch, dazu der Kommandoton der Gemischtwarenhändlerin Heike Schäfer: »Alles Essbare einfach zu mir in den Laden, das teilen wir nachher auf!« Und selbstverständlich packen Anita Grubmüller und Helga trotz der bitteren Umstände mit an. Frauen, die zusammenhelfen, zusammenhalten, wenn es nötig wird. Nichts anderes hat die alte Huber je erlebt, als säße dieser Trieb in den weiblichen Zellen, wie offenbar den Männern die Hatz.

Alfred Eselböck ist stehen geblieben, nachdenklich: »Jetzt nimmt dieser ewige Zank wenigstens endlich ein Ende!«

»Manche Familien können ohne ihren Hass gar nicht richtig leben!«

»Da hast recht, Hanni! Oft aber kann man erst ohne den

Hass seiner Familien so richtig leben! Drum versteh ich den Severin ja direkt. Oder die Katharina!«

»Welche Katharina?«

»Na, die Grubmüller-Schwester, Hanni! Im doppelten Sinn!«

»Ja richtig, Alfred. Die gibt's ja auch noch!« Und die alte Huber kann es nicht glauben. Was die Zeit oft überwuchern, verschwinden lässt, kaum sieht man nicht mehr hin. »Lebt die überhaupt noch, so lang, wie die nicht hier war.«

»Ich glaub eher, es ist umgekehrt! Wenn die sich nicht bei den Bethlehem-Schwestern verkrochen hätte, wäre sie längst tot!«, bringt sich Alfred Eselböck wieder behäbig in Fahrt. Weit die Körpervorlage, der Hals entsprechend überstreckt, ein wenig wie eine kopfschüttelnde Schildkröte sieht er aus, eine schlecht gelaunte: »Ein Glück hat die ganze Praxmoser-Grubmüller-Bagage g'habt, das sag ich dir!«

»Drei Tote und ein Verletzter in zwei Tagen nennst du Glück!«

»Dankbar können die alle sein, dass der alte Praxmoser nicht schon viel früher um sich geschossen hat!«, flüstert Alfred Eselböck. »Weißt du noch, Hanni! Am Eröffnungstag.«

»Wie könnt ich das vergessen!«

Es sind nur ein paar Stiegen, die zur Tür seines ehemaligen Ziegenstalles hinunterführen, der heutigen Bücherei. Und auch, wenn ihm jede längst ein Hindernis geworden ist, im schlimmsten Fall sogar ein tödliches, Alfred Eselböck überwindet sie, täglich.

So wie jetzt.

»Geht's Alfred?«

»Und wenn's nimma geht, geht's hoffentlich schnell zu Ende! *Selig sind, die da hungert und dürstet nach der Gerechtigkeit, denn sie sollen satt werden!*«, schimpft er. »Eine Seligpreisung als Kampfaufruf! Wenn Jesus Christus nicht auferstanden wäre, er würd sich vor lauter Schand für unseren Pfarrer im Grab umdrehen.«

»Pass lieber auf die Stufen auf?«

Mit besorgtem Blick ist die alte Huber nun hinter ihm stehen geblieben. Mögen es noch viele Jahre sein.

»Ich sperr jetzt zu, Hanni. Magst dir noch was mitnehmen!«

»Ich hab noch.«

»Hier.« Drückt er ihr *Moby Dick* in die Hand und schließt murmelnd seine Tür. *»Selig, die da geistig arm sind, denn ihrer ist das Himmelreich.* Lauter Selige hier, in Glaubenthal!«

Und irgendwo im Glaubenthaler Graben fallen die ersten Schüsse.

29 Pepi muss weinen

Der Bus ist blitzsauber, die Garage geschlossen, der Schlüssel abgegeben.

Pepi Staubinger will nach Hause.

Nie und nimmer käme es ihm in den Sinn, Ferienbeginn zu feiern. Oder noch schlimmer:

ein *Glaubenthaler Schulschluss-Grillen.* Wie absurd.

Als wäre ein Friedensvertrag unterzeichnet worden, eine Besatzungsmacht abgezogen. Endlich befreit. Die Guten haben gegen das Böse gesiegt, und jetzt, Party Party!

Für ihn ist der heutige Tag gelaufen. Und nicht nur das.

Ab jetzt hat er Zeit.

Und ganz von selbst kommen sie ihm wieder, mitten auf der Bundesstraße, seine Tränen. Das Hupen hinter ihm, die mittlerweile entstandene Kolonne, stört ihn nicht. Er fährt, wie es sich eben gehört. 70 in der 70er-Zone, 50 in der 50er, und ja, sogar die nun vorgeschriebenen … Dann bremst er.

So auch hinter ihm und dahinter und dahinter und … Ohne Blechkontakt gottlob.

Und ohne Überholmanöver.

Mitten auf der Fahrbahn steht wie aus dem Nichts ein Mann in Uniform, mit Radarpistole in der Hand. Hinter einer Baumgruppe muss er auf die Straße hervorgetreten sein. Und wäre Pepi Straubinger nicht so gemächlich in seinem Privatfahrzeug, sondern »dalli, dalli, Pepi, dalli, dalli!« im Schulbus unterwegs, gäbe es wohl einen toten Polizisten zu beklagen. In diesem Fall kein tränenreiches Ereignis.

»Straubinger, du Fetzenschädel, rechts ran!«

Stämmig, klein, entsprechend aufgeblasen, und eines dieser

Raubtiere, das sich an Uschi satt gefressen und sie dann fallen lassen hat wie Restmüll.

»Straubinger verdammt, was dauert da so lang, rechts ran! Und ihr: Weiterfahren, weiterfahren, weiterfahren!«, winkt Wolfram Swoboda die Kolonne vorbei, bis die Straße endlich eine unbefahrene wird.

Nur noch zwei Autos sind übrig.

Der in den Büschen versteckte Dienstwagen, und: »Straubinger!«, klopft Wolfram Swoboda energisch auf die Motorhaube. »Bist du des Wahnsinns! Warum stotterst du so dahin in deiner Affenkiste, Toy-Toy-Toy-Toyota!«

Pepi Straubinger kennt sich nicht aus. Entsprechend ratlos sein Blick. Wolfram Swoboda hält ihm seine Radarpistole vor die Windschutzscheibe und streckt den Kopf durch das Seitenfenster herein. Weit bücken muss er sich dazu ja nicht.

»Du ruinierst mir mein Geschäft, heut ist Zeugnistag. Weißt du, was das heißt. Jeder hat es eilig. Keine Sau fährt da 30 in der 30er-Zone! Hast du vergessen, deinen Prius aufzuladen?«

»Ist ein Hybrid!«

»Bist jetzt lustig!«

»Solltest du nicht meinen Vater suchen, Swoboda?«

»Du willst mir sagen, was ich sollt? Und den alten Praxmoser, diesen Verbrecher, erwischen wir schon. So wie dich.«

»Wieso Verbrecher. Man sagt, er hat seinen Schwiegersohn, den Grubmüller, mit der falschen Tochter, also der Uschi, erwischt und ihn deshalb erschossen. Das war doch eine gute Tat!«

Wolfram Swoboda beugt sich ein wenig näher durch das Seitenfenster an Pepi Straubinger heran.

»Sag einmal, Straubinger, was seh ich da? Sind leicht deine Augerl feucht?«

»Die Hitze, der Schweiß!«

»Na ganz bestimmt!«, öffnet Wolfram Swoboda nun die Autotür. »Oder hast du dir was genehmigt?«

»Maximal meine Kontaktlinsen! Alles andere mach ich seit zwanzig Jahren nicht mehr!«

»Das lass schön mich beurteilen, Straubinger!«

»Da kann ich nur sagen: *Misstraue deinem Urteil, sobald du darin den Schatten eines persönlichen Motivs entdecken kannst.* Klammer auf: *Marie von Ebner-Eschenbach,* Klammer zu!«

»Noch ein zweites deiner elenden Sprücherl, und du hörst von mir ein: *Hasta la vista, Pepi!* Und jetzt raus mit dir!«, lässt ihn der Polizeibeamte nun aussteigen und wird unterbrochen. »– Moment!« Schrill wie die Swobodastimme auch der Klingelton. Falco. *Der Kommissar.*

Peinlicher geht es nicht.

»*Was gibt's, Brauneder? – Moment!*«

»Hände aufs Autodach, Straubinger, während ich telefonier!«

»Um Gottes willen! Nicht wirklich, Swoboda!«

»Für Gottes Wille ist die Kirche zuständig. Für deinen Willen bin ich zuständig, Straubinger! Also: Pfoten aufs Dach!«

»*Was gibt's, Brauneder! Natürlich bin ich im Einsatz. Und Sie hoffentlich auch? Wie geht's dem Absatz, schon durchgelaufen? Praxmoser gefasst? Eine Schießerei sagen Sie. Na bitte. Hab ich Sie gewarnt, oder hab ich Sie gewarnt.*«

Und logisch fährt ein Wagen vorbei. Gemächlich. Der Kofferraum überladen, die Rückbank vollgestopft mit Proviant, Polstern, Stofftieren, dazwischen ein paar Kinder, die Fenster halb offen, die Hände herausgestreckt: »Hallo, Herr Pepi. Warum müssen Sie das Auto festhalten?« Wie gesagt. Viel peinlicher geht es nicht.

»Was heißt, Sie brauchen Verstärkung? Sie werden doch ein paar Leut finden, die Ihnen suchen helfen, die müssen doch Schlange stehen, wenn es um den Praxmoser geht! Wehe, Sie rufen mich an, bevor Sie ihn gefunden haben!

Hast g'hört, Straubinger. Dein Vater dreht jetzt endgültig durch, was sagst du dazu?«

Nichts.

»Was schaust denn so wie dein Autobus, du Fetzenschädel? Was für Drogen hast du genommen? Komm, gib dir einen Ruck. Erzähl?«

Und wenn Wolfram Swoboda neben ihm der einzige Bewohner dieses Planeten wäre, Pepi Straubinger würde zwecks Konversation jede Trockenblume vorziehen.

»Na gut, Straubinger, bevor dir die Händ einschlafen, würde ich sagen, du gehst ein bisserl am Strich und beweist mir, wie nüchtern du bist. Oder wie sagt man in deinen Kreisen. Clean!«, muss er nun auf der Sperrlinie des Mittelstreifens entlangmarschieren, nur weil ein unzurechnungsfähiger Polizeibeamter eben lustig dazu ist.

»Sich von einem ungerechten Verdacht reinigen wollen, ist entweder überflüssig oder vergeblich. Marie von Ebner-Eschenbach!«, flüstert er.

Und logisch schießt der nächste Wagen vorbei: »Schau, der Herr Pepi. Was machen Sie da? Schöne Ferien, Herr Pepi!«

»Verdammt!«, reißt Wolfram Swoboda die Radarpistole hoch. »Das wären 50 Euro gewesen, mindestens!« Stechend der durch das offene Fenster hereinwehende Schweißgeruch. »Verschwind, Straubinger, aber dalli.«

»Gern!«

Das Schlechte riecht schlecht.

Das Übel verursacht Übelkeit.

Dalli, dalli.

Sie gehen ihm jetzt schon ab, seine Kinder und sein nach Haribo, Hitschler, Energydrinks, dem ganzen Zuckerzeug und nach Wurstsemmeln dünstender Schulbus.

Was hat er denn sonst?

Außer sein Hobby. Den Bogen.

Um die Menschen einen großen Bogen machen, den Bogenbau, das Bogenschießen …

30 Selig, die …

… keine Gewalt anwenden, denn sie werden das Land erben.

Schnell ist der Dorfplatz geleert und reihen sich die Speisen auf zwei Biertischen im hinteren Bereich des Gemischtwarenladens. Und selbstverständlich hat auch die alte Huber mit angepackt, reintragen geholfen, dabei immer wieder versucht, Helga in einem günstigen Moment unter vier Augen zu sprechen, aber vergeblich. Als würde ihr das Mädchen in aller Öffentlichkeit aus dem Weg gehen.

»Na dann!«, ergreift Gemischtwarenhändlerin Heike Schäfer nun die Initiative: »So eine Tafel haste auch noch nicht oft gesehen hier, oder. Wennste mich fragst, musste das Glück beim Schopf packen, grad an so nem traurigen Tag. Also, meine Damen: Das Buffet ist eröffnet!«

»Ich verabschiede mich!«

»Aber Huberin, jetzt, woste schon mal herunten bist, gehste nirgendswohin!«

Ein leichter Wind lässt draußen die Markise flattern, stupst vielversprechend die Blätter der Sommerlinde an, und auch die alte Huber gibt sich einen Ruck, bleibt also inmitten der Glaubenthaler Frauen stehen, alle in trauter Einigkeit und wildem Durcheinander. Unter anderem Renate Hausleitner, Obfrau der Glaubenthaler Patchworkerinnen, die wankende Schusterbäuerin, ihre Tochter Hannah, die Gemischtwarenhändlerin Heike Schäfer, Anita und Helga Grubmüller.

Laut ist es, gesprochen wird, sogar gelacht.

»Von wem ist der Ribiselkuchen?«

»Warum fragst du, Renate?«

»Weil ich noch nie so einen guten Ribiselkuchen gegessen hab!«

»Von Amelie!«

»Also von dir, Hanni?«, zieht die Schusterbäuerin ihre Augenbrauen hoch. »Zum Glück ist die Kappelbergerin nicht da, die würd vor Neid dran ersticken«, und ja, es darf zwar nie jemand erfahren, aber die alte Huber ist grad viel lieber hier als allein daheim. Von wegen Tiergarten. Fast schon Streichelzoo.

Nett spürt sich das alles an. Und informativ.

Kaum noch des Sprechens mächtig, hängt sich Rosi Schuster bei ihrer Schwägerin Anita Grubmüller ein. Sehr zum Erstaunen der alten Huber, denn dass die beiden so ein gutes Verhältnis pflegen, wusste sie nicht. »Dass dein Vater grad indirekt meinen Franzl verletzt, obwohl er eigentlich den Adam erwischen wollt! So ein Unglück!«

»Das tut mir so leid, Rosi!«

»Ist schon recht!«, nimmt Rosi nun Anita in ihre Arme, und die alte Huber kennt sich gar nicht mehr aus. Was daran wohl *recht* sein soll, dafür fehlt der guten Hannelore beim besten Willen die Fantasie.

»Biste schon arm, Rosi, mit deinem Schusterbauern. Aber bei dir, Anita, kannste echt nicht sagen, dass du grad ne Glückssträhne hast! Tragisch.«

»Ein Teufel ist das, dein Vater!«, zeigt Renate Hausleitner ihre Begabung in puncto Feingefühl, »wenn der alte Praxmoser sogar auf seinen eigenen Enkel schießt, will ich mir gar nicht vorstellen, wozu er sonst noch fähig ist!«

Praxmoser, Praxmoser, Praxmoser!

Niemand, der zumindest theoretische Zweifel anmeldet?

Was bleibt der alten Huber da schon anderes übrig.

Große Einhelligkeit löst bei ihr eben reflexartig eine gewisse Skepsis aus, fast schon aus Trotz. Da ist es dann nämlich oft zur Dunkelheit nicht weit. Und allein die Tatsache, wem alles in diesem Land schon mit großer Mehrheit zugejubelt wurde, gibt Grund genug, sich so einen kollektiven Jubel ganz genau anzuschauen. »Weißt du, Hanni!«, hat sie ihr Vater dazu immer wissen lassen. »Wer in der Menge steht, verliert automatisch die Übersicht, den Weitblick! Brandgefährlich kann so etwas werden.«

Manchmal ist eben haargenau das Gegenteil der allgemeinen Meinung richtig, die Erde eben doch keine Scheibe, der Aderlass kein Allheilmittel und so ein Stier in Wahrheit rot-grün-blind. Vielleicht wäre es also klug, sich bestenfalls noch vor dem Urteil anzuhören, was Minderheiten zu sagen haben, wie sie denken, und möglicherweise sogar, selbst eine zu sein. So wie Severin Praxmoser und natürlich die alte Huber selbst.

– Und ja, sie mochte ihn immer, irgendwie.

Das In-sich-Gekehrte, Stille, zuerst Duldsame und dann so Klare.

Was sollte einen Mann wie Severin Praxmoser, der jeden Kontakt zu seinen Mitmenschen scheut, dazu veranlassen, während des Sommerfestes auf seinen Enkelsohn Adam zu schießen, dann aus dem Wald herauszutreten, und somit zu verdeutlichen: *Schaut her. Ich war das gerade! Und jetzt überlegt euch, warum!*

Warum also läuft er Amok?

»Wisst ihr noch, vor mehr als sechzig Jahren, wie der Grubmüller Johann in seinem Traktor den Praxmoser zusammenfahren wollt und zum Glück nur sein Pferd erwischt hat«, beginnt die alte Huber also.

Stille.

»Alle werden es nicht mehr wissen, Hanni«, zieht die Schusterbäuerin Rosi neuerlich ihre Augenbrauen hoch, irgendwo müssen ihre Stirnfalten, so tief wie Ackerfurchen, ja schließlich her sein. »Weil viele von uns waren da noch gar nicht auf der Welt! Warum fragst?«

»Weil seither ganz schön viel passiert ist zwischen den beiden Familien, oder? Warum seid ihr euch dann eigentlich so sicher, dass der Praxmoser an allem schuld ist. Vielleicht wollt er ja grad nur, dass die ganze Streiterei zwischen dem Schusterbauern und dem Adam aufhört!«

Entsprechend groß das Erstaunen, ja die Entrüstung.

»Warum wir uns da sicher sind? Weil er grad fast seinen Enkel erschossen und stattdessen meinen Mann verletzt hat!«, kann es Rosi Schuster offenbar nicht glauben, »Außerdem willst ja du beobachtet haben, wie der Praxmoser den Ulrich im Maisfeld erschossen hat!«, wird die Schusterbäuerin dabei immer energischer.

»Ich hab aber nichts beobachtet, Rosi, nur gehört! So wie die Kappelbergerin, wenn der Pfarrer seine Beichtzeiten hat.«

»Die Luise hört beim Beichten zu?«, meldet sich Anita Grubmüller zu Wort. Und schlechter kann ein Auftritt gar nicht kommen.

»Na logisch hör ich zu! Allein schon als Service!« Wieder Stille. Diesmal betreten. Pfarrersköchin Luise Kappelberger steht in der Gemischtwarenhandung wie hereingezaubert, schreitet nun die Damen der Reihe nach ab, während sie weiterspricht. »Als Service an die Bürgerinnen und Bürgerinnen und Bürgerinnen. Die Männer kommen ja eh alle nicht beichten, sondern ertränken ihre Sünden beim Brucknerwirt oder gehen einfach schlafen. So wie der Pfarrer manchmal im Beichtstuhl. Glaubt ihr alle, der hört euch zu?« Und direkt vor der alten Huber bleibt sie nun stehen: »Da ist es doch mehr als löblich, wenn jemand wie ich mit seinem guten Draht zum lieben Gott und seinen noch besseren Ohren heimlich einspringt!«

»Vor deinen Ohren hat wahrscheinlich sogar der liebe Gott Respekt!«, bleibt die gute Hannelore gelassen, auch wenn sie natürlich innerlich grad in Wallung geraten ist. Und der Kappelbergerin kommt ein Lachen aus, ein für den ganzen Raum befreiendes. Beinah die gesamte Damenschar stimmt mit ein. Bis auf die alte Huber, Anita und Helga natürlich.

»Und jetzt reden wir bitte endlich von etwas anderem!«, beendet Rosi dieses Thema und öffnet die Tür in ein Hinterzimmer.

Ein gemütlicher Raum eröffnet sich. Die Wände von Regalen verstellt, darin stapelweise alte Kleidung, Vorhänge, Decken. In der Mitte ein großer Tisch, darauf Nähmaschinen, haufenweise aus den Stoffen herausgeschnittene Teilstücke, Rechtecke, Quadrate, und schließlich das Ergebnis des ganzen Aufwandes: Patchwork-Decken. Ein buntes Allerlei. Und ja, die alte Huber staunt nicht schlecht, denn irgendwie beeindruckend ist das schon. Sich den alten Dingen gegenüber respektvoll erweisen, umgekehrt zum Heiligen Martin – der als Akt der Barmherzigkeit seinen Militärmantel mittels Schwerthieb teilt und diese Hälfte einem armen, frierenden Bettler gibt – aus den vielen alten, bunten, verschiedenen Einzelteilen ein zusammenhängendes Ganzes werden lassen. Jetzt soll der gute Martin unter seinem Mantel zwar nicht nackt gewesen sein, wodurch die alte Huber bis heut nur schwer versteht, warum er eigentlich nicht gleich den ganzen hergegeben hat, aber herzig mit einem »barm« davor war das allemal. Nicht auszudenken, wie das wäre, wenn jeder von dem, was er ohnedies zu viel hat, die Hälfte abgibt.

Hier, in diesem Hinterzimmer der Gemischtwarenhandlung, jedenfalls sitzt man dann, oder eigentlich nur Frau, beisammen und mischt per Hand alte Ware zu etwas brauchbaren Wärmenden, zeigt vielleicht so sich selbst, und mittels der entstehenden Decke jedem, der es sehen will, wie sich das sinnvoll schaffen ließe, mit der zerfransten Welt.

Wankend, aber doch zielstrebig steuert Rosi Schuster einen der umstehenden sieben Sessel an, und der Reihe nach füllen sich die Plätze, entpuppen sich also die fixen Teilnehmerinnen dieser Runde. Renate Hausleitner, Rosi Schuster, Luise Kappelberger, Heike Schäfer. Auch Anita und Helga nehmen zögerlich Platz, einen leeren Lehnstuhl zwischen sich. Worauf Rosi leise zu weinen beginnt: »Ab heut bleibt der Uschi ihr Platz für immer leer!«, und bald fließen auch bei Anita, Helga, Heike stille Tränen.

Als könnte sich so die ganze Last, der Schmerz dieses so harten Tages endlich lösen, nehmen die Damen ihr Nähzeug zur Hand und beginnen mit der Arbeit. Wortlos und doch in Einigkeit. Verbunden durch die auf dem Tisch liegenden Werkstücke.

»Setz dich zu uns, Hanni!«, deutet Anita neben sich. Und es käme der alten Huber nicht in den Sinn, auf diesem einen, gerade erst leer gewordenen Sessel Platz zu nehmen.

»Ein anderes Mal vielleicht!«, lehnt sie dankend ab, bemerkt noch, wie ihr Helga hinterherblickt, sich dann abwendet, ihre Haube zurechtzupft, die sie so konsequent tief in die Stirn gezogen trägt.

Dann wird es Zeit, geht sie, die alte Huber. Verlässt den Gemischtwarenladen, überquert den Dorfplatz, nimmt den Anstieg die Straße hinauf in Angriff, dieses Rinnsal namens Ache entlang, durch das so gespenstisch ruhig gewordene Dorf.

Gleichmäßig fast strömt ihr Atem. Tack, Tack, Tack. Ihr Schritt.

Und bald wird ein Tack-Tack, Tack-Tack, Tack-Tack daraus. Ist sie nicht mehr allein. Taucht Anita neben ihr auf.

»Gehst du jetzt also doch auch heim!«

»War ein harter Tag. Und hilft ja alles nichts, Hanni. Dem Leben kommst du nicht aus!«

»Und die Helga?«

»Die bleibt noch. Und ich glaub, solang der Adam da draußen herumrennt, ist sie dort unten besser aufgehoben?«

Stille Verbundenheit.

Kein Wort wird mehr gesprochen, die Hauptstraße hinauf, und jeder scheint froh darüber. Was soll man auch noch groß sagen, nach so einem schrecklichen Tag.

Bald führt der Weg an der Schusterweide vorbei, Irmi und Egon, dann das Maisfeld entlang und schließlich zum Huber-Häuschen – bevor es dann weiter durch den Waldstrich hinüber zum Grubmüller geht.

»Pfuh!«, schnauft Anita dann vor dem Gartentor und muss sich an Hannelores Jägerzaun festhalten. »Ganz schön fit bist du, Hanni!«

»Na, dann werd ich mir wohl öfter so eine Infusion bei unserem Kurpfuscher holen müssen!«

»Da leg ich mich dann dazu!« Ein leichtes Schmunzeln, ein Heben der Hand gen Himmel: »Könnt wild werden, morgen!«

Abendrot – Schönwetterbot lautet eine alte Bauernregel, und ja, so falsch hat sich diese jahrtausendealte Beobachtung auch für die alte Huber im Laufe ihres Lebens nicht erwiesen. Hier aber geht das Rot stellenweise deutlich ins Gelbe mit ein paar Wolkenfetzen in westlicher Ferne. Und auch Anita Grubmüller kennt ihre Heimat.

Kurz scheint sie nachzudenken. Sich aufraffen zu müssen. »Vielleicht hast du ja recht g'habt. Weil ob es mein Vater war und was da im Feld wirklich passiert ist, wissen wir nicht! Nur wer könnt es sonst g'wesen sein?«

»Du musst auf jeden Fall mit deinem Vater reden, Anita, so schwer das ist!«

Nur noch ein müdes Nicken. »Danke für alles heute, Hanni!«

»Wofür?«, versteht die alte Huber nicht.

»Dass du der Helga Obdach g'eben hast, letzte Nacht, dass du den Ulrich g'funden hast, dass …!«

Schüsse sind zu hören, Anita Grubmüller zuckt zusammen, bekreuzigt sich. »Wenn sie meinen Vater finden, ist er auch tot.« Und geht.

5
Der Mann ohne Eigenschaften

31 Robin Hood

Die Kraft kommt aus dem Rücken.

Nicht den Armen oder der Zughand. Wobei kaum ein Mensch, außer Pepi Straubinger und sein Vater, der alte Praxmoser, wohl seinen Englischen Langbogen überhaupt ziehen könnte, so kräftig ist er gespannt. Gebaut hat er ihn selbst. So wie alle anderen auch in seiner Werkstatt, samt einiger Wurflanzen. Aus Esche.

Er liebt dieses Holz, seine hohe Elastizität, seine Zähigkeit, wie gut es zu bearbeiten, zu beizen, zu polieren ist. Zwei dieser mächtigsten Bäume Europas stehen vor seinem Haus. In großen Abständen, geben sich Freiraum, fühlen sich im Schatten anderer nicht wohl. So wie er. Zwischen ihnen fließt ein kleines Bächlein. Hin und wieder kommen ein paar Wildschweine aus dem Wald, um hier zu trinken, als wüssten sie, somit in einer Schutzzone zu sein, denn im Wald selbst kann durchaus einer seiner Pfeile für einen Braten sorgen. Keinen leiseren, sanfteren, schnelleren Tod gibt es, als von Pepis Pfeilen mitten ins Herz getroffen zu werden.

Hier aber wird nicht geschossen.

Keine toten Eber im Eschen-Bach.

Bestenfalls gelesen:

Marie von Ebner-Eschenbach.

Ihr Scharfsinn so treffend wie Pepis Pfeile:

So mancher meint, ein gutes Herz zu haben,
und hat nur schwache Nerven.

Ihre Sätze so reich, dagegen erscheint ihm jeder männliche Aphorismus wie ein Kalenderspruch. Und mutig war sie, rebellisch, immer im Kampf gegen Vorurteile

Ein Urteil lässt sich widerlegen,
aber niemals ein Vorurteil.

und gegen die Überheblichkeit.

Jeder Mensch hat ein Brett vor dem Kopf –
es kommt nur auf die Entfernung an.

Pepi Straubinger jedenfalls trifft jedes, und sei es auch noch so weit entfernt. Ein Pfeil aus Englischen Langbögen durchdrang einst zentimeterdickes Holz, problemlos schwere Rüstungen, und vielleicht hat diese Schnapsidee, den so beweglichen Körper komplett mit Metall zu umgeben und zu einem starren Ungetüm werden zu lassen, genau deshalb aufgehört.

Einatmen, ausatmen.

Frieden. Geistige Leere. Innere Einkehr.

Das schenkt ihm dieser Bewegungsablauf. Auch, weil er ihn an seinen Vater erinnert, als Pepi noch gar nicht wusste, dass Severin sein Vater ist, an diese Ausnahmezeit zwischen seinem 18. und 20. Lebensjahr, diese paar Sommerwochen. Endlich draußen aus dem Jugendgefängnis und: »Komm einfach zu mir, Pepi, das wird dir guttun!«

Aufstellung einnehmen, den Atem kontrollieren, zur Ruhe kommen, die Sehne ziehen, dabei den Ellbogen gehoben hinter den Rücken bringen, mit der Zughand den Ankerpunkt in seinem Gesicht berühren, eine Linie entstehen lassen: Ellbogen, Ankerpunkt, Pfeilspitze.

Das Ziel fixieren, alle Aufmerksamkeit nur dorthin gerichtet, es geschehen lassen, und schließlich dieses letzte Stück noch die Zughand aus dem Gesicht nach hinten ziehen und so die Sehne freigeben.

Alles freigeben. Den Lauf der Dinge.

Es geschehen lassen.

Loslassen.

Für Pepi Straubinger gilt: Wenn schon jagen gehen, dann nur auf diese Art. Dem Wild auch den Schrecken des lauten Knalls ersparen. Nur das lautlose Eindringen direkt ins Herz und der sofortige Tod. Ein schöner Tod.

Konzentriert steht er vor seinem Haus im Schatten der beiden gemeinen Eschen, dazwischen die Holzscheiben, kontrolliert die Pfeile, denn ohne Geradlinigkeit kein Ziel, so wie eben auch im Hier und Jetzt.

Dann ruft es ihn. Dieses Leben. Völlig unerwartet.

»Anita!«, blickt Pepi stutzig auf das Display seines Telefons. Hell blinkt es auf, ohne Klingelton. Ein Anruf. Von ihr? Noch nie zuvor kam er zu dieser Ehre. Es muss ein triftiger Grund sein, der sie über ihren Schatten springen lässt. Kurz überlegt er. Soll er den Anruf überhaupt entgegennehmen? An so einem schweren Tag?

Gerade deshalb.

»Hallo, Anita!«

»Grüß dich, Pepi!«

Sie schweigt, scheint zu überlegen. Er kommt ihr zuvor.

»Mein Beileid, Anita. Wegen Ulrich und deinem Schwiegervater und dass die Uschi …!«

»Es ist so schrecklich!«, beginnt sie zu weinen. »Jetzt sind nur mehr wir übrig, Pepi!«

Wir? Dass sie ihn überhaupt ins Wir einbezieht, ist schon ein Wunder. Und warum weint sie für ein selbst gewähltes Schicksal, zu dem sie täglich Ja sagt, als wäre sie ohnmächtig.

Die Grausamkeit des Ohnmächtigen
äußert sich als Gleichgültigkeit.

»Sie haben mich alle betrogen, Pepi. Der Ulrich mit der Uschi. Hörst du, Pepi. Mit der Uschi, unserer Schwester, wieso macht sie so was, wieso –!« Kaum noch ein Wort bringt sie zustande, muss unterbrechen vor lauter Tränen. Was soll er ihr groß antworten?

»Sogar der Adam hat ihn gedeckt, hat das alles gewusst. Und dann hat unser Vater die beiden erwischt und offenbar den Ulrich erschossen! Er hat es für mich getan, glaub ich. Unser Vater war immer irgendwie da, auch wenn wir ihn behandelt haben, als wär er schon tot! Und –«

»So wie er eben uns behandelt hat, Anita! Er wollt nichts wissen mehr von euch. Von mir ja sowieso nie!«

»– und jetzt suchen sie ihn, Pepi. Hörst du, sie suchen unseren Vater, und sie werden ihn, ihn … Pepi, das geht nicht. Wenn er es vielleicht gar nicht war, sich alle täuschen? Auch er hat sich Gerechtigkeit verdient!«

»Und warum rufst du mich jetzt an, Anita?«

»Weil du der einzige noch übrige Mann bist in der Familie.«

»Du meinst, der Einzige, der noch lebt und aufrecht steht!«

»Du musst ihm helfen!«

»Muss ich das!«, legt er sein Telefon zur Seite, hört Anita ins Leere sprechen, nimmt seinen Langbogen, seine Pfeile und geht.

»Man kann nicht allen helfen«, sagt der Engherzige
und hilft keinem.

Welch Ironie des Schicksals.

Die von Helga mit dem Traktor in das Maisfeld gezogene Schneise legt von Hannelores Hausbank aus gesehen wieder stückweit den Blick ins Dorf frei. Herrlich die Aussicht. Das war's dann aber auch schon. Denn bedrückender, unheimlicher könnte die über dem Land liegende Stimmung kaum sein.

Immer wieder sind vereinzelte Schüsse aus dem Wald zu hören, während der Himmel mit seinem Farbenspiel protzt, als würde er der Welt darunter ihre Lächerlichkeit verdeutlichen, ihr sagen wollen: Und selbst im Untergang bin ich unendlich würdevoller, als ihr es während eures gesamten Bestehens jemals sein werdet.

Nur der Mensch versteht diese Sprache nicht.

Im Grunde versteht er gar nichts, nicht einmal sich selbst!, geht es der alten Huber, hier auf ihrer Hausbank sitzend, durch den Kopf. Ansonsten nämlich dürften sich ja die Männer dieses Dorfes nicht derart schießwütig ihrem aufgestauten Zorn hingeben. Als hätten sie nichts mit den Entwicklungen zu tun, all dem Hohn, Spott, der jahrzehntelang immer nur gegen eine Person gerichtet war. Wie hochmütig kann ein Mensch nur sein, nicht davon auszugehen, die Welle der Verachtung könnte eines Tages zurückschwappen, viel verheerender noch.

Wie überhaupt konnte man vergessen?

Die alte Huber aber erinnert sich.

Es war ein sonniger Frühlingstag im Jahre des Berliner Mauerfalls, als in Glaubenthal ein Bollwerk errichtet wurde, vor dessen Festung stehend niemandem je der Wunsch gekommen wäre, es könnte überwunden werden.

Wenngleich der Anlass schöner gar nicht hätte sein können, denn der mittlerweile Dorfälteste Alfred Eselböck öffnete die Pforten seines ehemaligen Ziegenstalles als nunmehrige Bücherei. Ein Moment des Glücks, den die gute Hannelore niemals vergessen wird. Für sie bedeutete die Tatsache, in der Abgeschiedenheit Glaubenthals von nun an Bücher entlehnen zu können, ein Tor zur Freiheit, hinaus aus der Enge ihrer damals schon trostlosen Ehe, hinein in die Unendlichkeit der Fantasie. Sie wäre wohl ein anderer Mensch geworden, hätte es diese Form der Rettung nicht gegeben.

Denn bis zu diesem Tag war die Vergegenständlichung ihrer Sehnsucht nach einem anderen Leben ein alter Weltatlas. Wasserruten hat sie genommen, von zu Hause weg, mit dem Zeigfinger in die Ache hinein, weiter ins Irgendwo.

Dabei die Welt erkundet, von den längsten Flüssen Europas,

Wolga, Donau, Dnepr, Don, Petschora, Dnestr, Rhein,
Elbe, Weichsel, Oder mit Warthe …

hinein in die längsten Wasserstraßen der Erde,

Nil, Amazonas, Jangtsekiang, der Gelbe Fluss Huang He,
Mekong, Kongo, Mississippi, Ob …

die höchsten Berge empor und hinab in die schönsten Städte. Kein Erdkundeunterricht hätte sie je so begeistern können wie ihr Fernweh. Und es war nur ein schwacher Trost, wenn Walter vor seinem Kreuzworträtsel saß, frustriert vor sich hinmurmelte: »Mittelmeerinsel mit neun Buchstaben, so ein Schmarrn!«, und sie im Vorbeigehen ein »Stromboli, Sardinien, Lampedusa« von sich gab. Ihr Zeigefinger hatte jede schon bereist. Und sosehr sie ihre Mutter einst verfluchte, weil sie mit einem amerikanischen Besatzungssoldaten auf und davon war, um nie wieder gesehen zu werden, gab es Tage, da war sie ihr näher als jemals gedacht.

Ja, und nun kam Alfred Eselböck mit seiner Bücherei: »Hier, schau, Hanni, musst du lesen, *Sinn und Sinnlichkeit!*« Nie wieder hat sie ihren Weltatlas danach aufgeschlagen, ihr Reisebüro wurde der ehemalige Ziegenstall.

Ein Bierfass wurde an diesem Eröffnungstag im Jahre 1989 angezapft und ausgeschenkt; Schmalz-, Erdäpfelkas- und Liptauerbrote wurden beschmiert und gratis ausgeteilt; und warme Gratis-Puchteln gab es natürlich auch, selbstverständlich kostenfrei und als »BUCHteln« angeschrieben.

Ging ja schließlich um nichts anderes.

Das halbe Dorf war zugegen, sogar die beiden Männer der Schweinebauernfamilie Grubmüller, sprich: Johann, dazumal noch kraftstrotzende 45 jung, und eben sein Stammhalter Ulrich. Beide mittlerweile tot, der eine erstickt an seiner Gülle, der andere heute erst frisch erschossen. Die »Weiber« durften zu Hause bleiben, weil:

»Muss sich ja wer um die Säu kümmern!«, so Johann.

»Jeder eben unter den Seinigen!«, so Ulrich.

Johann und Ulrich, Vater und Sohn, damals schon über die Zeit erhabene Idioten, so wie später auch Ulrich mit Adam, und sollte Adam je eine Eva finden und Vater werden, na dann …

Jetzt hatte wahrscheinlich keiner der beiden männlichen Schweinebauern das Ansinnen, sich in der Eselböckbücherei zuerst den *Zauberberg* von Thomas Mann, dann *Krieg und Frieden* von Lew Nikolajewitsch Tolstoi und danach gleich den nächsten Klassiker vorzunehmen, beispielsweise *Schuld und Sühne* von Fjodor Michailowitsch Dostojewski, wobei, was weiß man schon. Spielt im Prinzip auch keine große Rolle.

Schließlich ist all das gelesen – oder gar, nun ach!, mit heißem Bemühn Philosophie, Juristerei, Medizin und leider auch Theologie durchaus studiert – zu haben, keineswegs ein Indiz dafür, nicht trotzdem ein handfester Trottel zu sein – zuzüglich der fließenden Englisch-, Französisch-, Russisch-, Spanisch-, Chinesisch-, Gälisch-, Samoanisch-, Telugulisch-Kenntnis sogar ein mehrsprachiger.

Es schützt Bildung eben vor Dummheit nicht.

Dummheit vor Bildung hingegen sehr wohl.

Johann Grubmüller jedenfalls war damals schon so oder so ein hoffnungsloser Fall und ihm das eine unbenutzte dicke Buch in seiner Nachtkästchenlade vollauf genug. Wozu selber lesen, wenn ohnedies Sonntag für Sonntag Pfarrer Feiler draus vorträgt. Er und sein Sohn Ulrich gaben der Bücherei folglich einzig deshalb die Ehre, um gratis ein paar Krügerl zu heben.

Entsprechend groß natürlich die Überraschung des damals schon 64-jährigen Alfred Eselböck: »Grubmüller? Du hier! Das ist ja eine schöne Überraschung. Na dann: Was darf's denn sein? *Ruf der Wildnis* von Jack London vielleicht, oder doch lieber einen *Asterix, Kampf der Häuptlinge* vielleicht!«, so der frischgebackene Bibliothekar, während er der dahinterstehenden Hannelore zwinkernd einen *Thomas Bernhard* reichte, *Die Billigesser.* Sie mochte ihn immer schon, den alten Eselböck.

»Oder willst du eigentlich gar nichts lesen, sondern nur …?«

»Natürlich will ich was lesen, Eselböck!«, kam es schnippisch retour. »Und jetzt gib mir endlich so ein Büchl! Am besten eins, wo der Held so heißt wie mein Sohn, der Ulrich!«

»Grubmüller? Das wird schwer«, gönnte sich Alfred Eselböck noch ein kleines Grinsen, um dann zielstrebig in sein mit

»Literatur« beschriftetes Regal unter dem Buchstaben M zu greifen.

»Aber mit Ulrich hätt ich was!«

Kurz darauf lag *Der Mann ohne Eigenschaften* von Robert Musil in den kräftigen, rauen Händen des Ulrich Grubmüller. Und er lag dort nicht lange, denn auch die Praxmosers waren zugegen, und zwar komplett.

So also betrat Severin Praxmoser mit seiner Frau, der Sägewerkschefin Waltraud Königsdorfer, und seinen beiden Töchtern Uschi und Anita diese immer noch dezent nach Ziege duftende Räumlichkeit. Umgehend wurde er von Alfred Eselböck begrüßt, aufrichtig freundlich und ohne diese möglicherweise spürbare intellektuelle Abschätzigkeit den Grubmüllers gegenüber. An den Wortlaut dieses Willkommens kann sich die alte Huber heut zwar nicht mehr erinnern, die Strahlkraft eines »Oh, welch Glanz in meiner Hütte!« hatte es jedoch gewiss, ansonsten nämlich wäre Johann Grubmüller wohl nicht gar so rasant in Aufruhr geraten.

»Ja, schau dich einer an, wer heut also noch alles da ist!«, so sein Gruß in Richtung Severin Praxmoser. Und diese Bewegungsrichtung verhieß nichts Gutes, schließlich hatte ihm dieser Dreckskerl ja die Traumfrau ausgespannt. Hier standen sie nun also:

auf der einen Seite Johann Grubmüller, seinen Sohn Ulrich neben sich und Robert Musil in Händen. Ihm gegenüber dieses Familienidyll. Waltraud Königsdorfer, ihr Ehemann-Nebendarsteller Severin Praxmoser, dazu seine Töchter Uschi und die dank Ulrich einäugige Anita.

Logisch gingen ihm dann wieder einmal ein wenig die Pferde durch.

»Ja, grüß dich Waltraud! Ich hab was für dich!«, warf er seiner großen Liebe Waltraud Königsdorfer das Buch zu: »Das solltest du lesen. Handelt von dem Deinigen!«

»Der Mann«, begann sie, weitsichtig wie sie war, den Titel entziffern zu wollen: »Der Mann ohne Ei–!«, und wurde unterbrochen.

»Ja, das passt für den Ochsen natürlich auch! Der Mann ohne Eier.«

Und von da an wurde Severin Praxmoser nicht nur hier in Glaubenthal, sondern bald auch von der kompletten Sägewerkbelegschaft, den Kunden, den Nichtkunden und weiß der Teufel von wem noch alles so genannt. Wer will das schon.

Logisch gab es gleich vor Ort, inmitten der Bücherei, ein entsprechendes Gemenge, zwei Männer, die sich einmal noch in ihrem Leben alles Mögliche an den Kopf warfen, nicht nur verbal.

Severin Praxmoser warf, weil er grad bei B stand, mit Brecht, Bröll, Büchner. Johann Grubmüller warf, weil er immer noch bei M wie Musil stand und sie so schön handlich waren, reihenweise Karl-May-Ziegel von sich. *Durch die Wüste. Durchs wilde Kurdistan. Von Bagdad nach Stambul. In den Schluchten des Balkan. Durch das Land der Skipetaren. Der Schut.*

Zack, zack, zack. *Winnetou I, II, III* blieben dann unversehrt, denn Johann Grubmüller lief mit geballten Fäusten auf Severin zu. Zwei Böcke im Ziegenstall, Regale, die umstürzten, mittendrin der verzweifelt brüllende Alfred Eselböck: »Raus hier!«

Vorbei war das Fest, die Bücherei bald leer, ebenso der Vorplatz, nur noch Hannelore und die Kinder übrig, die stellvertretend für ihre Familien den Schaden und die Schande ein wenig bereinigen wollten, die Bücher alle wieder einsammeln, unter der Anleitung des Alfred Eselböck einordnen. An diesem Tag sah die einäugige Anita, beobachtet von Hanni Huber, ihren Übeltäter Ulrich zum ersten Mal in einem anderen Licht.

»Tut mir leid, mit dem Auge! Ich hab damals ja nur deinen Schürhaken abwehren wollen!«

»Und ihn mir ein bisserl zu fest aus der Hand geschlagen.«

»Ich bin eben ein Mann. Mit Muskeln!«

»Ein Hirn dazu wär halt auch nicht schlecht. Und bei mir musst du dich ja gar nicht entschuldigen, sondern bei deiner Schwester.«

»Bei der Katharina! Geh, Anita, die hat mir schon lang verziehen, jetzt, wo sie Nonne ist.«

»Kein Mensch weiß, warum sie einfach weg ist!«

»Hast ja eh gesehen, wie ihre weißen Flecken immer größer geworden sind, und für'n Vater war es ja sowieso nur eine Strafe Gottes, sie überhaupt ansehen zu müssen!«

»Wenn es nur beim Ansehen geblieben wäre!«, begann Anita nicht nur aus ihrem rechten Auge, sondern auch unter der Augenklappe des linken heraus zu weinen.

Und wer weiß, möglicherweise griffen die beiden gerade unangenehm berührt als Überbrückungshandlung nach derselben Lektüre, und anstatt beispielsweise *Stolz und Vorurteil* von Jane Austen zu erwischen, schlugen sie selbst Brücken, hatten stattdessen zufällig die Hand des anderen in der eigenen. Zuerst unabsichtlich in der Bücherei, dann absichtlich zwischen den Kreissägen, die Späne in den Locken, ja, und schließlich offiziell vor dem Traualtar der Glaubenthaler Pfarrkirche, sprich vor Ulrich Feiler.

Das Schicksal ist ein mieser Verräter.

So also wurde aus Anita Praxmoser die Frau des Ulrich Grubmüller, Severin Praxmoser endgültig entmannt und die Lunte gelegt. Denn logisch hatte der neue Schwiegerpapa Johann Grubmüller nichts dagegen, wenn sein Sohn in die Sägewerk-Familie einheiratet und zu Ende bringt, was ihm selbst nicht gelungen war.

Es wurde eine große Hochzeit, Waltraud Königsdorfer eine glückliche Schwiegermutter, und das Fehlen des Brautvaters Severin Praxmoser im Dorf zwar bemerkt, aber mit keiner großen Aufmerksamkeit bedacht. Wozu auch. Man sah ihn ja ohnedies kaum noch in der Öffentlichkeit. Gesichtslos war er geworden, konturlos, sein Wort unbedeutend, sein Wille, sein Empfinden … Jeder Baumstamm war seiner Frau wichtiger als er.

Bis Waltraud Königsdorfer eines bitteren Tages vor fünf Jahren von einem solchen aus dem Leben gerissen wurde. Das frisch angelieferte, mit dem Radlader vorsortierte Rundholz hatte sie begutachtet, zärtlich die Rinde einer Fichte berührt, worauf sich eine der aufgestapelten wohl aus Eifersucht in Bewegung setzte, einige Kollegen als Gefolgschaft hinter sich. Begraben unter ihrer Herzensangelegenheit, grausam und voll Poesie zugleich. Bis auf den Anblick natürlich. Und die Konsequenzen.

Denn so sicher war sich Waltraud erstens ihrer Sache, zweitens ihrer Gesundheit und drittens der Bedeutungslosigkeit ihres Mannes, nicht einmal ein Testament hatte sie gemacht – wodurch sich Severin Praxmoser während des Festessens zu Ehren seiner verstorbenen Ehefrau Waltraud in die Glaubenthaler Geschichtsbücher als Massenmörder eintrug.

Einen Monat nach ihrer Beerdigung nämlich war auf dem Gelände des Sägewerks genau an der Stelle ihres Todes von Pfarrer Feiler eine Gedenkstätte geweiht worden. Kein Kreuz, kein bombastisches Ehrenmal, sondern ein Turm, gestapelt aus jenen Rundhölzern, die sie begraben hatten.

Von ihren Arbeitern errichtet.

Ohne Auftrag. Ohne Kalkül. Ohne zu zögern.

Trotz der eisigen Kälte damals, der klammen Hände, der Gefahr.

Darauf ein Schild mit dem von Waltraud Königsdorfer nicht stets über ihrem Schreibtisch hängenden Leitspruch: *Aufeinander bauen. Nur gemeinsam haben wir Halt.* All die Wertschätzung, Dankbarkeit, ja Liebe zu ihr, war während der Enthüllungsfeier zu spüren, und wenn die alte Huber damals eines mitgenommen hat, dann die Beherztheit, den Vorsatz, für sich selbst als Frau stärker eintreten zu wollen, in ihrer Ehe nicht weiter abzuducken und die Verantwortung dafür auf Walter zu schieben. Es gibt keine Ausrede für freiwillig gewählte Wehrlosigkeit.

Keine einzige.

So viele Menschen waren anwesend und im Anschluss von Bürgermeister Stadlmüller und Pfarrer Feiler zum Brucknerwirt auf eine Gulaschsuppe geladen. Die alte Huber saß neben ihrem damals noch lebenden Walter in der Gaststube, rundum die Gemeinde, die Familie. Gut, Pepi Straubinger strotzte durch Abwesenheit, ebenso die Ordensschwester Katharina, und wenn die gute Hannelore jetzt grad auf ihrer Hausbank sitzend darüber nachdenkt, hat sie die Grubmüller Kathi schon seit Jahrzehnten nicht mehr gesehen. Die restliche, mittlerweile um diverse Enkelkinder angewachsene Sippschaft aber war zugegen. Folglich auch der alte Grubmüller Johann. Mit gespielter Trauer und großer Vorfreude natürlich, denn von nun an sollte aus seinem Sohn Ulrich jener Sägewerksbesitzer werden, der er selbst gern geworden wäre.

Den Vorsitz dieser Veranstaltung aber hatte Severin Praxmoser inne. Der Mann ohne Eier. Mächtig wie eh und je zwar sein Vollbart, an diesem Tag aber trat er erstmals kahlköpfig auf, den Schädel mit einem Rasiermesser geschoren. Unheimlich sah er aus, mit dem nackten, von Schnittwunden übersäten Haupt, eine geschlossene Kartonschachtel neben sich, und selbstverständlich wurde wie üblich über ihn gelacht.

Wohl das letzte Mal in seinem Leben.

»Ruhe jetzt!«, brach er nämlich plötzlich nicht nur sein Schweigen, sondern mittels Wurfbewegung auch sein Krügerl. All das, nachdem er völlig unbeachtet mehrfach schon mit einem Löffel auf sein Glas geschlagen hatte, aus dem Kling zuerst ein Klang, dann fast ein Gong und schließlich dieses Klirr wurde.

Schlagartig kehrte die gewünschte Stille ein, alle Blicke auf ihn gerichtet.

»Weißt du, was mir passiert ist!«, stand Severin Praxmoser, mittlerweile 76 Jahre alt, langsam auf und fixierte seinen ebenso alt gewordenen Erzfeind Johann Grubmüller ein Weilchen, was dieser ungeduldig nicht zur Kenntnis nehmen wollte: »Brauchst jetzt wieder dreißig Jahre, bis du den nächsten Satz mit mir redest, weil so lang leb ich nicht mehr!«

Gelächter.

Worauf der alte Praxmoser zuerst über seinen kahlen Schädel strich, dann seinen Hosenbund ein Stück von sich zog, in die Tiefe äugte, sein Blick voll Staunen, seine Stimme voll Euphorie: »Stell dir vor, Grubmüller, mir sind grad Eier gewachsen! Was sagst du dazu?«

All das staubtrocken, sprich absolut nüchtern: »Und stellt euch vor: Meine Eier können reden! Wollt ihr wissen, was sie mir grad flüstern? Ja? Wollt ihr das alle wissen?«

So still wurde es, die knisternden Stoffe der schwarzen Trachtenkleider, das Rascheln der Bärte, die röchelnden Atemzüge waren zu hören. Severin Praxmoser nahm das Bierglas des neben ihm sitzenden Walter Huber, Hannelores Ehemann, zur Hand, »Darf ich, Walter?«, leerte den Inhalt in einem Zug, ging langsam Richtung Gaststubentür und die alte Huber wusste, was passieren würde, sah es in seinen so befreiten, klaren Augen.

»Dass es Zeit wird für mich und mein Sägewerk!«, so seine Worte.

Die ersten bleichen Grubmüller-Gesichter, das erste leise Gemurmel.

»Wieso deines?«

»Ich werd nicht weiter den Deppen spielen. Warum auch? Für deinen verlogenen Haufen? Keiner ist je hinter mir gestanden, nicht einmal meine Töchter! Anita hat gegen meinen Willen deinen Sohn, diesen herzlosen Blindgänger, geheiratet, und die Uschi hat bald alle Männer im Dorf durch? Oder für euch?«, ließ er seinen Blick durch die Gaststube schweifen. »Alles Schädlinge, dagegen ist der Borkenkäfer noch ein harmloses Haustier. Sicher nicht. Ab Montag ist das Sägewerk geschlossen, und das hier ist für euch, gehört in jede Hausbibliothek!«

Die Kartonschachtel nahm er zur Hand und warf sie geöffnet auf den Tisch. Haufenweise Bücher fielen heraus. Immer dasselbe. Robert Musil. *Der Mann ohne Eigenschaften.*

Totenstille in der Gaststube.

Als Severin Praxmoser aus dem Gasthof trat, war er von Herzen glücklich, frei wie nie zuvor in seinem Leben und Manns genug, nach seiner Frau auch das Sägewerk zu Grabe zu tragen. Den Holzhandel weder zu verkaufen noch einen Geschäftsführer zu beschäftigen. Jedes »Bitte überleg es dir noch einmal!« hatte er mit einer zärtlichen Streichbewegung über den kahlen, blassen Schädel beantwortet, schließlich die Maschinen verscherbelt, die Akten verbrannt, den Strom abgedreht, zugesperrt und sich ein kleines Nebengebäude als Ausgedinge eingerichtet.

Seither lebt er dort, und außer Postler Emil Brunner lässt er niemand sein Gelände betreten, nicht einmal die Polizei.

»*Der Mann ohne Sägewerk, aber mit Eiern*«,

grübelt Hannelore Huber, auf ihrer Hausbank sitzend, so vor sich hin. Da passiert an manchen Tagen so gut wie nichts, und an anderen, so wie heute, überschlagen sich die Ereignisse. Als wäre der Kalender nicht schon voll genug gewesen:

- der letzte Schultag, die Zeugnisübergabe
- das Schulabschlussgrillen mit all den Vorbereitungsarbeiten
- der Ferienbeginn, somit die ganze Hektik und Packerei für den bei manchem unmittelbar bevorstehenden Urlaub
- die Landmaschinen-Ausstellung
- dazu der für das Wochenende angekündigte Wetterumschwung und somit der Hochbetrieb für die Bauern.

Einen günstigeren Zeitpunkt als genau diesen Tag hätte man sich im Grunde gar nicht aussuchen können, um nebenbei ein paar Leut loszuwerden. Enge Verwandte.

Familie. Nicht nur ein Ort der Geborgenheit, sondern auch der Verdammnis, dazu verteufelt, sich mit Menschen abgeben zu müssen, die einem ansonsten gestohlen bleiben können. Energieparasiten, Abwärtsspiralen, dunkle Wolken, die unter dem Vorwand, Gutes zu tun, ihr Gift über dir versprühen, nichts als Schuldgefühle verbreiten.

Wie recht er also auch damit hat, der alte Eselböck:

Oft aber kann man erst ohne den Hass seiner Familien so richtig leben! Drum versteh ich den Severin ja direkt. Oder die Katharina!

wird der alten Huber ihr morgiges Programm bewusst, während immer wieder vereinzelte Schüsse aus dem Glaubenthaler Graben herauf zu hören sind.

Und nicht nur das.

Gellend hoch die Schreie, gefolgt von aufheulendem Motorenlärm.

33 Django

Wolfram Swoboda hat gewusst, dieser Tag würde kommen.

Ein Tag, für den es kein Training gibt. Keine Vorbereitung, nicht einmal eines dieser Computerspiele, die all den blassen Buberln mit Hendlbrust und Senk-Spreiz-Füßen das Gefühl vermitteln sollen, echte Haudegen, Auftragskiller, Elitesoldaten, Kriegshelden zu sein. Spezialeinheit eben.

Und so ein Buberl hat ihn nun angerufen in einer Tour, wahrscheinlich mit voller Hose. Also ist er los, Gutmensch der er ja einer ist. Hat diesen Weg auf sich genommen, hintenrum und selbstverständlich mit dem Auto, weil Idioten sind ja sowieso immer nur die anderen. Und derer huschen grad reichlich durch Nacht und Wald. Direkt in seine Arme, auf dass er das Kommando übernehmen könne. Hierher, in den hintersten Winkel des Glaubenthaler Grabens, dort, wo das stillgelegte Sägewerk Königsdorfer liegt, sich kaum ein Mensch alleine herwagt. Außer er natürlich. Wolfram Volker Swoboda.

Django reitet wieder.

Und er schafft es auch ohne seine Untersattler. Jawohl.

In der großen überdachten Lagerhalle der Abfallprodukte hat er sich auf die Lauer gelegt, zwecks optimaler Deckung. Ist ja nicht so, dass aus einer Tonne Rundholz eine Tonne Schnittholz entsteht. Mehr als ein Drittel sind Sägenebenprodukte, Rinde, Hackschnitzel und Sägespäne, die dann gleich vor Ort zu Biobrennstoff weiterverarbeitet werden können. Haufenweise Schnittreste wurden hier im Sägewerk Königsdorfer getrocknet, weiter zerkleinert und danach in einer fleischwolfähnlichen Presse mit hohem Druck durch enge Löcher gepresst und als Pellets in 15-Kilo-Säcke abgefüllt.

Still ist es, nur irgendeine Maschine scheint zu laufen, summt ein gutes Stück entfernt leise vor sich hin. Er ist bereit. Wie einst während seiner Militärzeit hat sich Wolfram Swoboda hier eine kleine Festung gebaut. Nur eben nicht aus Sand, sondern aus Pellet-Säcken. Dumm nur, keine Kiste Bier in den Kofferraum gehievt zu haben, denn das Körperfett, die Hitze, der Schweiß. Das zehrt.

Und die Warterei natürlich, dieser ständige Harndrang, schnell austreten müssen und wieder in Deckung gehen. Weil allein legt er sich mit dem hier garantiert irgendwo eingebunkerten Praxmoser nicht an – nach dem nun die ganze Gegend fahndet. Und das ist insofern sehr beachtlich, da sich Severin Praxmoser bisher so gut gar nicht verstecken hätte können, als dass ihn jemals überhaupt jemand suchen gegangen wäre. Mehr als seine Passionskarten oder den Schachcomputer hätte Severin Praxmoser hier in Glaubenthal für einen Spieleabend also gar nicht erst herauszulegen brauchen. Heute aber wird ihm wahrscheinlich eine ganze Schachtel Patronen nicht reichen.

Motorräder kann er hören, die Lorenzbrüder, diese Deppen, also sind auch dabei, die ersten Schüsse, Stimmen: »Praxmoser, zeig dich!« Los geht der Spaß.

»Praxmoser, du bist erledigt!«

Er wird ein bisschen warten. Schauen, wie sich Lukas Brauneder so schlägt, und dann, wenn die Drecksarbeit erledigt ist, aus seiner Deckung steigen.

»Praxmoser, komm raus!«

Das sind Zeiten.

»Wir wissen, dass du zu Hause bist!« Und logisch bremsen sich die Lorenzbrüder, diese Pfosten, jetzt direkt vor ihm ein, zwischen all den herumliegenden Pellet-Säcken. Wolfram

Swoboda juckt es in den Stimmbändern. Soll er ihnen zusummen, ein Zeichen geben. Nur es summt ja schon die ganze Zeit und wird nun hörbar lauter.

Klar und deutlich auch die Stimmen der Lorenzbrüder.

»Sag, hast du dir in die Hos'n g'macht vor Angst, hier riecht's wie beim Brucknerwirt am Häusl!«

»Wahrscheinlich geht der Praxmoser jeden Abend eine Runde und brunzt vor lauter Hass auf seine Vergangenheit!«

»Und wo bleibt jetzt der Adam so lang?«

»Der ist zurückgeblieben!«

»Na, das wissen wir ja. Wo er bleibt, war meine Frage!«

Gelächter.

»Der wird schon noch nachkommen mit seinem Gipshaxen!«

»Wäre gut, weil schau, wer dort beim Praxmoser seiner Haustür rauskommt!«

Wolfram Swoboda streckt sich etwas aus seiner Deckung heraus, und kann es nicht glauben.

»Der Vater ist nicht da, kapiert ihr das nicht? Sonst hätt er längst auf euch geschossen!«

Pepi Straubinger. Spinnt der jetzt komplett. Wolfram Swoboda ist nicht zu halten.

»Straubinger, du Fetzenschädel! Seit wann kümmerst du dich um den alten Praxmoser?«

»Ich kümmere mich ums Gesetz!«

Und noch bevor Wolfram Swoboda auf diese völlig vertrottelte Aussage reagieren kann, setzt aus dem Wald heraus ein Echo ein.

»Ich kümmere mich ums Gesetz!«

»Schau, Swoboda!«, reagieren die Lorenzbrüder entsprechend. »Dein Kindergarten!«

Gelächter, die zweite.

»Hier spricht die Polizei. Es wird Ihnen nichts passieren! Sagen Sie Ihrem Vater, er soll sich stellen, Herr Straubinger!«

»Wie soll ich ihm das sagen, wenn er nicht da ist! Und jetzt verschwindet, alle. Das ist ein Privatgrundstück!«

»Schau dir das an. Der Straubinger spielt Robin Hood und hat seinen Bogen mit!«

Und während Wolfram Swoboda nun klug genug ist, hinter seinen Pellet-Säcken zu verschwinden: »Pepi, gib den Bogen weg, verdammt!«, kommen die Lorenz-Brüder so richtig in Fahrt: »Sonst tust du dir noch weh und musst weinen!«

»Um euch zwei Deppen zum Weinen zu bringen, reicht mir ein Pfeil!«

»Na, das schauen wir uns an, du Blindgänger!«

»Hier spricht die Polizei! Aufhören. Sofort!«

»Sagt mir halt dann, ob es ein Wespen- oder Hornissennest war!«

»Was meint er?«

Ein Schuss ist für Wolfram Swobda zwar keiner zu hören, nur ein lauter werdendes Pfeifgeräusch, der deutliche Einschlag irgendwo über ihm. Dann ein dumpfer Aufprall, das schlagartig einsetzende, ohrenbetäubende Summen. Von wegen Maschinengeräusche.

Die Gänsehaut zieht es ihm auf.

Bei den Lorenzbrüdern jedoch dürften die Erhebungen noch deutlich reliefartiger ausfallen. Als wären sie bei lebendigem Leib entmannt worden, brüllen sie los, in ungeahnten Höhen. Kurz darauf auch die Motoren ihrer Enduros, und Wolfram Swoboda wagt keinen Muckser mehr.

Generell ist es still geworden. Mit den wild gewordenen Wespen direkt über Wolfram Swobodas Pellet-Sack-Deckung ist eben nicht zu spaßen. Und mitten hinein in diese Ruhe bahnt sich Musik ihren Weg, heraus aus dem Wald.

Die fallende große Terz mit aufsteigender kleiner Terz und anschließender kleiner Sekunde.

Das *Lied vom Tod.*

Und hätte Wolfram Swoboda seine Gänsehaut nicht schon bereits, dann spätestens jetzt.

Severin Praxmoser. Im Irgendwo. Und er schießt. Größer könnte der Aufruhr, ja die Panik unter den Männern nicht sein. Und selbstverständlich auch unter den Wespen.

34 Gesagt, getan

Es ist schier unglaublich.

Bäume könnte sie ausreißen, die alte Huber, wäre ihr nicht eher daran gelegen, bevorzugt welche einzupflanzen, so strotzt ihr Körper voll Energie. So ist das eben: Da wünscht man sich in jungen Jahren weiß der Teufel was, will Berge versetzen, zerbricht sich irgendwann rund um die Lebensmitte über den Sinn dieses Daseins den Kopf, um schließlich im letzten Viertel draufzukommen, aus welchen beiden simplen Zutaten Glück besteht:

keine Schmerzen.

Und ein guter Schlaf.

Tief obendrein.

Die alte Huber hat es also getan, erstmals, hat vor dem Zubettgehen einige der unzähligen händisch mit *Schmerzen* oder *Schlafen* beschrifteten Kartonhüllen inspiziert, die noch von Walter in der Medikamentenlade herumliegen, den Beipackzettel ignoriert und sich gedacht: »Dann nehm ich eben diese Stadlmüller-Tabletten, wenn das Zeug so gut wirkt!«

Ansonsten hätte sie wohl kein Auge zugetan.

Bald nämlich wurde es so richtig laut, gellende Schreie, die in immer näher kommende Motorengeräusche übergingen und sich schließlich als die leibhaftig aus dem Glaubenthaler Graben ohne Vollvisierhelm auf ihren Enduros heraufbretternden Lorenzbrüder offenbarten. Wunderbarerweise bremsten sich die beiden auch in Hannelores Blickfeld ein, wodurch sie dank der Vergrößerung ihres Feldstechers erstmals seit wahrscheinlich einem Jahrzehnt wieder deren kahl rasierte Schwachköpfe sehen konnte. Seltsam verschwollen.

»Ich glaub, ich hab Fieber!«
»Wirst schon nicht dran sterben.«
»Aber der Straubinger. Der ist tot, das schwör ich dir!«
»Beschießt uns dieser Scheißkerl!«
»Niemand schießt auf uns, niemand!«

»Jetzt also auch noch der Pepi!«, nahm die alte Huber diese Information mit Entsetzen und großer Sorge zur Kenntnis. Ihr Pepi. Spätestens da wurde es Zeit, auch in Hinblick auf den kommenden Tag, schlafen zu gehen.

Gesagt, getan.

Oh Himmel.

Ruckzuck war sie weg.

Weder den Polizisten Lukas Brauneder hat sie gehört, der von zwei Männern gestützt aus dem Wald gebracht wurde, noch Wolfram Swoboda dahinter, der konnte nämlich gar nicht mehr gehen. Ebenso sind ihr die Hammerschmieds entgangen, die um zwei Uhr völlig übermüdet mit Kind eins, Kind zwei, Dachbox und vier Fahrrädern in ihrem alten Volvo aus Sturheit, Gewohnheit oder auch nur seltener Dummheit wie geplant Richtung Adria aufbrachen, gefolgt von den Hausleitners in ihrem neuen, geräumigen VW-Bus, samt dem Rollstuhl von Amelies Mutter Isabella Glück und deren Gepäck, hinterdrein dann der Bürgermeister Stadlmüller mit ebendieser Isabella glücklich auf dem Beifahrer- und Amelie mit Kurti auf dem Rücksitz. Spätestens im Kanal-Tal werden sie dann alle zum ersten Mal gemeinsam Lulu gehen, italienischen Espresso trinken, aus lauter Müdigkeit sogar doppelt oder vierfach, ein paar picksüße gefüllte Brioche essen und sich freuen, wenn dann eine Woche später vielleicht doch auch der marodierte Schusterbauer mit Familie und die Gemischtwarenhändlerin Heike Schäfer für ein paar Tage dazustoßen.

Das halbe Dorf wird übersiedelt, so kommt es der alten Huber jedes Jahr zumindest vor, und was so ein Urlaub dann überhaupt für einen Sinn haben soll, wenn man demselben Haufen sowieso wieder gegenübersteht, nun eben mit anderem Hintergrund, versteht sie ja überhaupt nicht.

Aber bitte, jedem und jeder das Seine und Ihre.

Ein Segen jedenfalls für Glaubenthal, denn ähnlich ruhig wie unmittelbar nach Schulschluss wird es dann erst wieder in den Semesterferien.

Dieses Jahr aber sieht die Sache anders aus.

Wenngleich es ihr nun an diesem ausgesprochen frühen Samstagmorgen der Stille gar ein wenig zu viel ist.

Schwül und leicht eingetrübt beginnt der Tag, mit dieser an sich behaglich gedämpften Ödnis, und doch hat er etwas Gespenstisches an sich. Nur den Schusterbauertraktor sieht sie, ohne den Lenker zu erkennen, in weiter Ferne mit der offenbar noch intakten John Deere durch die Nacht fahren. Wahrscheinlich erledigt die Rosi die unvollendete Arbeit. Rundballen pressen, einwickeln, auswerfen, bevor der Regen kommt.

»Irgendetwas fehlt!«, überlegt sie, noch ein schnelles Häferl Löskaffee in der linken, den Sparkassa-Kugelschreiber in der rechten Hand, ihr tägliches Kreuzworträtsel vor sich, und meint damit nicht die leeren Kästchen: »*Gewebeart* waagrecht, fünf Buchstaben, Anfangsbuchstabe L, letzter ein n. *Lamee* also nicht, kann nur *Loden* oder *Linon* sein? Gleich bin ich fertig. Da schaust, Walter, gell!«

»Schau, schau! Bist ja gar nicht so dumm! Nein, nein. Gar nicht so dumm.«

»Na bitte, *Loden!*«, beendet sie ein weiteres Rätsel, verlässt das Haus und beginnt das nächste.

»Ja gibt's das?«, steht sie bald mutterseelenallein bei der hiesigen Busstation, trägt wie üblich, wenn gewisse Wege vielleicht einen Funken Schick verlangen, ihr schwarzes Witwenkleid, dazu die Handtasche, den Gehstock, und wartet auf die einzige hier durchkommende Linie.

Den Hundertvierundachtziger. Eine andere Alternative hat sie auch gar nicht. Weder ein zweites, eleganteres Kleid noch ein Kraftfahrzeug. Und dass auch samstags zeitig früh der Postbus fährt, ist ja mittlerweile keine Selbstverständlichkeit.

So wie diese bedrückende Stille.

Und das um sieben Uhr.

Direkt verlogen scheint ihr dieser Frieden, riecht nach Trump'scher Harmonie, Ruhe vor dem Sturm, der Beschwichtigung vor dem Wutausbruch.

»Was fehlt da? Die ganze Zeit schon!«

Als hätte sie ein Leben lang neben Eisenbahnschienen gewohnt, und dann entgeht ihr vor lauter Verinnerlichung der vorbeifahrenden Züge die Stilllegung der Gleise, so fühlt sie sich – bis ihr Blick hinüber zum Haus des Pfarrers fällt. Wie ein Uhrwerk läuft Luise Kappelberger in ihrem Nachthemd vor ihrem roten Sonnenschirm den Balkon auf und ab, bis sie die alte Huber erspäht und zurück ins Haus verschwindet – und der guten Hannelore wird klar: »Die Uhr!«

Heut ist doch Samstag und kein Karfreitag? Warum um Himmels willen sind die Glocken ausgeflogen. Nicht ein einziger Gong ist zu hören. Aber warum. Hängt sich ja schließlich schon lang kein Mesner oder Ministrant mehr an die Taue, sondern waltet eine Läute-Maschine ihres Amtes. Stille also. Nur der herannahende Bus.

Zischend öffnet sich die Tür des Hundertvierundachtzigers.

»Bis Oberbruck – Tauberalm, bitte!«, löst die alte Huber ein Ticket und streift ihr schwarzes Dirndl zurecht.

»Guten Morgen. So früh schon unterwegs. Fährst leicht auf ein Begräbnis, das Wetter passt ja!«, duzt sie die hinter dem Lenkrad sitzende, ihr völlig unbekannte Dame – was beides nicht überrascht. Weder das Vertraute noch das Fremde. Schließlich fährt die gute Hannelore so häufig mit dem Postbus wie ein autonomer Tesla in den Straßengraben, also hoffentlich nicht allzu oft. Und dass sich in ländlichen Regionen die Einheimischen – und, gemäß Amelie, »die Einheimischinnen, hat unsere Lehrerin gesagt!« – nicht ebenso selbstverständlich duzten wie zwei Engländer oder -innen, wäre ungewöhnlich.

»Oder gehst wandern, weil es könnt ein Regen kommen?«

»Nein, wandern geh ich nicht!«

»Was dann?«

»Nur gehen«, nimmt die alte Huber kurz angebunden Platz. Konversation führen zu so früher Stunde ist ihre Sache nicht, und mit Fremden schon überhaupt nicht. Nur gehören da leider zwei dazu.

»Also spazieren. Auch gut!«, geht es nach den ersten Kurven los. »Wenn's nicht gar so heiß wird wie die letzten Wochen, kann man ja endlich was unternehmen?«, ignoriert die Dame das über ihrem Haupt prangende Schild: »*Während der Fahrt nicht mit dem Busfahrer sprechen!*« Möglicherweise aus Trotz. Schließlich ist sie damit ja nicht gemeint. Gendertechnisch. »Ich bin jetzt auch keine Freundin von Hitzewellen, aber im Winter wünschen sich alle den Sommer, und wenn er dann endlich da ist, wird gejammert!«

Und schon eine Station später wird der alten Huber klar: Die Dame legt das Schild sogar exakt aus, denn »*Während der Fahrt nicht mit dem Busfahrer sprechen!*« schließt ja die Kommunikation in die Gegenrichtung keineswegs aus. Und sie quatscht die ganze Zeit, rekelt sich in einem Monolog, der wie die Simultanübersetzung der mittlerweile allgemeinen Meinung klingt:

> *… Ich sag: Wenn sie da ist, muss man auch aus der Hitze das Beste machen. Nicht so wie diese Greta. Krank ist die, oder? Diese Mischung aus Thunfisch und Eisberg. Ob sich die Thunberg überhaupt noch in die Sonne hocken kann, ohne ans Klima zu denken und ob hoffentlich eh ein Fotograf in der Nähe ist, für ihre geflochtenen Zopferl, und …!*

… und, und. Ein nicht beachtenswerter Inhalt, beschließt die alte Huber, so schwer ihr das Weghören auch fällt. Da gelingt einem Kind nur aus Überzeugung eine Mobilisierung, vor allem in den Köpfen, von der jeder noch so hochrangige Berufsdampfplauderer zu diesem Thema bisher nur träumen konnte, und als Dankbarkeit gibt es dann von der Masse Mensch das übliche Geschenk: als Lohn der Hohn. Armselig.

Und genau das will der alten Huber dann auch nicht mehr aus dem Kopf. *Der Hohn!*

Endlos kommt ihr die Fahrt durch ein Umland vor, in dem sie jahrelang schon nicht mehr war. Immer wieder steigen Menschen ein und aus, beleben den Innenraum, jeder grüßt jeden, jeder kennt jeden, die alte Huber ausgenommen, und geplaudert wird, vor allem mit der Busfahrerin, »Grüß dich,

Henriette, schau, ein paar frische Eier!« Alles zu Hören- und Sehende wäre im Grunde ein Erlebnis – und doch sitzt die alte Huber nur auf Nadeln.

Der Hohn!

Von nichts anderem war das Leben des alten Praxmoser geprägt. Und das der Grubmüller-Tochter Schwester Katharina.

Dann ist es so weit.

35 Oberbruck

»Station Oberbruck – Taubleralm.«

So viel hat sich geändert, seit die alte Huber zum letzten Mal diese Strecke hinter sich brachte, um hier tatsächlich wandern zu gehen. Allein. Einfach nur raus und ein wenig zu sich kommen. Mittlerweile wurden Straßen erneuert, Kreisverkehre angelegt, Ortsumfahrungen, Häuser gebaut, andere weggerissen oder zu Ruinen, Felder neu bewirtschaftet, sogar Hügel und Sand aufgeschüttet, sprich ein Golfplatz angelegt – hier aber scheint alles beim Alten.

Immer noch schwarzgrau der aus Lerchenholz gefertigte Wegweiser, kaum zu lesen die darauf eingebrannte Beschilderung *Taubleralm* inklusive Angabe der Gehzeit. Zwei Stunden. Für Hannelore Huber nur ein Drittel, denn ihr Ziel liegt mittendrin. Kaum ein Mensch kommt hier zum Wandern her. Einheimische sowieso nicht, Urlauber noch seltener, wodurch jeder Tourist vorsichtshalber mit einem Migranten verwechselt wird, und trägt er einen Plastik- statt Rucksack, sogar mit einem illegalen.

Der frühe Tag lässt noch die Kraft der hinter einer Wolkendecke versteckten Sonne nicht so spüren. Auch hat der Himmel diese Trübe, aus der heraus sich wohl ein Gemenge formen wird, dem Hannelores Garten ohne ihre Hilfe nicht gewachsen sein könnte. Vielleicht schon nachmittags.

Folglich beschließt sie, sich zu sputen, nicht die verschlossenen Schranken zu umgehen und die sanft ansteigende, sich dahinschlängelnde Forststraße entlangzumarschieren, sondern die schönere, kürzere und deutlich anstrengendere Route durch den Wald in Angriff zu nehmen.

Mehr oder weniger direkt in Falllinie führt ein ausgetretener Pfad bergauf. Und logisch ist der guten Hannelore das schwarze enge Witwendirndl samt Handtasche bald nur noch ein Beweis ihrer Dummheit. Altlasten sind das, zu glauben, auserlesen bekleidet vor den Herrgott oder die Fraugöttin oder das Gottgottin treten zu müssen, denn wenn es einen von den dreien überhaupt gibt, wird es ihmihr, derdiedas den Menschen als Nackerten erdacht hat, ziemlich blunzen sein, was wir uns anziehen.

Die alte Huber aber lässt sich von der ganzen Schwitzerei trotzdem nicht aus dem Tritt bringen, marschiert wie ein Uhrwerk dahin. Der herrlich dichte Wald verströmt zwar seine gute Luft, nur, nach so langer Zeit ohne Regen kriecht der alten Huber nicht der Hauch eines Pilzaromas in die Nase. Kein Schwammerl weit und breit, das einen Abstecher ins Dickicht wert wäre. Keine Ablenkung also. Manchmal ist eben doch das Ziel der Weg

Bald schon nimmt die Steigung ab, lichten sich die Baumreihen und öffnet sich eine weite, kreisförmige, fast märchenhaft anmutende Mulde. Und mittendrin, von satten Wiesen umgeben, begrenzt von Wald und leicht ansteigenden Hängen, liegt wie ein fast unwirkliches Relikt vergangener Tage das Ziel dieses Ausfluges.

Das *Kloster zur heiligen Maria im Lichte.*

Ein heller, sonniger Ort, und doch so zurückgezogen wie aus einer anderen Welt. Die hier lebenden Bethlehem-Schwestern suchen auch nichts anderes. Stille und radikale Einsamkeit.

In frischem Weiß getüncht verläuft die Ummauerung des darin eingefassten Lebensraumes, des Haupthauses, drei kleiner Nebengebäude und eine Kapelle. Durch sich selbst hindurch zu Gott finden.

Ohne Ablenkung.

Ohne Wenn und Aber.

Hier gibt es wie in anderen Klöstern keine Öffnungszeiten, keinen Gästebereich. Schweigen und das Gebet in Einsamkeit lautet die Devise. Sogar gegessen wird alleine in der Zelle. Der Alltag ordnet sich ganz der Selbst- und Gottfindung unter, in Keuschheit, Armut, Gehorsam, der ständigen Umkehr hin zu Jesus Christus, dem fortwährenden Wachstum der Liebe. Was Frauen auch immer hierherführt, die Lust, sich zu unterhalten, auszutauschen, etwas von sich zu erzählen, ist es jedenfalls nicht.

»Drum haben die dort oben auch so wenig Weiber!«, hat sich Pfarrer Feiler einmal während eines sonntäglichen Pfarrfrühstücks nach ein paar Kelchen Messwein zu viel als Witzbold versucht und damit nur seine gleichgeschlechtliche Hälfte der Glaubenthaler ohne Innen unterhalten.

Hier nicht auf großes Rede- und Gesellschaftsbedürfnis zu stoßen, ist der alten Huber durchaus bewusst. Trotzdem schlägt sie den anstatt einer Glocke angebrachten Eisenring an das große zweiflügelige Tor des Klosters. Dickes Eichenholz, mit einer in das Portal eingebundenen kleineren Tür. Darin eine Klappe in Augenhöhe.

Hart, dumpf das Klopfgeräusch. Zweimal. Tock. Tock.

In Anbetracht des hinter den Mauern herrschenden Schweigens und der Bedächtigkeit auch völlig ausreichend. Möchte man meinen. Reaktion setzt es nämlich keine.

Jetzt weiß die alte Huber natürlich nicht recht, wie oft sich ein Betätigen des Eisenringes überhaupt geziemt, um nicht aufdringlich zu wirken. Also übt sie sich bereits andächtig in Geduld, ohne das Gemäuer überhaupt betreten zu haben. Und in Einsamkeit natürlich. Ist ja niemand sonst zugegen.

Schließlich gibt sie sich einen Ruck.

Tock. Tock. Tock.

Doch nur die Stille.

Und wäre die alte Huber mit den Abläufen vertraut, wüsste sie, dass sich die Schwestern an einem Samstag um diese Zeit im Kapitel befinden, dem Versammlungssaal des Klosters. Wäre es Sonntag, stünden die Chancen, gehört zu werden, noch schlechter, denn die Damen würden gerade ihren dringenden dreistündigen Gemeinschaftsspaziergang abhalten. Endlich raus. Kein Wunder, denn während der Woche sieht der Spaß folgendermaßen aus:

Aufstehen in der Zelle – Stundengebet, Lesen biblischer Texte, darüber sinnieren, beten, alles in der Zelle – Angelus in der Zelle – Offizium in der Kirche – Studium wieder in der Zelle – Terz in der Zelle – Mahlzeit in der Zelle – Sext und wieder Angelus in der Zelle – Arbeit – Non in Einsamkeit – Abendessen in der Zelle – Beschäftigung in Einsamkeit – Vesper und Eucharistiefeier in der Kirche – dann ab auf die Zelle, Angelus, Komplet, schlafen gehen, gute Nacht. Ein Zellen-Dasein also. Lebenslänglich. Eine durchaus passable Übung auch für jemanden, der eines Tages Schwerverbrecher werden will.

»Das darf doch nicht wahr sein!«

Und noch einmal wird geklopft. Viermal nun.

»Das darf doch nicht wahr sein!«, klingt es zurück. Eine auffallend junge Schwester in weißem Habit, das Gesicht eng mit weißem Stoff umfasst, darüber ein hellgraues Kopftuch, öffnet energisch die Klappe in Augenhöhe. »Schluss damit. Wir –!« Dann sieht sie erst ihr Gegenüber, und alles entspannt sich. Die aufgebrachten Gesichtszüge, zornig aneinandergeschobenen Augenbrauen, die Stimme. Direkt freundlich, erleichtert.

»Bitte verzeihen Sie vielmals. Wir werden in letzter Zeit von Gott geprüft und ständig durch dieses Klopfen mit unserer Schwäche konfrontiert! Irgendjemand erlaubt sich einen Spaß. Oft mehrmals am Tag. Dann öffne ich, und kein Mensch steht vor unserem Tor, außer meine eigene Ungeduld.«

»Das versteh ich!«, erwidert die alte Huber, heilfroh, endlich Gehör gefunden zu haben. »Wir sind ja alle nur Menschen!« Ihr: »Und wenn sogar Papst Franziskus zuschlägt!«, bleibt nur ein Gedanke.

»Was führt Sie her?«

»Katharina Grubmüller. Ich muss sie dringend sprechen.«

Ernst wird der Blick, eindringlich.

»Wer sind Sie?«

Also stellt sich die alte Huber vor. Erzählt von Glaubenthal, den Todesfällen: »Vor ein paar Tagen ist Katharinas Vater Johann gestorben, gestern ihr Bruder Ulrich und die Schwester ihrer Schwägerin Anita. Möglicherweise könnte die Familie Katharinas Beistand gut gebrauchen?«

Langsam öffnet sich die in das Tor eingearbeitete Tür. Zwei Welten stehen sich gegenüber. Da die in ihrer schwarzen Witwentracht steckende Hannelore, dort die weiß bekleidete Bethlehem-Schwester mit grauem Kopftuch.

Schwarz und weiß also. Eine Schachpartie wird es zum Glück keine. Wenn, dann eher Dame.

Mühle auf. Mühle zu.

Vor allem Letzteres.

Endgültig.

»Bitte warten Sie!«, dreht sich die Schwester um und geht davon, wenngleich es einem Schweben gleicht, lautlos. Schritte wie auf Watte. Schnell. Lassen sie in einem Gebäude verschwinden und die alte Huber neuerlich allein dastehen. Innerhalb der Mauern. Und eindeutiger könnte der Beweis kaum sein, wie wenig Raum es braucht, um sich ein Paradies zu schaffen. Von der Mauer ist nämlich nicht viel zu sehen. Meterweit haben sich die Sträucher der Hundsrose ihren Weg gesucht, auch genannt Hagrose, Heiderose, Heckenrose – um im Herbst mit ihren vitaminreichen, so vielseitig einsetzbaren Wunderfrüchten, den Hagebutten, dem kommenden Winter den Garaus zu machen. Mit rosa Blüten übersät, verschränken sie ihre weit ausladenden Äste und Zweige ineinander, schlängeln sich um einen kleinen, mit einfachen Holzkreuzen gezierten Friedhof, gepflegte Gräber, eines scheint frisch angelegt. Und ja, an Dornröschen muss sie denken, die alte Huber. Auch so ein Kloster vollzieht seinen Tiefschlaf, wenn auch viel länger noch als hundert Jahre lang, schlägt der Zeit ein Schnippchen. Und dieses Kloster hier genügt sich selbst. Denn noch nie in ihrem Leben hat die gute Hannelore solch einen Garten gesehen. Mit beinah geometrischer Genauigkeit wurden Miniaturen von Getreidefeldern angelegt, Beete, Rosen, Sonnenblumen, Kräuter, Hochbeete angelegt, sie kommt aus dem Schauen gar nicht heraus.

Diesmal aber ist ihr nicht so viel Zeit vergönnt wie gerade noch vor dem Tor, denn lange dauert es nicht, und die Schwester kommt zurück, einen kleinen ledernen Reisekoffer in der Hand und vor allem: in Begleitung.

»Jetzt bin ich aber gespannt!«, flüstert die alte Huber in sich hinein. Und ja, der Anblick flößt ihr gehörigen Respekt ein.

Eins, zwei, drei … zwölf Nonnen steuern auf sie zu. Alle in weißem Habit, mit grauem Kopftuch und schnellen Watteschritten. Was auch immer dieser Aufmarsch zu bedeuten hat, er verheißt nichts Gutes.

Wortlos nehmen sie um die alte Huber herum Aufstellung.

Ein ältere, aufrechte, in ihrer Ausstrahlung erhabene Ordensfrau beginnt zu sprechen. Ruhig ihre Worte: »Danke für Ihre Mühsal, Frau Huber, sich zu uns heraufzubegeben. Und danke für Ihre Offenheit. Nun verstehen wir, warum Anita Grubmüller nicht wieder hier war! Unser aller Schöpfer möge es Ihnen lohnen.«

Bedächtig faltet sie ihre Hände und blickt nachdenklich zu Boden: *»Ist Gott für uns, wer ist dann gegen uns?«*

Ein sanftes Rauschen geht durch die Reihe, denn auch jede weitere Schwester hebt nun die weiten Ärmel des weißen Habits und faltet die Hände. Und nun wird gebetet, als läge dieselbe Partitur auf den Pulten, dieselbe Stimme, aber doch unterschiedliche Instrumente, unterschiedliche Akzente:

Was kann uns scheiden von der Liebe Christi? Bedrängnis oder Not oder Verfolgung, Hunger oder Kälte, Gefahr oder Schwert? All das überwinden wir durch den, der uns geliebt hat. Denn ich bin gewiss: Weder Tod noch Leben, weder Engel noch Mächte, weder Gegenwärtiges noch Zukünftiges, weder Gewalten der Höhe oder Tiefe noch irgendeine andere Kreatur können uns scheiden von der Liebe Gottes, die in Christus Jesus ist, unserem Herrn.

Beeindruckend und beängstigend zugleich diese Situation. Und ja, das imponiert der alten Huber weitaus mehr, sich mit seinem Freiheitsgut namens Glaube hinter Gemäuer zurückzuziehen, anstatt sein Umfeld damit zu belästigen oder gar bekehren zu wollen. Was sind Religionen auch anderes als Auswüchse der Fantasie, Eselsbrücken hinüber zu all den Fragen, für die der Mensch keine Antworten findet. Soll jeder glauben, was er will, alles schön und gut, solange Fiktion nicht als Realität über die Wirklichkeit gestülpt wird. Mit dem kleinen ledernen Reisekoffer in der Hand kommt die junge Nonne nun direkt auf die alte Huber zu und deutet auf den kleinen Friedhof.

»Unsere gute Schwester Katharina ist vor zehn Tagen von uns gegangen!«

36 Die Kraft des Glaubens

»Ulrich?«

»–«

»So mach doch auf!«

»–«

»Ulrich. Wie wär's heut mit Somlauer Versöhnungs-Nockerln zu Mittag? Was meinst?«

»–«

»Sag, Ulrich! Bist leicht schon tot?«

»Na, die Freud mach ich dir nicht?«

»Und warum sperrst du dich so lang in deinem Zimmer ein. Das hast du noch nie gemacht.«

»Na dann wird es höchste Zeit. Wenn du mich sehen willst, geh in die Kirche. Und jetzt lass mich in Frieden und kümmer dich um deinen eigenen Dreck!«

Kurz schien es, er hätte endlich seine Ruhe. Dann aber kam sie wieder, mit den Worten: »Kehr besser vor deiner eigenen Tür! Und vielleicht gelingt es dir dann, dich wieder zurückzuverwandeln. Zu einem Menschen. Einem sogar, der bereuen und sich entschuldigen kann. Wart, ich les dir was vor.«

Dann ging es los, mit ihrer elends hohen, schneidenden Stimme: *»Als Gregor Samsa eines Morgens aus unruhigen Träumen erwachte, fand er sich in seinem Bett zu einem ungeheueren Ungeziefer verwandelt. Er lag auf seinem panzerartig harten Rücken und sah, wenn er den Kopf ein wenig hob, seinen gewölbten, braunen, von bogenförmigen Versteifungen geteilten Bauch …«*

Franz Kafka. *Die Verwandlung.*

Herr im Himmel!

Welcher Pfosten auch immer auf die Idee gekommen ist, Ohropax noch zusätzlich zur Plastikverpackung Stück für Stück in Watte einzuwickeln, Pfarrer Feiler wünscht ihm die Gicht in die Finger. Mit schweißnassen Händen müht er sich ab.

Er hat grad wirklich andere Sorgen als dieses Weib.

So lange schon hat er nicht mehr daran gedacht, im Grunde, seit Walter tot ist, und jetzt ist es wieder da, stärker als jemals zuvor. Denn nun betrifft es ihn selbst. Schon die ganze Ansprache zu den Männern stand er Todesängste aus, nur noch zurück in sein Zimmer. »Verflucht seist du, Grubmüller!«, bekreuzigt er sich, während er wie ein Raubtier in seinem Käfig hin und her geht. Er wusste es: Dieser Tag würde kommen.

Nun war es so weit.

Begonnen hatte es mit Theodora Eselböck, der so frommen, gütigen, aber stets traurigen Ehefrau des Dorfältesten Alfred Eselböck.

»Ich bekenne vor Gott meine Sünden«, war ihre schwache Stimme einst aus der Dunkelheit durch das Holzgitter zu hören. Wie eben jeden Mittwoch, Woche für Woche.

Eines Tages aber kam danach plötzlich nichts mehr. »Ich wäre so weit, du kannst sprechen, Theodora!«

Nur diese lange Pause.

»Theodora?«

Doch zu spät. Wahrscheinlich wollte ihr der liebe Gott die Absolution gleich selbst erteilen: *»Ach Theodora, meine liebe Theodora! Was machst du bloß für dumme Sachen, du guter Mensch! Weil gar so brav hättest du wirklich nicht sein müssen! Das Leben ist doch da, um es zu leben!«*

Ein so rechtschaffener und anständiger Mensch war sie, wie ihn diese Welt nur selten zu sehen bekommt. Ihr Verlust ein großer, nicht nur für ihren Ehemann Alfred, sondern für das ganze Dorf.

Anders Theodora Hackinger. Sie kam zwei Wochen nach Theodora Eselböck ums Leben, durchbrach während des Schlittschuhlaufens die Eisdecke des hiesigen Stausees, um endgültig darunter zu verschwinden. Mehr als ein »Manchmal erwischt der Zufall ja dann doch die Richtigen!« dachte sich Pfarrer Feiler nicht dabei.

Als dann aber eines Tages zuerst der alte Wirt Anton Bruckner und keine drei Wochen darauf auch Anton Schachinger das Zeitliche segneten, hegte Pfarrer Feiler schon erste Zweifel hinsichtlich seiner Zufallstheorie. Ein Reinfall in diesem Fall, denn Anton Schachinger stürzte von seinem Heuboden mit der Heugabel in Händen gleich direkt in die selbige. Blöde Geschichte.

Mit Heidemarie Oberlechners Tod und 30 Tage später den Knollenblätterpilzen in Heidemarie Hoheneggers letztem irdischem Wiesenchampignon-Gulasch wurde aus dem Zweifeln schließlich ein Aberglaube, ja, und mit Walter Huber letztes Jahr samt Walter Pichlmayr keine 24-mal schlafen später die Gewissheit: Irgendein flatterhafter Janusfluch liegt da über Glaubenthal, nach dessen Lust und Laune sich der Sensenmann hin und wieder innerhalb eines Monats pro Namen zwei unterschiedliche Gesichter schnappt. Die Schlinge um Ulrich Feilers Kehle könnte also enger kaum sitzen, denn sein einziger hier in Glaubenthal lebender Namensvetter erschossen wurde. Ulrich Grubmüller.

Ein Schwachsinn natürlich, Pfarrer Ulrich Feiler weiß es ja selbst, nahe des Wahnsinns, als Strafe Gottes für seine Unkeuschheit. »Schönberg, Schönberg, Schönberg!«, pflegt er sich bisher selbst stets zu warnen, wohl wissend, was so ein Hirngespinst mit einem Menschen anzurichten imstande ist. Arnold Schönberg nämlich, dem Schöpfer der Zwölftonmusik, geboren an einem 13. September, wurde seine panische Angst vor dieser Unglückszahl zum Verhängnis. Sein ganzes Leben war von unzähligen Bemühungen geprägt, der 13 zu entgehen. Das Jahr 1950 hat er überhaupt gedacht nicht zu überstehen, da diese Zahl 1950 ganzzahlig durch dreizehn teilbar ist – und sich geirrt. Gestorben ist er dann im Juli 1951. An einem Freitag.

Dem 13.

»Schönberg, Schönberg, Schönberg!«,

und selbstverständlich ist der Versuch, ein Hirngespinst durch den Gedanken an genau dieses Hirngespinst beziehungsweise ein Unglück durch Injizieren genau dieses Unglücks verhindern zu wollen, nur bei einer Masernimpfung Erfolg versprechend.

»Schönberg, Schönberg, Schönberg!«, öffnet Ulrich Feiler, wie ohnedies in unregelmäßiger, aber häufiger Folge, die zugezogenen Vorhänge und blickt auf sein Glaubenthal hinab. Vorhin ist die alte Huber in den Hundertvierundachtziger eingestiegen, justament in einem schwarzen Kleid, als würde sie ihm sagen wollen: »Ich bin bereit für dein Begräbnis, Ulrich, also los!«

Wo dieses ungute Weib nur hinwill?

So sehr hätte er dem Huber Walter gewünscht, diese Ehe überleben zu dürfen. Und jetzt fährt nicht er, sondern dieser Drache in der Gegend herum. »Mit dem Hundertvierundachtziger!«, wird Ulrich Feiler von einer massiven Übelkeit erfasst, die ihm den Schauer nur so auf seinen Rücken und die Schwäche in die Knie treibt.

»Dem 184er!«, sieht er nur mehr die Eins, die Acht, die Vier, lässt die Jalousie herunter und kauert sich in sein Bett. 184. Ziffersumme 13.

Schönberg. Schönberg. Schönberg.

37 Subtraktion

Müde ist sie, die alte Huber, die Temperatur und Luftfeuchtigkeit im Innenraum des gut gefüllten Busses gleicht einem Dampfgarer, die Atmosphäre einem Frühshoppen und so ein Schweigekloster plötzlich einem Eldorado.

Schwer wiegt die Last des Koffers auf ihrem Schoß.

Nicht des Gewichts, sondern der Aufgabe wegen.

»Dies sind Katharinas persönliche Dinge. Ihr Testament. Anita wollte sie holen. Dürfen wir Ihnen den Koffer anvertrauen, dann erspart sie sich in ihren schweren Zeiten einen neuerlichen Weg zu uns?« Natürlich durften sie.

Unglaublich, was Anita Grubmüller in den letzten Tagen widerfahren ist, denn laut Zeitangabe der Nonnen verschied ihre einst beste Freundin und Schwägerin Katharina als Erste dieser Familientragödie.

Chronologisch also:

- Katharina Grubmüller stirbt nach schwerer Krankheit in ihrer Zelle, *»Gott war gnädig und hat sie endlich zu sich gerufen. So friedlich sah sie aus!«* Als zu verständigende Angehörige hatte sie Anita angegeben: *»Sie war in all den Jahren als Einzige hin und wieder zu Besuch! Von ihrer Familie war anfangs nur Rosi da, aber auch die wollte Katharina dann nicht mehr sehen, so wie ihren Bruder Ulrich und Vater Johann!«* Folglich wird Anita verständigt, Katharina von ihren Mitschwestern gewaschen, einbalsamiert, wie Jesus Christus mit Tüchern umwickelt und auf dem klostereigenen Friedhof beerdigt. *»Das halten nur wir so. Das Leichentuch zeigt uns, wie gleich wir alle vor Gott sind, und lässt uns so vor den*

Schöpfer treten, wie er uns erdacht und in die Welt gesetzt hat. Nackt.«

- Einige Tage später kommt auch ihr Vater, der alte Grubmüller Johann, ums Leben.
- Kurz darauf folgt sein Sohn Ulrich Grubmüller, Anitas Ehemann, möglicherweise in flagranti im Maisfeld von seinem Schwiegervater Severin Praxmoser mit dessen zweiter Tochter Uschi erwischt und erschossen. Was kein Wunder ist. Muss man sich ja auch erst auf der Zunge zergehen lassen, den Grubmüller Ulrich: Die eine Praxmoser-Tochter Anita heiraten und diese dann mit der zweiten Praxmoser-Tochter Uschi betrügen. Da kann einem Schwiegervater schon mal die Lunte durchbrennen.
- In derselben Nacht noch wählt Uschi den Freitod mittels Schlaftabletten.

Hilft alles nichts, die alte Huber muss sich das aufschreiben, sonst kommt ihr Hirn einfach nicht mehr mit. Ja, und zum Glück hat sie ja ihre Handtasche dabei. Darin der Auszahlungsschein ihrer letzten Rente, die Rückseite einladend leer. Kajalstift sucht man natürlich vergeblich, dafür findet sich ein äußerst betagter Lagerhaus-Kugelschreiber, dazu als Unterlage der Koffer. Und los:

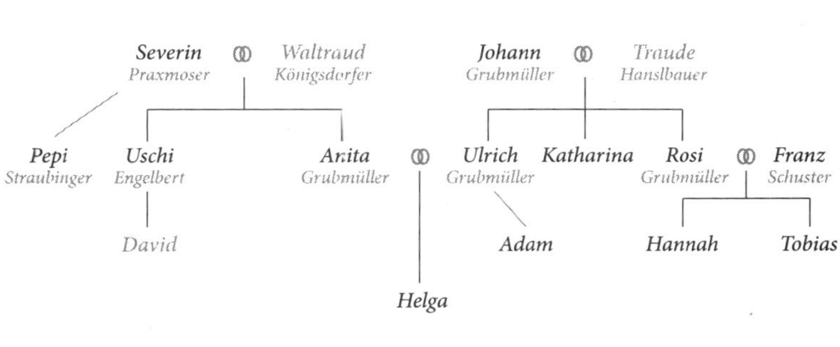

Was im Hirn so kompliziert war, ist plötzlich watscheneinfach und zeigt: Viel Praxmosers und Grubmüllers sind da nicht mehr übrig. Die Reihen also lichten sich.

Gewaltig sogar.

»Glaubenthal – Pfarrkirche«, heißt es dann endlich aussteigen.

Und hier steht sie jetzt, den ledernen Reisekoffer in der Hand, ein wenig verloren, überfordert, blickt dem 184er hinterher, dann hinauf zum Friedhof und zu der daraus herausragenden Kirche samt Kirchenuhr. Viertel vor zwölf.

Der Rest ist Schweigen.

Von den drei damit verbundenen Glockenschlägen nämlich keine Spur. Dafür befindet sich Pfarrersköchin Luise, wie schon zu früher Morgenstund, auf ihrem Balkon. Und wenn die alte Huber jetzt nicht komplett danebenliegt, trägt die Kappelbergerin immer noch Spitze, sprich Nachthemd.

Das wirklich Überraschende daran aber ist ihre Passivität. Denn so krank kann die Dame ja ansonsten gar nicht sein, um auf das Geländer gestützt immer noch die Gegend inspizieren zu können. Kein größeres Tratschweib ist hier ansässig. Und einen Empfang hat die Gute für gewöhnlich allein von ihrem Balkon aus, wie sonst nur das Radioteleskop Effelsberg in der Eifel, das Green-Bank-Observatorium in England oder gleich die größte Schüssel weltweit, logisch in Südchina, zwar nicht Hallstadt/Guangdong, sondern Provinz Guizhou.

Nun aber sitzt sie unter dem roten Sonnenschirm auf ihrem gepolsterten Plastiksessel und starrt ins Leere. Ja, Leere.

Na, wenn das keine Einladung ist! Und weil ja auch die alte Huber grad nicht weiterweiß, ihr ohnedies nur die Toten in ihrem Kopf herumschwirren, lässt sie sich nicht zweimal bitten.

Gibt ja schließlich noch wen, der ihr dort oben jederzeit geduldig sein Ohr schenkt.

Ein aufkommender Rückenwind treibt graue Wolkenschwaden über den Himmel, lässt die drückende Schwüle erträglich werden, schiebt die gute Hannelore behutsam den Hügel zur Pfarrkirche hinauf und schließlich in den umliegenden Friedhof hinein.

»Bin gleich bei dir, Walter!«

Schnell noch ein Blick auf das Kirchentor. Drauf der Aushang: *»Aufgrund einer Störung fallen die Glocken bis auf Weiteres aus!«*

»Störung von wem?«, weiß die alte Huber jetzt auch nicht wirklich mehr.

»Komisch ist das alles!«, marschiert sie zur Wasserstelle des Friedhofes, stellt den Lederkoffer gut sichtbar neben sich, blickt über die Gräber hinweg Richtung Domizil des Pfarrers, auf Luise Kappelbergers Erstarrung, und wählt aus den Gießkannen das Modell aus Blech – das geräuschvollste aller Exemplare also.

»Dann schauen wir einmal!«, öffnet sie den Hahn. Dröhnend laut das einfließende Wasser, und prompt regt sich auch etwas auf dem Balkon des Pfarrers. Wäre das Fernglas über der Kappelberger-Nase ein Zielfernrohr, müsste die gute Hannelore jedenfalls um ihr Leben fürchten.

»Na bitte, sie lebt!«, ignoriert die alte Huber also die erhoffte Bespitzelung und wendet sich jenem Stückchen Erde zu, das eines Tags auch ihre sterblichen Überreste bedecken wird.

»Grüß dich, Walter?«

Der Grabstein ein naturbelassener Felsbrocken, unbehauen, ohne Kreuz drauf, »weil war ja das Leben ohnedies schon ein solches, und irgendwann wird es damit auch einmal gut sein dürfen!«, hat Walter Huber testamentarisch verfügt. Nur ein ovales kleines, weißes Metallschild wurde angebracht mit seinem Namen drauf.

»Wie geht's dir denn!«, zupft ihm die gute Hannelore ein paar Unkräuter aus und beginnt, einige seiner Mittelzehren zu ernten.

»Was meinst du? Da muss der Pfarrer ja schwer gestört sein, wenn ihm sogar die Glocken zu viel sind. Vielleicht hat er eine Mittelohrentzündung und kann sie nicht mehr hören, oder glaubst, ist er zum Satanismus übergetreten!« Ein humoses, mit Kompost aufbereitetes Beet hat sie in der Granitumrandung angelegt und sich als Grabschmuck für Kochsalat und Doldenblütler entschieden. Walter konnte zeitlebens nicht genug davon bekommen. Ob als Beilage zu welchem Braten auch immer, in seiner Lieblingssuppe, der Rinds- und Hühner-, gern auch püriert. Karotten, gelbe Rüben, Petersilienwurzel, Sellerie. Kurzum: Wurzelgemüse. Schon in der Steinzeit wurde es den Menschen zu einer wichtigen Nahrungsgrundlage, im Mittelalter gekocht und zu einem Mus verarbeitet, um überhaupt verzehrt werden zu können, woraus auch überhaupt erst der heutige Begriff Gemüse entstanden sein soll. Ein ziemlicher Matsch, ein wildes Durcheinander, so wie auch Glaubenthal, im Grunde die ganze Welt.

»Was los ist bei uns, weißt du ja sicher schon, oder? Grüß mir die Grubmüllers da oben, oder unten, oder wo du dich eben grad herumtreibst. Die Katharina und den Johann. Und natürlich den Ulrich und die Engelbert Uschi. Sag den beiden, einen größeren Blödsinn, als sich miteinander einzulassen, hätt ihnen gar nicht einfallen können!«

Und wie gesagt: Manchmal gibt es sogar Antwort.

6

Pippi Langstrumpf

»Hier am Friedhof Kochsalat und Supp'ngrün anbauen! Ob das schön ist! Hast ja eh schon so einen großen Garten, Huberin, das halbe Dorf könntest du mit Gemüsekistln beliefern?«, krächzt es der alten Huber wie erhofft in den Rücken.

»Oder kochst du dem Walter eine kräftige Brühe aus seiner Grabbepflanzung und gießt ihn damit!«

»Brauchst leicht was, Kappelbergerin? Kannst dir beim Walter ja gern was rauszupfen, wenn deine Karotten nix werden!«

»Brauchen kann man immer was, Huberin!«

Ist die Pfarrersköchin also wie zu erwarten von ihrem Balkon gestiegen. Meine Güte, wäre dieses Dasein so berechenbar wie Luise Kappelberger, die Menschheit hätte sich vor lauter Langeweile nie und nimmer freiwillig die Lebenserwartung in derart luftige Höhen geschraubt. Herrlich ist das. Und hinterfotzig natürlich: jemanden, der des Aushorchens keine Mühen scheut, in einem Moment seiner Schwäche wegen zu sich zu locken, um ihn aushorchen zu können. 1:0 für Hanni Huber.

Und kurz die Luft anhalten muss sie, so sticht es ihr in der Nase. Derart viel Haarfestiger muss sich die Kappelbergerin vor Verlassen des Hauses noch in ihre traurig herabhängenden Dauerwellen gesprüht haben, von wegen also *Dauer*, da wird jedes Insektenschutzmittel obsolet, und neben einem offenen Feuer sollte sie auch nicht stehen.

»Und was führt dich her, Kappelbergerin? Sicher nicht die Ernte. Ist dir das Ozonloch noch zu klein, oder gehst in die Oper?« Und ein viel zu enges Kittelkleid hat sie in ihrer Eile obendrein erwischt, ziemlich schlecht zugeknöpft: »Oder auf ein Rendezvous mit einem greisen Millionär?«

»Ich muss ja zum Glück nicht alles verstehen, was du von dir gibst, Huberin. Mich führt genauso wenig die Ernte her wie dich das Gemüsegießen, weil dass ein Regen kommt, spürst du wahrscheinlich wie ich seit gestern im Rücken. Und?«, deutet sie auf den Koffer. »Ziehst du weg? Oder bringst du dem Walter was Frisches zum Anziehen?«

1:1

Gottlob. Schließlich ist die Art der Zuneigung zwischen Luise Kappelberger und Hannelore Huber eine seit Jahrzehnten gepflegte Antipathie, die auf Gegenseitigkeit beruht. So etwas braucht, wie jede Beziehung, eben liebevolle Pflege. Ja, Wertschätzung. Wäre dies kein Spiel auf Augenhöhe, hätte es sich längst in Belanglosigkeit und folglich Ignoranz verloren. So aber messen sich die beiden stets aufs Neue, und da man sich ja ohnedies nicht mag, ist die Wahrscheinlichkeit, den anderen überhaupt noch beleidigen zu können, angenehm gering. Folglich wird einander auch eine Form des Respekts erwiesen, den ein Außenstehender niemals verstehen würde.

Sie schmunzelt also, die alte Huber und die Kappelbergerin retour, wenigstens für die Dauer ihrer nächsten Fragen: »Also Huberin, was schleppst du den Koffer hier herauf? Oder ist er für mich?«

»Der Koffer ist von der Grubmüller Katharina!«

Und schlagartig stürzt alles an Ausdruck im Gesicht der Kappelberger Luise in sich zusammen. Wie eine ans Ufer geworfene Bachforelle schnappt sie nach Luft.

2:1 – glaubt sie zumindest, die alte Huber.

»Die Katharina!«, flüstert sie. »Warum trägst du ihren Koffer, Huberin?«

»Ich hab sie besucht und …!«

»Das heißt, sie kommt zurück?«

»Alles eine Glaubensfrage, Kappelbergerin. Aber ich vermute nicht!«

Und dann erzählt sie, die alte Huber, setzt sich mit zwar schmerzfreien Beinen, aber heftig rebellierendem Rücken auf die Steinumfassung des Grabes ihres Ehemannes und lässt nichts aus. 3:1, 3:3, oder 3:8, alles völlig egal. Jede Vorsicht verliert sie, während auch Luise Kappelberger mit krachenden Knie- und, wer weiß, auch Hüftgelenken neben ihr Platz nimmt. Alle Bedenken schildert sie, Sorge: »Das kommt mir alles komisch vor, Luise!« Ja, ganz genau, sogar ein vertrautes *Luise* entfleucht ihr. Ein wohltuendes. Wen hat sie auch sonst, die gute Hannelore, um unbekümmert von Frau zu Frau zu sprechen.

»Und jetzt bringst du der Anita also den Koffer!«

»Genau.«

»So ist das also. Soso!«

Ohne Glockengeläut.

Aber mit Läuterung.

Denn die Kappelbergerin nimmt die Einladung an, rückt sogar ein Stück näher, ändert den Ton ins Vertrauliche.

»Der alte Praxmoser hätte einfach sein Sägewerk nicht zusperren, sondern übergeben sollen, Hanni.«

»Und an wen? Die Grubmüllers? Hätte ich auch nicht an seiner Stelle.«

»Geb ich dir recht. Dann an den einzigen Menschen, der nie darauf aus war, aber das Zeug und gute Herz dafür hätte, Hanni!«

»Na, da bin ich jetzt gespannt, Luise!«

»Na, der Straubinger Pepi! Da hätt es bei uns kein Dorfsterben gegeben, und der ganze Praxmoser- und Grubmüller-Haufen wäre wahrscheinlich auch noch am Leben!«

»Natürlich, der Pepi!«, gibt die alte Huber nun Luise recht. Welch Eintracht, nicht dass die beiden noch Freundinnen werden. Aber wer weiß.

»Sag, so unter Frauen!«, blickt Luise Kappelberger, verzweifelt, wie sie selbst gerade ist, der alten Huber nämlich grad ziemlich tief in ihre Augen: »Kann ich dir vertrauen, Hanni?«

»So wie ich dir, Luise!«

Klingt natürlich wunderbar. Versprechen ist's natürlich keines.

Räuspernd greift sich die Pfarrersköchin in die große Seitentasche ihres Kittelkleides, könnte da wahrscheinlich alles Mögliche herauszaubern, entnimmt aber nur ein Stofftaschentuch, führt es vor ihren Mund und beginnt, in selbiges zu sprechen, als säße sie angsterfüllt vor all den Lippenlesern dieser Welt auf der Trainerbank irgendeines WM-Finales.

»Wie dein Walter fremdgegangen ist, war er da plötzlich schnippisch zu dir und hat, wenn er zu Hause war, den Fernsehsessel kaum noch verlassen?«

»Wenn das so wäre, hätt er fremdgehen müssen, seit ich ihn kenn. Und fremdgegangen ist er nicht!«

»Na, da bin ich froh, dass du nie statt mir beim Beichten zugehört hast!«, beugt sie sich ein wenig näher an die gespitzten Huberohren: »Und dass der Pfarrer nicht bei sich selbst beichten gehen braucht, ist auch ein Glück!«

So offen hat die gute Hannelore eine völlig nüchterne Luise Kappelberger noch nie erlebt. Leicht hat es die Pfarrersköchin mit ihrem pensionierten, aber doch noch aktiven Arbeitgeber nicht.

»Jaja, ein bisschen kompliziert, diese Geschichte!«, seufzt sie, die Kappelberger.

»Ach geh, Luise! Ganz einfach ist das. Wenn in einem Dienstverhältnis der Dienst wegfällt, was bleibt dann übrig?

Und warum soll das mit dem Pfarrer leichter sein als mit jedem anderen Mannsbild!«

Und wieder ist da dieses Schmunzeln. Auf beiden Seiten. Dieser Respekt, wenn ein guter Angriff oder eine gefinkelte Abwehr gelungen ist.

»Dann kommt der Anschlag also von dir?«, setzt die alte Huber fort.

»Wenn du einen Fernseher samt Satellitenschüssel hättest, würd ich sagen: Du schaust zu viel Al Jazeera! Was für ein Anschlag?«

»*Aufgrund einer Störung fallen die Glocken bis auf Weiteres aus.* Hast du den Ulrich also eingesperrt aus lauter Angst, er könnte eine seiner Freundinnen treffen?«

»Das Einsperren erledigt er selber, Hanni! Seit gestern Abend hockt er in seinem Zimmer und kommt nicht raus. Und ehrlich gesagt macht er mir Sorgen. Ich kenn das noch vom Theo damals. Der war auch so fahrig, aggressiv und vor allem ängstlich, kurz bevor er an Herzinfarkt gestorben ist und mich zur Witwe g'macht hat, der Schuft!«

»Und seit wann hat der Ulrich das, wenn nicht schon immer?«

Der Wind ist stärker geworden, hebt der alten Huber das Kopftuch und der Kappelbergerin ihr enges Kittelkleid, lässt bei einigen der Gräber die frei stehenden Grablichter ausgehen und nimmt auch dem Tag endgültig das Sonnenlicht, denn die Wolkendecke schließt sich.

»Wie er gestern aus der Kirche zurückgekommen ist, hat es begonnen. Dann wollte er nur noch mit Widerwillen zum Sommerfest, und nach seiner Ansprache vorm Kriegerdenkmal ist er in seinem Zimmer verschwunden. Alles Mögliche hab ich schon versucht, um ihn rauszulocken!«

»Sogar die Kirchenglocken hast du ihm abgedreht, hab ich recht?«

Luise Kappelberger schmunzelt: »Na, du wirst schon fast so gerissen wie ich, Hanni! Da müsste ein Pfarrer doch in die Gänge kommen! Aber nein. Das halbe Dorf hat mich angerufen.«

»So kommt dir doch kein Mann, Luise. Du musst ihn aushungern, zeigen, dass du dich eben selbst verköstigst!«, und wenn die Kappelbergerin ohnedies schon so redselig und verzweifelt ist, warum nicht gleich noch eine Schippe drauflegen: »Und wer war jetzt bei ihm beichten?«

Luise Kappelberger atmet tief durch.

»Ich kann nicht durch Wände schauen, Huberin. Außerdem hab auch ich meine Geheimnisse!« Sind wir also wieder beim Nachnamen. Vorbei ist es mit der Hanni, und die alte Huber weiß auch ohne Kirchenglocken, wie viel es geschlagen hat.

»Meine Güte, Kappelbergerin, erzähl mir doch nix! Wenn's drauf ankommt, kannst du sogar durch Wände gehen!«

»Ich geh jetzt rüber zu meinem Theo!«, kracht es neuerlich im Gebein der Pfarrersköchin. »Vor dem hab ich keine Geheimnisse mehr!« Und das nun mehrfach ausgeführte Kreuzzeichen der Pfarrersköchin ist äußerst vielversprechend. Zu Recht.

Denn ein paar Gänge weiter wird gesprochen, laut, vertraut, zwischen Frau und Mann, sprich Witwe und Kappelberger-Grabstein. Und was ihr der Wind nun zuträgt, hätte die alte Huber nicht für möglich gehalten:

Na, Theo, wie geht's dir heut, du Schuft. Musst du mir wegsterben, an deinem Bauchfett. Wirklich wahr! Jetzt haben wir den Salat, der arme Walter Huber sogar auf seinem Grab. Sag der alten Grubmüller Traude da oben, sie hätt nicht mit dem Pfarrer nach Lourdes fahren sollen. Woher ich das weiß? Stell dir vor, Theo, kommt gestern wer beichten und erzählt dem Pfarrer, dass die Grubmüller Kathi eigentlich seine Tochter ist. Würd ja passen. Sie Klosterschwester, er Pfarrer. Eigentlich eine Tragödie. Dann wäre der Katharina vielleicht ihr hartes Leben erspart geblieben, wenn sich die Traude vom Pfarrer in Lourdes nicht hätt schwängern lassen. Kinder kriegen, Kinder kriegen, Kinder kriegen. Schrecklich, die Weiber. Die ganze Ungeduld. Weil schließlich hat die Traude ja dann eh noch die Rosi und den Ulrich zur Welt gebracht …

Immer schwerer wiegt der Koffer während des Heimweges dann in Hannelores Hand, und wie sie schließlich ihren kleinen Hof erreicht, kommt noch Gewicht dazu.

Ein Papiersack hängt an der Türschnalle, mit warmherzigem, erfreulichem Inhalt: Schweinespeck, ein Tiegel Rosskastanien-Weinlaub-Gel, eine Flasche selbst gemachter Eierlikör und die handschriftliche Nachricht: »*Gute Besserung und liebe Grüße, Anita! PS: Ich schwöre darauf, besonders auf das Gel. Bitte im Kühlschrank aufbewahren.*«

Ein guter Mensch, die Anita Grubmüller, geborene Praxmoser.

Wie eine Reminiszenz an alte Tage kommt es der alten Huber vor, als hier im Dorf noch untereinander eifrig Tauschhandel betrieben wurde. Fleisch-, Milch-, Getreideprodukte, Obst, Gemüse: Wer hatte, der gab und bekam. Und selbst in nur eine Richtung funktionierte diese Geschichte: geben, ohne zu bekommen. Bekommen, ohne zu geben.

»Ich bin am Zug!«, betritt sie die Küche, stellt ihre Mitbringsel auf den Bauerntisch, betrachtet:

- den von Anita gebrachten Papiersack,
- daneben den für Anita gedachten Lederkoffer,
- dann den Himmel und dazu ihren Garten:

»Aber alles schön der Reihe nach.«

39 Aller guten Dinge

Der Koffer …

… schreit direkt danach, geöffnet werden zu wollen. Endlich allein, wird diesem Ruf natürlich auch Folge geleistet. Schließlich wurde der alten Huber aufgetragen, den Koffer verlässlich zu übergeben. Mehr aber nicht.

Und ein versperrtes Schloss hat er keines.

Anders dann im Inneren.

Versiegelte Briefe. Mit Papier umwickelte und verklebte Gegenstände, in einem Plastikbeutel ein paar Schuhe, in einem weiteren eine Damenuhr, ein Ring, ein Rosenkranz, eine Brille, ein goldener Kugelschreiber, ein Toiletten-Täschchen, ein paar weltliche Kleidungsstücke und schließlich ein Kuvert. Unverschlossen.

»Wenigstens etwas!«, dankt es die Neugierde der alten Huber.

Darin einige Fotos. Allesamt mit Katharina und Anita. Über Jahre hinweg. Zwei Bilder sogar mit der kleinen Helga in ihrer Mitte. Da dürfte also jemand regelmäßig von Glaubenthal nach Oberbruck-Taubleralm gependelt sein.

Freundinnen für ein ganzes Leben.

Beide mit einem Lächeln im Gesicht und doch dieser deutlich sichtbaren, voranschreitenden Veränderung. Denn aus dem Haaransatz herab und vom Hals empor wurde Schwester Katharina immer mehr von weißen Flecken entstellt. Eine Krankheit, unter der sie schon in jungen Jahren zu leiden hatte, stets dem Hohn, Spott, ja sogar Gewalt ausgeliefert, auf offener Straße. Nicht nur Worte, auch Gegenstände, die ihr zuerst hinterherflogen, dann entgegen. »Steck uns nicht an und bleib draußen!«

Kinder können erbarmungslos sein. Grausam. Die alte Huber zieht den Stecker, jedes Mal, wenn er so hysterisch aus ihrem Schlagerradio herausbrüllt, der Grönemeyer Herbert: »*Kinder an die Macht!*«

Zwar haufenweise schöne Textzeilen in dem Lied, aber nur zwei davon stimmen:

Immer für 'ne Überraschung gut

und

Sie berechnen nicht, was sie tun.

Der Rest ist in den Ohren der alten Huber die Wortklauberei eines gewiss großen Poeten, hier aber ahnungslos. Vielleicht wurde er ja einfach sein Lebtag in keine Sandkiste gesetzt, Cowboy und Indianer spielen unbekannt, nie zu einem Kindergeburtstag eingeladen und eingeschult. Möglicherweise Privatunterricht, anders gibt es das nicht. Ein ganzes Buch könnte die alte Huber schreiben über jene Barbarei, die ihr von Kindern in ihrer Kindheit verpasst wurde.

Und wenn Pfarrer Feiler, wie seine Köchin Luise Kappelberger gehört haben will, tatsächlich vor 50 Jahren mit der Traude in Lourdes nicht nur baden war, dann:

»Sieht die Familie ein bisserl anders aus, als bisher gedacht!«, nimmt die alte Huber neuerlich ihren Auszahlungsschein zur Hand und muss auf der Grubmüllerseite ein bisserl was korrigieren:

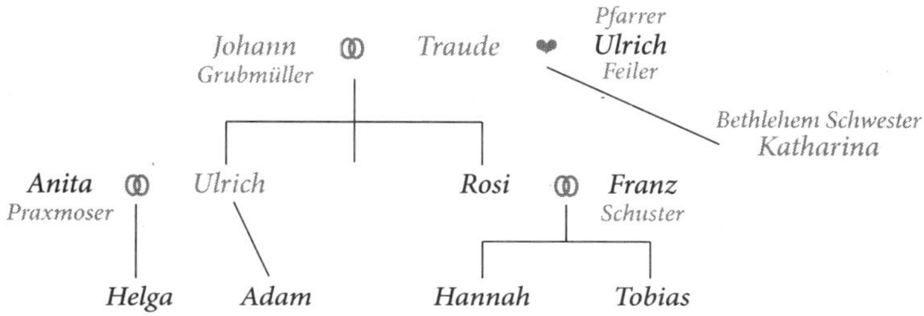

Ja, und wenn sie jetzt die beiden einzigen Glaubenthaler hernimmt, deren Haut mit weißen Flecken gescheckt ist, nämlich Pfarrer Feiler und Katharina Grubmüller, dann wird das wohl schon stimmen, ist ja schließlich vererbbar, diese Krankheit.

Der restliche Inhalt dieses Koffers bleibt dann aber auch für die alte Huber tabu. Versiegelt ist versiegelt. Die Botschaft eindeutig.

Also Deckel zu und weiter. Denn:

Der Garten …

… schreit.

Als würden der alten Huber ihre Heiligtümer, von den Buschbohnen abwärts, zuwinken, hilferufend: »Kümmer dich doch endlich um uns«, so beutelt der Wind sie durch.

Und natürlich könnte es der guten Hannelore ein gekränktes »Was soll das, ihr kennt mich doch!« entlocken. Denn wenn jemand Kübel, Wellbleche, Planen, alte Decken, Filz, Steine, Holzlatten und weiß der Kuckuck was zwecks Vorbeugung griffbereit liegen hat, dann wohl sie. Ihr so gut wie unzerstörbares, schmutzabweisendes lila Arbeitskittelkleid mit rot-grünem Blumenmuster zieht sie über ihre weiße Bluse, mit Seitentaschen so einladend groß, davon können Prada, Gucci, Louis Vuitton nur träumen, und los geht der Spaß.

Ach, wie sehr die alte Huber das Schaffen ihrer Hände liebt. Den Körper spüren, sehen, wozu er imstande ist, und dabei ein wenig den ohnedies so schwer beladenen Kopf öffnen, den Geist Purzelbäume schlagen, sie fliegen lassen, die Gedanken. Und danach natürlich den Mund. Denn Arbeit macht hungrig. Der ganze bisherige Tagesverlauf eigentlich. Also auf zu …

Anita …

… und ihren edlen Spenden:

Der Schweinespeck kommt in die Speis. Der Tiegel Rosskastanien-Weinlaub-Gel ins Bad. Der selbst gemachte Eierlikör aber – eines ihrer liebsten kleinen Laster – muss gekostet werden, als Nachtisch.

Zuvor aber braucht es etwas Schnelles, da kann sich Fast-Food-Imbiss brausen gehen:

Hannis Eierspeis:
1. Drei Eier aufschlagen, verquirlen.
2. Hannis Geheimwaffe Nummer 1: Sauerrahm!
Pro Ei ein kleiner Teelöffel, also drei in diesem Fall, ein wahrer Kraftschub für den Eigengeschmack des Eises. Alles erneut verquirlen, etwas Salz und Pfeffer – wodurch schon die meiste Arbeit daran erledigt wäre.
3. Hannis Geheimwaffe Nummer 2: kein Öl, sondern einen

Esslöffel Schusterbauer-Butter in der Pfanne zergehen lassen, die Eier beifügen und ja nicht zu lange braten, schön feucht soll es noch sein, glänzen.
4. Ab auf den Teller, und Hannis Geheimwaffe Nummer 3 wird darübergerieben, so dicht, als hätte jemand eine Schneekugel aufgeschüttelt: der Hartkäse des Schusterbauern aus der naturbelassenen Rohmilch seiner Kühe, 15 Monate gereift. Da kann sich auch noch der gute Parmesan brausen gehen, so wie jeder Paradeiser aus dem Supermarkt, denn die alte Huber holt sich Paradeiser, die tatsächlich nach Paradeiser schmecken, aus ihrem Garten und gleich ein paar Blätter Basilikum dazu.
5. Mahlzeit.

Dazu ein schön abgelegenes Schusterbauerbrot, vielleicht doch auch gleich noch ein Stadlmüller-Schmerztabletterl, bevor dieses leichte Ziehen in den Beinen glaubt, es könne sich groß aufpudeln. Eierlikör braucht sie jetzt keinen mehr, wenn dann eher ein Schnapserl, ja, und Katharinas Koffer muss wohl auch noch warten, um Anita Grubmüllerin gebracht werden zu können, glaubt sie zumindest, und wird sich gleich wundern.

Es ist alles eine Geduldsfrage, jedes Frühstücksei, jeder Bausparvertrag, das ganze Leben.

Und genau deshalb wird Pepi Straubinger auch die nötige Ausdauer aufbringen, denn er weiß ebenso: Sein Vater wird wiederkommen. Es sich anders überlegen. Ihn treffen wollen. Sein Fleisch und Blut. Severin Praxmoser und Pepi Straubinger. Der Vater und der Sohn.

Wann sonst, wenn nicht jetzt. Schließlich ist Pepi diese Nacht für ihn eingetreten, hat ihn verteidigt, mit der Waffe in Händen. Seite an Seite, ohne sich zu sehen. Blindes Verständnis. Zwei Schützenkönige eben. Der eine mit der Büchse, der andere mit dem Bogen. Endlich vereint und so die Stellung halten.

Bis zum letzten Mann. Denn alle sind sie davongelaufen.

Leider auch sein Vater.

»Hallo!«, hat er nach ihm gerufen, »Papa!«, und nur aus dem Dickicht heraus ein rauchiges »Verschwind!« als Antwort erhalten. Dann wurde es still. Blieb es. Die ganze Nacht.

Und auch Pepi ist geblieben. Hat sich im Gelände des Sägewerks herumgetrieben, seiner einstigen Heimat, hat sich wie der Glaubenthaler Robin Hood, seinen Bogen in der Hand, mit direkt nostalgischen Gefühlen durch diesen Sherwood Forest treiben lassen. Tote Bäume in diesem Fall.

Brettschichtholz, Konstruktionsvollholz, Massivholzplatten,
Hobelware, Profilholz, Sägespäne,
Sägemehl, Pellets, Hackschnitzel …

Hier konnte er erstmals wirklich ein Zuhause finden, war seinem Vater zwar nahe, aber doch so weit von ihm entfernt, hat mit seinem LKW die Stämme auf dem Rundholzplatz angeliefert, sie lagern geholfen, und wenn es weniger Fuhren zu erledigen gab, war er bei der Entrindung, Vermessung, Sortierung zu finden. Jeden Arbeiter der Sägehalle kannte er, wusste, wie all die Maschinen zu benutzen sind. Die Hauptsteuerung des Werkes. Jeder Winkel vertraut. Die Schnittholzsortierung, Paketier- und Stapelanlage, die Trockenkammern, sogar die Endlagerhalle und das Fertigwarenlager. Wie oft er hier, durch die so abgelegene Lage, Nachtschichten eingelegt hatte, die Flutlichter das Dunkel des Glaubenthaler Grabens zum Tag werden ließen. Bis er dann letztmalig hier war, mit so vielen anderen Arbeitern. Eine ganze Woche lang haben sie, kurz nachdem Severin Praxmoser die Schließung bekannt gegeben hatte, das Gelände besetzt, rund um den gerade erst eingeweihten Gedenkturm der Waltraud Königsdorfer ihre Zelte aufgeschlagen, trotz Winter campiert und sich die Ärsche abgefroren für nichts und wieder nichts.

Er hat ihn verflucht, seinen Vater.

Und jetzt war er trotzdem hier, um ihm zu helfen.

Auch in ein neues Glück muß man sich schicken lernen.
(Marie von Ebner-Eschenbach)

Alles nur noch ein Schrottplatz, Friedhof. Sogar seine zweite Haut, sein Lastwagen, der schwarze Volvo – FH16 Globetrotter – Holztransporter, 540 PS, steht noch hinter der Lagerhalle herum, unbenutzt, und Pepi blutet das Herz.

Wie sehr hätte es all dies hier verdient, wieder zum Leben erweckt zu werden, anstatt weiter den Geruch der Fäulnis anzunehmen. Das frische Schnittholz, die saftigen Sägespäne, die Pellet-Säcke. Als würde irgendwo ein Reh verenden.

Alles hat er inspiziert, und selbstverständlich auch die Hütte seines Vaters. War ja nicht so, dass Pepi jemals hier eingeladen gewesen wäre, in diesem lieblosen Ambiente. Kein Zuhause ist das, sondern reine Unterkunft, fast ein Verschlag. Nur das Nötigste vorhanden. Keine Bilder, keine Postkarten, kein Dekorationsgegenstand, keine Fotos, Zeichnungen, Basteleien eines seiner Kinder, Enkelkinder, Nichts. Die Lampen in die Fassung gedrehte Glühbirnen, die Fenster ohne Vorhänge, nur Lamellen-Jalousien aus Blech, kein Tischtuch, keine Polster. Der einzige Grund, es hier überhaupt irgendwie aushalten zu können, sind der Schaukelstuhl, eine Stehlampe, der Fernseher, DVDs und Bücher. Stapelweise. Der alte Eselböck würde sich freuen.

Diesen einen Film aus all den Stapeln hat er sich herausgesucht und dabei an den einen gemeinsamen Sommer gedacht kurz nach seiner Zeit im Gefängnis.

Once upon a Time in America.

Kein Western zwar, aber die Musik von Morricone, und für den alten Praxmoser darum heilig. So schön war das. Nichts reden. Nur schauen. Ein Bier dazu. Danach leistete Pepi seinem Einberufungsbefehl Folge und kam erst Jahre später wieder.

Ja, sein Vater ist ihm nahe und doch ein Fremder. Schließlich fehlen die wichtigsten gemeinsamen Jahre. Denn welches Genmaterial ihm auf den Schultern lastet, wurde Pepi erst an seinem zwölften Geburtstag mitgeteilt.

»Ich will endlich wissen, wer er ist.«

»Und ich will wissen, wer das Universum erschaffen hat und die Zwetschken!«, hat ihn seine Mutter, die Straubinger Karin, daraufhin wissen lassen. »Also los, Pepi: wer?«

»Das weiß ich nicht.«

»Na bitte. Ich hab mich aber trotzdem in die Küche gestellt, dir deine Leibspeis gemacht, die Semmelbrösel in Butter goldgelb angeröstet, dein Powidltascherl aus Erdäpfelteig darin gewälzt, sie fest überzuckert, weißt du, was das alles für Arbeit ist, und jetzt sitzt du hier, schaust in den herrlichen Himmel, verdrückst die dritte Portion, und offenbar schmeckt es dir ja trotzdem! Also vergiss diese Belanglosigkeit, die dich gezeugt hat, diese paar Sekunden! Hauptsache, er überweist seine Alimente!«, und jeder Presslufthammer war zu mehr Feingefühl fähig, als es die Straubinger Karin jemals zustande gebracht hätte.

Folglich ist der Pepi nach diesem Streit erstmals wirklich richtig davongelaufen, nicht nur in den Keller hinunter oder irgendeinen nahe gelegenen Hochstand hinauf, sondern in die damalige Linie 24A, den heutigen 184er, ist er ein- und an der Station Oberbruck–Taubleralm wieder ausgestiegen. Völlig orientierungslos lief er dort durch die Gegend, um schließlich dank einer Lüge an sein Ziel gebracht zu werden:

»Was rennst du denn so verloren im Wald herum, mein Kind?«

»Ich will zu meiner Mutter! Die ist da irgendwo.«

»Wer ist denn deine Mutter, vielleicht kenn ich sie!«

»Weiß ich auch nicht. Nur, dass sie bei den Bethlehem-Schwestern lebt!«

Einfach nur diesem einen Menschen wollte er hinterher, mit dem er sich hier in Glaubenthal mehr verbunden fühlte als mit seiner Mutter und der vor Kurzem auch erst weggelaufen und nie wieder heimgekommen war. Auch wenn Katharina natürlich niemals seine Mutter hätte sein können mit ihren fünf Sommern Altersunterschied.

Sie war aber trotzdem für ihn da.

»Ich muss wieder Vollzeit arbeiten, Pepi, sonst geht sich das alles nicht aus. Die Kathi wird zweimal die Woche am Nachmittag auf dich aufpassen! O. k.?«

»Was, die Kathi-Kuh? Da lachen mich doch alle aus!«

»Das sagt man nicht, Pepi!«

»Dann Zebra!«

Neun Jahre war er damals alt, noch ein Kind, und die Grubmüller Kathi mit ihren vierzehn schon mehr eine Frau als ein Mädchen. Und sicher, das hat ihm schon von Jahr zu Jahr immer besser gefallen, wenn sich ihre Brustwarzen Mühe gaben, das T-Shirt durchstoßen zu wollen. Natürlich hätte er auch gern einmal hingegriffen, einfach nur wissen, wie sich das anfühlt. Mehr aber schon nicht.

Küssen undenkbar.

»Ist das eigentlich ansteckend?«, wollt er einmal von ihr wissen.

»Was?«

»Na, das in deinem Gesicht? Die Milchflecken.«

»Nein!« Und ja, sie war schon nicht so hässlich, wenn ihr ein Lächeln auskam. »Man nennt es Weißfleckenkrankheit oder auch Vitiligo! Großeltern oder Eltern können es weitergeben.

»Aber ich hab geglaubt, das ist nicht ansteckend!«

»Vererbbar ist es schon!«

»Aber dann geht es ja vielleicht auch wieder weg!«

»Ich vermute nicht!«

»Und tut das weh!«

»Na ja, auf der Haut nicht, Pepi, aber im Herz. Du weißt ja eh, wie mich die anderen alle behandeln!«

Ja, das wusste er. Der Erste, den er dafür verdreschen wollte, war Kathis Bruder Ulrich, obwohl er um einiges älter und stärker war. Der Ausgang entsprechend schmerzhaft. Anfangs zumindest.

Bis dann eines Tages die Praxmoser Anita nur noch mit Augenklappe herumgelaufen ist und er erfahren musste, warum. Auch sie war aus Courage für ihre beste Freundin Kathi in die Schlacht gezogen, sogar mit dem Schürhaken bewaffnet, und als Zyklopin zurückgekehrt. Und bei Pepi Straubinger wurden Kräfte frei, die bis zum heutigen Tag jeder im Dorf fürchtet.

Es war der Tag der Fronleichnamsprozession, er Ministrant, das große, schwere Gotteslob des Pfarrers zu tragen seine Aufgabe, als er am Straßenrand den Grubmüller Ulrich stehen sah. So in Rage ist er damals geraten, hat diesen Aufmarsch verlassen und vor aller Augen den um einen Kopf größeren, sechzehnjährigen Ulrich derart nachhaltig mit dem Gotteslob bearbeitet, da wäre zur Prozession beinah noch der Leichnam dazugekommen.

Am selben Abend saß er zum ersten Mal mit seiner Mutter in der noch vorhandenen Wachstube und wusste bereits: Die Polizei wird ihn wiedersehen.

»Ja, Pepi! Was machst du denn hier!«, nahm ihn dann an seinem zwölften Geburtstag die zur Novizin gewordene Katharina in die Arme.

»Ich will weg von Mama! Darf ich bei euch bleiben!«

»Das geht nicht. Außerdem sind wir ein Frauenkloster.

»Ja und? Das macht mir doch nichts! Außerdem sagt Mama immer, wenn ich sie frag, wer mein Papa ist: Das war der Heilige Geist!« Natürlich ging da ein Lachen durch die Reihen der weiteren anwesenden Nonnen.

»Dein Vater ist weder heilig noch ein Geist, Pepi.« Und dass Kathi Grubmüller enge Verbindungen zum Beichtstuhl des Pfarrers Feiler pflegte und folglich weit mehr wusste, als so manchem Glaubenthaler lieb ist, war dem Ministranten Pepi Straubinger damals schon sonnenklar.

»Weißt du was, Pepi, du bist zwölf. Also höchste Zeit.«

»Höchste Zeit wofür, Kathi?« Und so also erfuhr Pepi Straubinger, wer sein Vater ist.

Mit weitreichenden Konsequenzen.

»Was hat die Kathi gesagt: *Höchste Zeit!* Da kann ich diesem Nonnen-Trampel nur recht geben. Wenn du unbedingt in ein Kloster willst, Pepi, gern. Pack deine Sachen!« So die Reaktion seiner Mutter.

Die Jahre danach wird er sein Lebtag nicht vergessen, wie es von da an nur noch abwärtsging.

Und wenn ihm in Verbindung mit katholischen Internatsschulen Begriffe wie »Entschädigungszahlung« zu Ohren kommen, würde er am liebsten seinen Vorschlaghammer packen und diese Entfaltungsstätten pädophiler Triebtäter dem Erdboden gleichmachen, diesem ganzen Verbrechergesindel zeigen, wie das dann aussieht, wenn so ein Schaden ausgeklopft werden soll, als wäre ein Mensch nur eine Karosserie. Die einzige legitime Entschädigung ist es, diese Anstalten zu schließen. Allesamt. Und nicht nur das.

Vierzehn Jahre war Pepi Straubinger alt, als sich im hintersten Winkel des Gemeinschaftswaschraumes der weiße Fliesenboden rot einzufärben begann. Mit dem Blut eines Mönches.

Der Duschkopf tödlich. Die Tat im Affekt.

Und ja, er würde es wieder tun, sogar in aller Gelassenheit und ohne schlechtes Gewissen.

Immer wieder. Und wieder.

»Wo bleibt er nur?«

Eingeschlafen war er. Der Lesesessel seines Vaters wie eine Umarmung, der Film wie Heimat. *Once upon a Time.* Hat am Morgen dann das Nebengebäude verlassen und jenen Ort aufgesucht, der ihm den besten Überblick bietet. Das Steuerungshaus des Sägewerks.

Sogar Anita hat ihn angerufen, ihn gefragt, ob ihm etwas passiert sei, sich bedankt für seine großartige Hilfe, erzählt, man habe ihren Vater noch nicht gefunden, aber wenigsten sei er am Leben. Und ja, dieser Anruf hat ihn gefreut, diesen kurzen Moment eines Gefühls geschenkt, zu jemanden zu gehören, auf jemanden aufpassen zu können. Familie. Seine sogar.

Hier sitzt er nun also – und muss sich erheben.

Da sind Schritte zu hören. Unter ihm. In der Schnitthalle. Mundharmonikaspiel setzt ein. Endlich. Er ist also doch gekommen.

»Vater?«, läuft Pepi die Treppen hinunter, sieht nur die Leere, also hinaus in den überdachten Freibereich, die Abfallprodukte, Rinde, Hackschnitzel, Sägespäne, weiter zu den Pellet-Säcken, »Papa?«, und direkt hinein in diesen Schuss. Laut der Knall. Hinter ihm.

Brennend der Schmerz in seinem Rücken, Bauchraum. Unmöglich stehen, überhaupt bei klaren Sinnen zu bleiben. Zu viel Blut, zu kräftig der Schlag auf seinen Kopf. Pepi Straubinger bricht zusammen, spürt nur noch, wie er an den Beinen gepackt und mit den Worten »Du hättest verschwinden sollen« weggezogen wird, durch die Pfützen, den Abfall, wie er liegen gelassen und verschüttet, begraben wird, umgeben von dem Duft seiner Heimat.

Hackschnitzel, Sägespäne.

Finsternis.

41 Was ein Mann muss

Sie hat ja schon viel an Absonderlichkeiten gesehen, die alte Huber, ein Ungetüm solchen Ausmaßes aber ist selbst ihr noch nicht begegnet.

Pechschwarz kommt es hinter den Hügeln hervorgekrochen und lauert nun über den Dächern, mit weit ausgestreckten Armen, turmhohen Schultern. Das Dorf bereits wie leer gefegt, niemand mehr außer Haus.

Aus Hannelores Transistorradio vermeldet der Nachrichtensprecher die Gegenwart einer Superzelle, einer rotierenden, aus mehreren Gewitterwolken formierten Naturgewalt. Mit heftigen Sturmböen, Starkregen oder gar tennisballgroßen Hagelkörnern müsse gerechnet werden. Wer sie vor Augen habe, wäre somit klug beraten, das Haus nicht zu verlassen.

»Na ganz bestimmt!«, lässt sich die alte Huber nicht zweimal bitten, schlüpft in das einzige transparente Kleidungsstück ihrer Garderobe, erstanden im Gemischtwarenladen der Heike Schäfer, Polyethylen made in China – ade, oh du herrliche Landluft –, und marschiert hinaus in den Garten, die chinesische Superzelle als Regenponcho um sich, die amtliche als Wolkenturm über sich, ja, und ihre längst abgedeckten Heiligtümer vor sich. Kein Niederschlag dieser Welt kann ihr die Pflanzen knicken und den abgespannten roten Sonnenschirm wie einst der große Muhammad Ali den kleineren Sonny Liston. Das Getänzel, der Phantom-Punch, die Sonnyfinsternis. K. o. nach 105 Sekunden. Bitter.

Nicht mit ihr. Sie wird Wache stehen, so wie immer, in ihrer Betreuerecke unter dem Vordach.

Soll nur kommen, was da wolle!

Und es will.

Blitzartig geht es los, verdunkelt sich das Dorf zu einem Kohlenkeller, fliegt vor Hannelores Augen die erste vollbehangene Wäscheleine wie ein rumpfloses Segelschiff über die Dächer – den daran fixierten Kleidern und durchaus neckischen Zweiteilern nach zu urteilen kommt es aus dem Heimathafen des Pfarrers und seiner laut Stammtischrunde *Haus- & Haltshilfe* Luise Kappelberger. Ein durchaus sehenswertes Flugobjekt also.

Und was danach kommt, ist fast unmöglich.

Der Himmel öffnet seine Schleusen, lässt mit einem Tosen den Regen herabstürzen, da weiß die alte Huber jetzt schon, wie gründlich der ausgetrocknete, harte Erdboden daran scheitern wird, dies alles auf einmal aufzunehmen – und mittendrin:

Severin Praxmoser und seine blassgraue Noriker-Stute.

Mit stolz erhobenem Haupt, gelber Regenjacke und Hut statt Schirmkappe reitet er ein großes Stück entfernt den Waldrand entlang abwärts, Richtung Glaubenthaler Graben, diesem mächtigen Wolkengebilde entgegen, das Repetiergewehr geschultert. Wie aus einer Dachrinne schießt ihm dabei das Wasser von der Hutkrempe.

Die Mähne und der Schweif seiner nervös wirkenden Tante Lotte tanzen im Wind. »Brrrr«, besänftigt er sie wahrscheinlich gerade, »brrr, ruhig! Ganz ruhig!«, denn hören kann ihn die alte Huber nicht, zu groß die Distanz. So auch umgekehrt.

»Severin!«, versucht die alte Huber gegen das Trommeln des Regens anzukommen. »Red doch endlich mit den Leuten!«

Doch keine Reaktion.

Der Anblick jedenfalls, wie er nun so dahinreitet, der Superzelle entgegen, könnte verwegener, ja heroischer kaum sein. Und wenn der greise Eastwood Clint als einsamer Reiter nach Glaubenthal käme, um einen zweiten glorreichen Halunken zu suchen, der alte Praxmoser könnte schon seinen Koffer packen.

»Severin, ich bitte dich, hört auf damit!«

Nur leider.

Ein Mann muss tun, was ein Mann tun muss.

Jetzt ist es für die alte Huber ja grundsätzlich ein sinnloses Unterfangen, in den meisten Tätigkeiten und Verhaltensweisen ihrer Mitmenschen irgendeinen Sinn erkennen zu wollen; und über den Irrglauben, ein Mannsbild verstehen zu müssen, geschweige denn zu können, ist sie auf ihre alten Tage ohnedies längst hinweg, sie gräbt sich ja auch nicht mit der Gartenschaufel durch die Erde Richtung Sumatra. Und ja, das mag schon stimmen: Sollen sich die Männer nur schön ihre Schädel einschlagen und den Frauen das Paradies, den Erdboden, überlassen, *»Selig, die keine Gewalt anwenden, denn sie werden das Land erben!«*, sollen sie auch bleiben, wo der Pfeffer wächst.

Und trotzdem geht Severin Praxmoser an der alten Huber nun nicht spurlos vorüber: Wenn sich ein Mensch plötzlich so radikal anders verhält, als je von ihm gedacht, warum auch nicht selbst über den eigenen Schatten springen.

In einem fort gießt der Regen herab, und während einst als Kind kein noch so übles Wetter irgendein Hindernis war, sich im Freien aufzuhalten, baut das Hirn, je älter es wird, schier unüberwindbare Mauern auf. Imaginäre natürlich, denn der Körper könnte ja noch.

Es braucht also ein Weilchen, bis die Vernunft der alten Huber dieses Ringen »Soll ich, oder soll ich nicht?« verliert.

Sie hat ja ohnedies ihren Poncho und die Gummistiefel an, den Stock in der Hand, ja, und ausreichend Tatkraft steckt in diesem Augenblick auch noch in ihr.

Die wird sie brauchen.

Nicht nur Menschen, auch Orte gibt es auf dieser Welt, die haben die Finsternis nur so gepachtet!

»Na dann!«, holt sie noch schnell den Koffer der Katharina Grubmüller, verlässt ihr Haus und spricht sich Mut zu:

»Eine Frau muss tun, was eine Frau tun muss!«

42 Nur Kälte

Nur noch ein Wanderweg führt weiter Richtung Glaubenthaler Graben, in dieses lang gezogene, sich verjüngende, wilde Tal, an dessen Ende das stillgelegte Sägewerk Königsdorfer liegt. Wer es erreichen will, kann über Sankt Ursula mit dem Wagen die mittlerweile asphaltierte Zufahrtsstraße benutzen oder zu Fuß von Glaubenthal aus den besagten Graben durchqueren.

Jahrhundertealte Bäume ragen dort heute noch in den Himmel, durchzogen von felsigen Kanten und tiefen Rissen, als hätte eine scharfe Kralle ihre Spur gezogen.

Kein einziger Sonnenstrahl verirrt sich in den Wintermonaten hierher, und selbst, wenn der Sommer Einzug nimmt, wäre dem Schwermütigen ein längerer Aufenthalt nicht zu empfehlen.

»Du bleibst weg von dort, Hanni, versprich mir das!«, hat sie ihr Vater mit stets strengem Ton wissen lassen.

Und schwer war das nicht.

Immer schon.

Selbst früher, als noch kein nutzbares Land in den Wald geschlagen war, wurde hier nur selten freiwillig ein Fuß hereingesetzt, denn einem alten Aberglauben zufolge soll der stechende Schwefelgeruch die Sinne rauben und es durch eine der dampfenden Felsspalten direkt hinab in den Schlund der Hölle gehen. Wer diesen Eingang jemals suchen gegangen ist, ward nie wieder gesehen, so erzählt man sich. Ja, und wenn der Nebel festhängt in dieser Kerbe, dann will schon jemand den Teufel gesehen haben, der herausgekrochen zwischen den Bäumen steht und der Welt seinen giftigen Atem entgegenbläst.

Alles nur Mythen und Sagen natürlich. Weitergegeben von Generation zu Generation wirken sie jedoch wie all jene düsteren Geschichten, die tatsächlich stimmen.

Dutzende Pestgräber wurden in den hintersten Winkeln des Glaubenthaler Grabens, unweit des Sägewerks, einst gefunden, der Schwarze Tod, vergraben in des Teufels Nähe. Und auch, als später mit den Preußen die Cholera kam, fanden die Toten hier ihre letzte Ruhe. All das weiß man. Nur über die Jahre des Zweiten Weltkrieges wird geschwiegen, und darüber, welche Familien hier wohl daran beteiligt waren, dafür zu sorgen, dass all die mit lebenden Menschen voll besetzten Lastwägen den Glaubenthaler Graben wieder mit leeren Ladeflächen verlassen können. Ja, die Erde hier ist blutgetränkt.

Wie gesagt: Orte gibt es auf dieser Welt, die haben die Finsternis nur so gepachtet. Ob dieser Zustand nun auf die dort lebenden Menschen abfärbt, oder ob sich die dunkelsten Gestalten genau diese zu ihnen passenden Fleckchen Erde suchen, die alte Huber weiß es nicht. Sie weiß nur: Dort, wo sich das Land verjüngt und dieser dunkle Ort seinen Anfang nimmt, lebt die Familie Grubmüller schon in der vierten Generation.

Den Hof der Schweinebauern sieht die alte Huber für gewöhnlich überhaupt nur dann, wenn sie mit einem Korb Pilze oder Heidelbeeren aus dem Glaubenthaler Forst herausspaziert. Da ist dann ein Blick durch die licht stehenden Bäume auf die braunen Dachschindeln unvermeidbar. Ja, und wenn obendrein noch direkt am Rande dieses Waldes das Käppchen eines Parasols hervorblitzt, dann wagt sich die gute Hannelore diesen durchaus diebischen Schritt auf die Grubmüllerwiese hinaus und kann sogar ein Stück Gemäuer sehen. Keine Fassade, nur die blanken rostroten Ziegel. Weiter heran hat die alte Huber aber seit Jahren vermieden.

Und schwer war das nicht.

Nun aber kommt sie immer näher, zwar den Poncho übergestreift, aber trotzdem nicht trocken. Mag ja vielleicht im Stehen recht wirksam sein, so ein Plastik, aber im Gehen drückt es den Schweiß nur so aus den Poren. »So ein Dreck!«

Selbiges wiederholt die alte Huber nun auch bei Erreichen des Grubmüller-Grundstückes, denn der Anblick übertrifft ihre schlimmsten Befürchtungen. Wenn dieser Hof eine Besichtigung wert ist, dann nur, um den Grundschülern Glaubenthals während eines Lehrausganges ein paar schwierige Begriffe des jährlichen Buchstabierwettbewerbes bildlich zu verdeutlichen: Albtraum, Katastrophe, Streptokokken, Resümee …

Die unbehandelten, rostroten Außenziegel des gesamten Hofes sind mittlerweile von einer dunklen Patina überzogen. Der Boden davor ist gezeichnet von dem Nachlass der allerorts frei laufenden Hühner. Alles ein Morast, was gewiss auch dem herabschießenden Regen geschuldet ist.

So auch in einem direkt aus den Stallungen ins Freie führenden Außengehege. Ein paar auf den ersten Blick kaum zu erkennende Schweine schmachten eng beisammen, als wären sie mit ihrem Untergrund eins geworden, selig eingesuhlt unter einer hölzernen Überdachung, und »wenigstens die Schweindl sind glücklich«, flüstert die alte Huber.

Das einzig Gepflegte hier sind die Landmaschinen. Der Steyr-Traktor vom Regen frisch abgespritzt, ebenso die Krone Comprima. Ja, und ein Stück abseits liegt ein kleiner Rosengarten, als wäre es das unter seiner Glasglocke schlummernde Heiligtum in *Die Schöne und das Biest*.

Kein Mensch im Freien, was bei diesem Wetter nicht wundert. Mit äußerster Vorsicht und sicherem Stockeinsatz müht sich die alte Huber durch den Morast, nicht dass es sie zu allem Übel auch noch hinschmeißt, schiebt mit ihrem Gehstock die angelehnte Haustüre auf, »Hallo!«, tritt zögerlich ein: »Anita? Bist du da? Helga? Adam?«

Keine Antwort.

Anders als vor dem Hof wirkt der Flur nun gepflegt, der Holzboden blitzblank, trotz des Regens, des Morastes, die Schuhe in Reih und Glied, hängen die Jacken auf Kleiderbügeln, herrscht zwar eine penible Ordnung und doch nur Kälte. An den Wänden alte Landgeräte, Sensen, große Heugabeln, ein Joch, getrocknete Kräuter. Auf einer großen Bauerntruhe liegen Jacken, Gartengeräte, Schlüssel. Die alte Huber legt Katharinas Koffer daneben ab, »Anita!«, horcht in das Haus hinein, viel weiter vordringen will sie nicht. Hat eben alles seine Grenzen. Auch ihres tropfenden Ponchos und der schmutzigen Gummistiefel wegen. Und so sauber der Boden und all die abgestellten Schuhe aussehen, dürfte seit Beginn des Niederschlages kein Mensch hier durchspaziert sein. »Helga! Adam!« Alle seither außer Hause.

Nichts. Nur die Leere.

Also wieder zurück in den Regen.

Schnell noch ein Blick in den Stall. Auch hier kein Mensch, nur das Grunzen der Schweine und Brummen aus einem Nebenraum.

»Anita, bist du hier?«

Darin drei riesige, mit Kettenschlössern versperrte Tiefkühltruhen. Die vierte ist offen. Und leer. Eine komplette Sau hätte darin Platz.

Dort das Leben, da der Tod.

Dann ein Schuss. Aus dem Graben. Wieder! Diese ständige Knallerei hier. Ein Elend!

Und jetzt könnte sie wirklich Hilfe gebrauchen, die alte Huber. »Walter, steh mir bei!«

43 Rocky 1–6

»Brauneder, holen S' mir einen Kaffee.«

»Bring ich gern, Chef. Soll ich Ihr Tee-Häferl vorher auswaschen?«

»Nein, Sie können dieses G'schloder hier, das Sie Kaffee taufen, direkt draufschenken und dann wegschütten.«

»Soll ich die Schwestern fragen, ob sie einen neuen machen!«

»Sag, verstehen Sie mich schon wieder nicht! Sie sollen mir einen Kaffee holen und nicht bringen. Den doppelten Schwarzen aus dem Kronberger drüben!«

»Aber die Superzelle, Chef. Es schüttet!«

»Nichts gegen das Donnerwetter, das Sie gleich hier drinnen erwartet!«

»Natürlich. Chef. Ich bin froh, dass es Ihnen wieder besser geht. War ja Glück im Unglück!«

»Mein Gesicht ist verschwollen wie Rocky 1–6 zusammen, ich seh so gut wie nichts, was in Ihrem Fall ein Glück ist, hab vor lauter Davonlaufen und Hinfallen einen Nasenbeinbruch, Schürfwunden überall. Wo ist das Glück? Maximal ein Unglück im Unglück ist das, Brauneder.«

Wolfram Swoboda befindet sich offiziell im Krankenstand und inoffiziell im Einsatz. Von solchen Bürgern kann ein Beamtenstaat nur träumen. Auch wenn seine Energie keinem Pflichtgefühl, sondern purem Hass zu verdanken ist. Herumtelefonieren wird er gleich, bis ihm hier so viele Männer hergeschickt werden, dass dem Straubinger Pepi seine Pfeile ausgehen.

Ein Irrsinn waren sie, die letzten Stunden. Die Fieberschübe, die Spritze, Infusionen, diese Ewigkeit, bis endlich seine

Schmerzen weniger wurden. Die Wespenstiche hat man aufgehört zu zählen. Erbrechen musste er sich in einer Tour. Und endlich eingeschlafen und dann wieder aufgewacht, wer saß neben ihm? Lukas Brauneder.

»Mit einer Topfengolatsche?«

»Wie bitte?«

»Ob ich Ihnen zu Ihrem Kaffee eine Topfengolatsche mitbringen – nein, mitholen soll.«

»Wenn Sie nicht bei drei draußen sind, Brauneder, stehen Sie bei vier nicht mehr im Telefonbuch! Ich hab Schonkost, Sie Fetzenschädel. Und jetzt raus hier!«

Ein Unglück im Unglück im Unglück im Unglück ist das. Denn kaum trat Lukas Brauneder in sein Leben, kamen für Wolfram Swoboda auch die Appetitlosigkeit und Verstopfung, seine ständige Müdigkeit und schnelle Erschöpfung, seine hartnäckigen Blähungen.

»Was soll das sonst sein als eine allergische Reaktion auf dieses Hendl, das mir als Untersattler-Ersatz geschickt wurde! Dass die Weiber immer Kinder in die Welt setzen müssen, und dann sind die meisten ohnedies nur Idioten«, hat er seinem Hausarzt erklärt. »Irgendwann leben wir in gigantischen Bienenstöcken, das sag ich Ihnen. Die Drohnen der letzte Dreck!«

Und so wie es aussieht, entwickelt sich Wolfram Swoboda langsam selbst in diese Richtung.

»Sie sollten zukünftig Getreideprodukte komplett meiden, Roggen, Dinkel, Hafer, Weizen, Gerste …!«

»Ich darf kein Bier mehr trinken! Was in Teufels Namen …«

Zöliakie also.

»Oh Gott!«

»Wer spricht mit mir?«

»Das ist ja schrecklich, Kollege Swoboda! Sie sind doch Wolfram Volker Swoboda, oder hab ich mich in der Abteilung geirrt, Versuchslabor für Außerirdische.«

»Sehr lustig, Untersattler.«

»Na, dann hab ich vier Monate verschlafen und wir schon Ende Oktober. Halloween.«

»Ich dachte Sie fahren mit Ihrem Gschrappen zu Ihrer Mutter in die Stadt? Was machen Sie hier.«

»Mich schnell noch als Erbin einschleichen, bevor Sie sterben! Ich habe Ihnen Mon Chéri mitgebracht, da geht's schneller!«

Und wieder hat er Schmerzen im Gesicht. Aber vor Lachen. Tränen des Glücks. Sie hier.

»Ich weiß schon alles, Herr Kollege. Der Brauneder hat es mir erzählt?«

»Und warum bringen Sie mir dann eine Schachtel mit 15 Schnapskirschen und keinen Karton mit einem Straubinger-Schädel?«

»Weil es die Todesstrafe nur in so netten Ländern wie Iran, Nordkorea, Saudi-Arabien, USA gibt. Sogar für Unschuldige.«

Und da ist dieser Blick in ihrem Gesicht, den Wolfram Swoboda gar nicht mag. Seine Exfrau beherrschte ihn aus dem Effeff, wenn er schlecht eingeparkt hatte, die Erdäpfel schlampig abgeschält, den Klodeckel nicht hinaufgeklappt, die Schuhe nicht im Vorzimmer ausgezogen, die Zigarette schlecht ausgedämpft, die Bestecklade halb offen gelassen, eine Liste, unendlich lang wie die irrationalen Zahlen.

»Was soll das, Untersattler! Der Grubmüller Ulrich ist tot, der Grubmüller Adam verschwunden. Der Straubinger passt also perfekt. Wenn er und der alte Praxmoser fertig sind, werden alle potenziellen Erben beseitigt sein.«

»Probieren Sie das vielleicht einmal aus, Herr Kollege. Ein bisserl gendern.«

»Ich geh nicht einmal wandern.«

Er liebt es, wenn sie ihre rechte Augenbraue hochzieht, während die linke regungslos bleibt. Ach, Untersattler.

»Gibts nicht auch Erbinnen? Der Praxmoser hat doch zu seinem Sohn, dem Pepi, nie Kontakt gehabt, sehr wohl aber zu seiner Enkelin Helga. Vielleicht muss ja auch der Straubinger um sein Leben fürchten?«

»Was weiß man schon. Oder überhaupt.«

»Dass zwischen Schein und Sein, wie man an Ihrem Gesicht grad wunderbar sieht, oft ein gewaltiger Unterschied ist, Herr Kollege. Und nur, weil etwas scheinbar perfekt passt, muss es noch nicht richtig sein.«

»Na, da müssen Sie ja dank Ihrem Ehemann ganz besonders gut Bescheid wissen?«

Und so, wie Angelika Unterberger-Sattler nun dreinschaut und obendrein bedenklich an ihrer Schlagfertigkeit mangeln lässt, waren das wahre Worte. Im Gegensatz zu ihrer Antwort.

»Wir sind glücklich.«

Nachdenklich wirkt sie. Wenn das nicht seine Chance ist.

»Glücklich! Da würde der Pepi Straubinger drauf antworten: *Die größte Nachsicht mit einem Menschen entspringt aus der Verzweiflung an ihm.*«

»Der Straubinger sagt so kluge Sachen!«

»Die Marie von Ebner-Eschenbach!«

Und jetzt lächelt sie wieder.

»Na bitte. Eine Frau. Dass Sie überhaupt eine Frau zitieren, ist für Ihre Verhältnisse schon durchaus anerkennenswert.«

»Das weiß ich seit meiner Scheidung: Die Weiber soll Mann nie unterschätzen.«

»Wir sind eben die Klügeren!«, schmunzelt sie kurz, um dann ernst hinzuzufügen: »Und kein Mann muss uns unterschätzen. Das machen wir Frauen ja leider ohnedies ganz von allein.«

Kurz überlegt er, ob ja oder nein? Ob er ihr gleich zum Trost den nächsten Eschenbach unter die Nase reiben soll: *»Der Gescheitere gibt nach. Ein unsterbliches Wort. Es begründet die Weltherrschaft der Dummheit.«* Und lässt es bleiben. Kein Mann kastriert sich selbst. Schon gar nicht in Zeiten wie diesen. Was bliebe dann auch schon.

44 Das Heil

»Bis hierher und nicht weiter!«

So waren die Regeln. Nicht nur für die alte Huber.

Wie Torwächter hinein in den Hades greifen die Kronen mehrerer knorriger Sattelbuchen ineinander. Um die zwölf Meter hohe Riesen, die Stämme mehrfach gebogen, schlangenförmig gewachsen. Hexenbuchen. Hier beginnt der Pfad durch den Glaubenthaler Graben.

An die darin steckenden Pfeile kann sich die alte Huber jedenfalls nicht mehr erinnern, und wirklich einladender wird das Vorhaben dadurch natürlich nicht.

»Hilft ja nix!« Sie atmet tief durch. Mut ist Kopfsache.

Die Ladung frische Pferdeäpfel vor ihren Füßen wie ein Wegweiser.

Gemächlich beginnt es, links und rechts von den ansteigenden Waldhängen eingefasst. Kaum ein Regen dringt durch all das Blattwerk bis auf den Trampelpfad herab.

Und nach den ersten Schritten schon, den weichen Waldweg unter, die dichten Baumkronen über, diesen plötzlich von überall herauskriechenden regennassen Duft um sich, atmet sie ein wenig auf. Weiter und weiter vorangetrieben, während über den Wipfeln auch der Himmel unaufhörlich seine Kräfte zeigt, es in Strömen regnen und regnen lässt, donnert und blitzt. Kein Mensch verlässt bei solch einem Sauwetter freiwillig sein Haus.

Und hierher schon gar nicht. Unberührt scheint die Vegetation, prächtig hoch die Farne, flauschig dick die Moospolster, dazu die immer enger und steiler heranrückenden Waldhänge.

Für Hannelore Huber nur der eindrucksvolle Beweis ihrer Theorie, wie profitsüchtig und kurzsichtig es ist, Natur schützen zu wollen und sie als Naturschutzgebiet zu beschildern. Was soll das bringen außer Mautgebühren, Werbeaufträgen und Halbschuhtouristen mit Plastiksackerl samt Dosenbier. Ohne Sorge um etwas, keine Sorge für etwas. Ein ganzer Packen düstere Legenden gehört her, dem Wald wieder sein Grauen zurück und der menschlichen Vernunft Angst und Schrecken spendiert statt Black-Friday und Cyber-Monday, das schützt die Natur. Weil ohne volle Hosen passt so ein Erdling auf gar nichts auf.

So einfach ist das.

Und so sagenhaft, ja schaurig schön ist es hier. Offensichtlich gut für den Darm. Denn die Häufigkeit der immer wieder auf den Weg gepurzelten Pferdeäpfel deutet auf eine gar magische Verdauung hin. Als hätten Hänsel und Gretel ihre Brotkrümel gestreut. Tante Lotte also kann sich auf ihre alten Tage glücklich schätzen. Doch so idyllisch das hier auch alles sein mag, will sich bei Hannelore Huber doch kein Funken Romantik einstellen. Schließlich sah sich Oberförster Hildebrand kürzlich zu folgendem Rundschreiben verpflichtet:

THEMA BÄR
Bitte um Verständigung, sollten Sie auf folgende Spuren stoßen:
- *wollige, widerstandsfähige Haare mit leicht wellenartiger Struktur (Länge ca. 7–12 cm)*
- *ganzsohlige Trittsiegel mit 5 Zehen und etwa 8 Zentimeter langen Krallen*
- *parallel verlaufende Krallenspuren auf Baumstämmen*

- *ausgehobene große Steine, umgegrabene modrige Baumstöcke, zerstörte Bienenstöcke und Wespennester*
- *gerissene Haus- und Nutztiere*
- *an Pferdeäpfel erinnernder Kot. Mögliche Färbungen: blau-schwarz (Heidelbeeren, Gras, usw.); braun (Obst); dunkelgrün (Blätter und Gras), grau (Fleisch)*

Vollkommener als dieses Viertel könnte ein Bär sich seine vier Wände gar nicht ausstatten lassen. Dusche inklusive. Ja, und weil der Petzi anders als ein Katzerl dem Wasser äußerst wohlgesonnen ist, legt die alte Huber jetzt gehörig an Tempo zu. So ein verirrter Grizzly kann ihr zu all dem ohnedies schon stattfindenden Übel nämlich gut und gern gestohlen bleiben. Da kommt dann natürlich die engste Stelle des Glaubenthaler Grabens zur Unzeit.

Wie eine Gejagte fühlt sie sich, mittlerweile von innen mehr durchnässt, als ihr der Regen von außen wahrscheinlich anhaben könnte, die alte Huber, und wenn sich da überhaupt von hinten so eine Pranke nähert. Sie würde es nicht hören. Denn da sind keine Bäume mehr. Nur noch zwei fast vertikale, von Spalten durchzogene Felswände, eine links, die andere rechts, säumen den nun steinig gewordenen Weg. Der Starkregen hat freien Fall, Teile der Strecke bereits in einen Bach verwandelt, sein Prasseln nur noch ein schallendes Rauschen. Hin und wieder verbreitert sich der dahinschlängelnde Pfad, als hätte eine Python ein Kalb verschluckt, jede Kurve also für eine Überraschung gut, und zwischendurch ein dampfender Riss nach dem anderen.

»Zurück nehm ich mir ein Taxi!«, flucht die alte Huber, diesen stechend üblen Schwefelgeruch in der Nase.

In Baden bei Wien sollen sich einst die aussätzigen Hunde

eines Ritters täglich in die Tiefen des Waldes verdrückt haben, um kurz darauf zwar nach Schwefel stinkend, aber gesund zurückzukehren. Ein paar Knechte gingen den Viecherln hinterher, fanden die Quellen, und zack: heut ein Thermalbad.

Hier in Glaubenthal aber fürchtet man sich immer noch, verdammt lieber den alten Praxmoser für das geschlossene Sägewerk, anstatt den hier in seinen Felsritzen wohnenden Teufel an den Hörnern zu packen.

»Vertrottelt ist das!« Der guten Hannelore wird der ganze Spaß hier langsam zu mühselig. Sie muss doch bald da sein. »Z'aus könnt ich jetzt hocken und den *Moby Dick* lesen! Aber nein, im Regen renn ich herum wie ein …!«

Um eine Kurve geht es.

Und stopp.

»Ja, Tante Lotte!«

Majestätisch fast steht die Praxmoser-Stute vorm Regen unter einer überhängenden Felswand geschützt. Hinter ihr ein breiter Riss hinein in den Berg. Direkt erleichtert ist sie jetzt, die alte Huber. Nicht mehr allein.

»Meine Güte! Schön, dich zu sehen!«

Tief und ruhig der Kopf des Pferdes. Die Augenlider halb geschlossen, grüßt sie mit einem Gähnen zurück! Entspannter geht es kaum.

»Gutes Tier!«, stellt sich die alte Huber zur ihr. »Hier ist es fein. Recht hast!« Ein ruhiges, lang gezogenes Schnauben als Antwort.

Sie zu streicheln lässt die gute Hannelore aus Respekt bleiben. Liebe eben. Das hat sie nämlich hinter sich: Tieren, nur weil sie nicht Nein sagen können, unbedingt eine Berührung oder selbstsüchtige Zärtlichkeit aufzwingen zu müssen. Will sie ja schließlich auch selber nicht, einfach angetatscht werden.

»Und wo ist jetzt der Severin?«

Und leider ist dieser mannshohe Riss hinein in den Berg viel zu einladend, um nicht auf Ideen zu kommen.

»Severin?«

Dunkel ist es. Und doch für eine Höhle nicht finster genug.

»Kann ich dich sprechen?«

Keine Antwort. Und doch kommt es der alten Huber so vor, Musik zu vernehmen. Dazu ein Schluchzen. »Pepi! Pepi!«

Einfach nur stehen bleiben.

Warten. Bis ihre Augen aus dem verschwommenen Gemenge an Eindrücken ein Ganzes werden lassen.

Es ist kein großer Raum, aus dessen Mitte heraus es funkelt, glitzert, plätschert. Das Licht eines dieser Wischtelefone, wie es auch die hypnotisierte Menschheit eines Tages von der Erde wegfegen wird, wischwisch, verbreitet einen matten orangen Schimmer, zeigt den gelben Regenmantel des Severin Praxmoser. Abgelegt. Darauf sein Hut und seine Billard-Bent-Pfeife.

Alles Weitere aber kann die alte Huber nicht sofort zuordnen. Weder diesen weißen Wollhaufen noch diese seltsame hautfarbene Kopfbedeckung und schon gar nicht den vor einer kleinen, dampfenden Wasserlache kauernden Menschen. Nur dessen Rücken sieht sie.

Das schwarze Trägerleibchen. Den sehnigen Oberkörper. Durchgebeutelt vor lauter Tränen. Die Hände dabei wie Schöpfkellen, auf und ab, auf und ab. Wasser, um den Schmerz von sich zu waschen. Heilquelle.

»Hallo?«

Doch wie versunken geht es weiter. Wasserschöpfen. Immer ins Gesicht. Zwischendurch ein Aufschrei, laut, hoch, Wut, Verzweiflung, viel zu hoch für einen Mann.

Draußen Tante Lotte. Ihr Wiehern.

»Hallo?«, wird nun auch die alte Huber laut.

Und schlagartig kehrt Stille ein. Nur die leise Musik. Der Griff an die Ohren, das Entnehmen der Kopfhörer. Das langsame Umdrehen. Der Blick. Das ungläubige Flüstern: »Frau Huber?«

Sie braucht ein Weilchen, um ihr Gegenüber zu erkennen, die mit einem Netz nach hinten fixierten, nassen Haare. Die weißen Flecken. Und was die gute Hannelore nun zu Gesicht bekommt, ist die Wahrheit und nichts als die Wahrheit. Ungeschminkt.

45 Der Schmetterling

»Nein, nein. Bitte nicht!«

Nur noch Panik. Angst. Blinde Verzweiflung.

Helga Grubmüller lässt fast alles liegen, greift nach ihrem Telefon, stolpert ins Freie, lässt sogar Tante Lotte stehen. Nur noch davon. Der gelbe Regenmantel von ihren Beinen ein Stück mitgezerrt, der weiße Wollhaufen, nun ausgebreitet, als Bart erkennbar, die hautfarbene Kopfbedeckung eine Perücke.

Eine haarlose Perücke.

»Helga!«, ruft ihr die alte Huber noch hinterher, hört ihr »Nein, nein, was mach ich jetzt, was mach ich jetzt …«.

»Helga, bitte, so warte doch! Es bringt doch nichts. Davonzulaufen!«

Das Pferd nervös, der Kopf hochgestreckt, ein Tänzeln.

»Brrr, Lotte. Brav, brav!«

Sportarten gibt es, diese auszuüben ist ab einem gewissen Alter ähnlich schlau, wie einen Zweijährigen Fallschirmspringen zu lassen.

Gut, manches ist in den Augen der alten Huber sowieso immer grenzdebil. Paragleiten zum Beispiel. Wer sich da auf einem Hochspannungsmast ungünstig einschwingt, auf Maibäumen aufspießt, zufällig in den Kampfhundezwinger eines Neonazis purzelt oder als Nichtschwimmer einen Baggersee erwischt, um den ist's nicht schad.

»Na dann los, Lotte. Aber langsam!«

Kurzum: »Reiten muss ich wirklich nicht mehr!«, hat die alte Huber schon vor zehn Jahren beschlossen. Und jetzt das.

Was bleibt ihr auch andres übrig. Ihren Gehstock als Gerte getragen, unbenutzt natürlich.

»Langsam, Lotte, bitte, langsam!« Nein, klug ist das nicht.

Wobei: Sie kann es noch, muss zwar gewaltig aufpassen, die etwas zu langen Steigbügel nicht zu verlieren, und auch den Oberschenkeldruck betreffend gab es Zeiten, da war dieser Oberschenkeldruck sogar für das Pferd als Druck erkennbar. Ansonsten aber sitzt die alte Huber recht passabel im Sattel, selbstbewusst sogar. Kein Wunder.

Sogar Springreiten hat sie betrieben, die gute Hannelore, sich auf ihrem damaligen Haflinger Eukalyptus – der leider schon so gerufen wurde, wie ihm als Dreijähriger sein Herr, der alte Hammerschmied, weggestorben ist – zwar nur stets vor dem gleichen Baumstamm mit demselben Herzklopfen aus dem Sattel gedrückt, lachhaft eigentlich, aber das Gefühl nach dem Abheben und vor der Landung war jedes Mal, als würde sie für drei Sekunden federleicht dem Himmel näher sein als dieser Erde – und richtig geflogen ist sie bis heute nicht. Aber wer weiß.

Schrill der Pfiff.

Lang gezogen.

Severin Praxmoser verlangt nach seinem Pferd.

Tante Lotte also spitzt die Ohren, schwingt ihre Hufe, und hätte die alte Huber den Glauben, ein Stoßgebet könnte nützlich sein, würde sie jetzt wohl den Rosenkranz anstimmen.

»Ja spinnst. Brrr! Halt!« Alles versucht sie, zieht an den Zügeln, so stark sie kann. Doch keine Chance. Wenn der Mechanismus stimmt, dreht auf Kommando eben nicht nur der Mensch, sondern sogar ein Tier das Hirn komplett ab, wird zum geistlosen Wesen, jedem Befehl hörig, und sei er noch so bestialisch.

Und die alte Huber kämpft ums Überleben.

Nur nicht fallen. Nur nicht fallen. Ist in ihrem Alter ja ohnedies schon zu Fuß mit 4 km/h kein Spaß, aber hoch zu Ross im fliegenden Galopp.

Und gewiss gab es Zeiten, da war der guten Hannelore durchaus bewusst, um wie viel leichter als das Traben der Galopp wird – wenn man's kann. Und sie bemüht sich. Möglicherweise sieht sie ja aus weiter Ferne, mit ihrem transparenten Regenponcho, dem darunter so verschwommen, ja direkt elegant herausschimmernden lila Arbeitskittel-Kleid mit rot-grünem Blumenmuster, dem flatternden Kopftuch und Gummistiefeln ein wenig aus wie die englische Königin. Nur nutzt ihr das leider wenig.

Zügig rücken die Felswände zu beiden Seiten immer weiter auseinander, setzt wieder Wald ein, wenn auch nur für ein kurzes Stück, denn nicht weit entfernt schimmert bereits der Holzturm des einstigen Sägewerks Königsdorfer durch die Äste.

Dann geht es hinaus, direkt auf den Anlieferungsplatz.

Sie war erst einmal hier. Vor fünf Jahren. Als die Gedenkstätte der an dieser Stelle ums Leben gekommenen Waltraud Königsdorfer enthüllt wurde.

Und Tante Lotte beschleunigt, wodurch der alten Huber noch Übleres schwant, als sie ohnedies grad erleben muss. Der immer noch herabfallende Regen hat jetzt schon ganze Arbeit geleistet und zwischen all den vielen ungeordnet herumliegenden Baumstämmen kleine Becken angelegt.

Und mittendurch läuft sie: das jüngste Mitglied der Familie Grubmüller.

»So warte doch!«

Helga dreht sich um. Zu ihrer Verzweiflung hat sich Zorn gemischt, Verbitterung: »Geh weg von mir, von hier, geh einfach weg!«

»Helga. Ich bitte dich!«

»Warum bist du nicht einfach zu Hause geblieben, Frau Huber? Warum? Du hättest nicht herkommen dürfen. Niemals, niemals!«, bricht ihr die Stimme weg.

Und Tante Lotte läuft und läuft. Immer näher kommen all die lose liegenden Stämme, die Pfützen.

Ein »Halt, Lotte, halt!« ringt sich die gute Hannelore noch ab, krallt sich an der Mähne fest: »Ich fleh dich an!«

Und diese Bitte wirkt.

»Steh!«, kommt es mit lautem, strengem Wort aus Helgas Mund, das »E« lang gezogen, fast wie ein »Ö«, so als würde die Grubmüller Anita nach ihrer Tochter rufen: »Hööööl!«

Und tatsächlich.

Ob es jetzt ein Meter oder drei oder fünf vor dem ersten zu überspringenden Baumstamm sind, ist belanglos, Hauptsache, Tante Lotte hält an.

»Meine Güte, Helga!«, steigt die alte Huber nun behäbig ab, und zu behaupten, die bereits eingenommene Stadlmüller-Schmerztablette könnte sich um alles kümmern, wäre gelogen. Die Arme, die Hände, die Oberschenkel; den Nacken, den Rücken, den Hintern. Alles spürt sie.

Und das Herz.

In vielerlei Hinsicht.

»Helga, ich weiß nicht, was da Schreckliches vor sich geht, aber ich versprech dir so gut ich kann zu helfen!«

»Niemand kann mir helfen, niemand! Und auch dir nicht, wenn du nicht gehst!«, führt sie ihre rechte Hand an die Lippen. Und da ist er wieder. Dieser lang gezogene, schrille Pfiff des Severin Praxmoser, nur eben aus Helgas Mund.

So stark wirkt dieses Mädchen, wie es sich nun in Tante Lottes Sattel hochzieht, so erhaben. Pippi Langstrumpf auf ihrem Kleinen Onkel. Und doch rutschen ihr die Füße aus den glitschigen Steigeisen, kommt all ihre Kraftlosigkeit zum Vorschein, ungeschminkt. Kein Make-up, kein Puder. Nichts. Nur ihr offenes Gesicht. Die neben ihrem Nasenrücken wie die Flügel eines Schmetterlings sich ausbreitenden weißen Flecken, bis hinauf zum Haaransatz ziehen sie sich, dort, wo für gewöhnlich die Jerseymütze sitzt, wie ihre zweite Haut. Dazu die Spuren der Gewalt, der Schläge.

»Helga, jeder kann dir helfen, und zuallererst du!«

»Lauf weg, Frau Huber! Bitte. Ich weiß nicht, was sonst als Nächstes passiert.«

»Ach, mein Kind!«, zwingt sich die gute Hannelore ein Lächeln auf. »Jetzt bin ich doch grad erst angekommen! Außerdem lauf ich doch nicht mehr weg, in meinem Alter. Wo soll das denn auch schon groß hinführen.«

Der Himmel zeigt kein Erbarmen. Entleert sich weiter und weiter. Darunter zwei, die im Regen stehen und beide nicht recht wissen wohin.

»Du kannst doch reden mit mir, Helga. Was ist denn da los und vor allem warum?« Und mehr als die nun folgende Antwort braucht die alte Huber gar nicht zu hören, um zu wissen, in welch fast aussichtsloser Lage dieses Mädchen steckt. Worte, die ein Gefühl vermitteln sollen. Von Generation zu Generation zu Generation frisst es sich wie ein Parasit so lange durch seinen Wirt, bis dieser stirbt.

»Es passiert alles nur meinetwegen!«

»Deinetwegen? All die Toten?«

Schuld. Eine Wertanlage, die erst durch den Wertverlust des anderen Gewinn bringt.

Schuld. Eine Überweisung mit dem Ziel, aus dem Haben ein Soll werden zu lassen.

Schuld. Ein dunkler, schwerer Barren ohne Glanz in dem Schließfach eines Lebens. Und niemals wurde dieses Leben je gefragt, als Bank zur Verfügung stehen zu wollen.

Jede Währung erlaubt. Die Möglichkeiten schier unendlich.

Das Räuspern, Kopfschütteln, Naserümpfen,

Getuschel, Köpfe-Zusammenstecken, Moralisieren,

Ausformulieren irgendwelcher Erwartungen, Kundgeben der eigenen Enttäuschung, die Bestrafung durch Schweigen und rohe Gewalt.

»Wenn du einmal Menschen in deiner Umgebung hast, Hannerl, meistens in deiner Familie, die für ihre eigene Kraft deine Schwäche brauchen, die dich nur mit ihrer Anwesenheit schon zu Boden drücken, wie Ringkämpfer, dann schau, dass du davonkommst, so schnell es geht!« Er war ein guter Mensch, ihr Vater.

»Helga, wirf d…!«

»Verstehst du denn nicht!«, unterbricht Helga Grubmüller, greift dabei in ihre Hosentasche, führt neuerlich ihre Hand an den Mund, lässt mit nur noch schwachem Atem die fallende große, die aufsteigende kleine Terz und anschließende kleine Sekunde über den Rundplatz des Sägewerks erklingen, Ennio Morricone, das *Lied vom Tod,* schleudert die Mundharmonika in hohem Bogen Richtung Turm und reitet davon.

»Wirf doch dein Leben nicht weg, was hast du sonst auch!«, flüstert ihr die alte Huber noch hinterher.

Dann sieht sie ihn.

Severin Praxmoser.

46 Die Auferstehung

Die Scheibenwischer laufen auf Hochtouren.

»Ein Wunder ist das!« Franz Schuster strahlt vor Glück, dankbar, einfach nur heilfroh.

»Was ist ein Wunder, Papa?«

»Dass wir gleich zu Hause sind, alle zusammen im Auto sitzen und die Mama die letzte halbe Stunde nicht ständig gesagt hat: nicht so weit rechts! Fahr nicht so eng auf! Zurückschalten, sonst stirbt dir der Wagen ab! Schau doch in den Rückspiegel vorm Spurwechsel! Warum nimmst du den Vierten, wenn doch der Fünfte auch längst geht!«

»Ja: weil die Mama selber fährt!«

Ist das nicht herrlich, in der Familie miteinander zu lachen. Viel zu selten schaffen sie das, Franz, Rosi, Hannah, Tobi. Viel zu selten schafft er das. Franz Schuster muss einiges an sich ändern, und er weiß es. So wie seine Rosi an sich. Und auch sie weiß es.

»Wir steigen gleich aus, kannst du auftreten, oder tut's arg weh, Franzl?«

»Was soll mir wehtun, wenn du an meiner Seite bist, Rosi!«

»Jetzt wird's peinlich, Schusterbauer!«

»Red g'scheit, Hannah!«, blickt er lachend in den Rückspiegel. Und natürlich sieht er es nun wieder. Wie schon im Spital, beim Abholen, und jetzt eben während der Heimfahrt. Zeit, sie darauf anzusprechen. Die Gelegenheit zu nutzen. Vorsichtig.

»Und dir, Hannah! Tut's dir auch weh?«

»Was soll mir wehtun?«

»Die Nase! Oder ist sie immer noch betäubt. Hat dir das Loch wenigstens der Doktor Stadlmüller gestochen?«

»Nur vom Müller die Nadel.«

»Welcher Müller?«

»Na, der aus dem Einkaufszentrum, wo die Mama immer deine Weihnachtsgeschenke umtauschen geht.«

Er liebt sie. Einfach alle, den ganzen Haufen. Auch wenn sich seine Tochter, kaum war er weg, quasi über Nacht ihr erstes Piercing verpasst hat.

»Du wirst jedenfalls einen Zinken bekommen wie der Karl Malden in den Straßen von San Francisco!«

»Wer bitte soll das sein?«

»Jedenfalls passt es dir sehr gut, vielleicht gibt dir deine Mutter einen ihrer wunderschönen Weißgold-Saphir-Ohrstecker. Vielleicht sogar beide. Oder, Rosi?«

Kurz wird es ruhig. Hannah glaubt, sie hört nicht recht, Lob von ihrem Vater. Ja, und seine Rosi dreht freiwillig das Radio auf, sogar auf seine bevorzugte Lautstärke, was immer ein Zeichen ihres Wohlwollens und somit schlechten Gewissens ist.

Eine Hand wandert liebevoll von der Fahrerseite auf seinen Oberschenkel, erinnert ihn an längst vergangene Zeiten, ist aber leider anders gemeint. Fest krallen sich ihre Finger fest:

»Dort, Franzl! Siehst du das?«

»Was meinst du?«

Rosi Schuster bremst sich ein, biegt in einen Feldweg, die Kinder schreien auf vor Schreck, und jetzt muss sich auch Franz Schuster einbremsen:

»Nicht so weit rechts!«

Und es kommt noch schlimmer, denn Rosi Schuster wechselt die Fahrbahn. Direkt in die gemähte Futterwiese.

»Mama, was machst du!«

»Zurückschalten, sonst stirbt mir der Wagen ab!«, gibt sie zuerst Gas, deutet um sich: »Warst du über Nacht aus dem Spital heraußen, um noch schnell die fertige Arbeit zu erledigen, oder wo kommen die Siloballen her? Das ist doch unsere Folie«, dann bremst sie sich ein.

Und keine einzige der Schusterbäuerinnen bringt ein weiteres Wort zustande.

Bereits aus der Ferne ist das Grauen zu erkennen.

»Ihr bleibt sitzen!«, steigt Franz Schuster nun trotz Gips in den strömenden Regen aus, gefolgt von Tobias »Ich begleit dich, Papa!«

Und je näher die beiden kommen, desto deutlicher erkennbar die in dem Ballen steckenden Pfeile und die so seltsame Verformung der straff um das Gras gewickelten Plastikfolie. Eine Auswölbung, um genau zu sein.

Wie ein antikes Relief auf weißem Marmor.

Das Ei Außerirdischer samt schlüpfender Kreatur.

Jugendverbot. Nicht nur weil nackter Adonis, sondern blanker Horror. Die statur- und ausstattungstechnisch eindeutig als nackt identifizierbare Männergestalt ist durch die Spannkraft der Folie deutlich erschlankt.

Bodywrapping sozusagen. Von Frischhaltefolie allerdings keine Spur. Bizarr die Körperhaltung. Arme, Hände, Beine, Füße, im Grunde ist alles in jede nur erdenkliche Richtung gegen die vorgesehene Gelenksbewegung verrenkt, weiß umhüllt. Nur eines der Beine hebt sich deutlich ab.

»Das ist ein Gips bei dir, Papa!«, wirkt Tobias ziemlich gelassen, zückt sein Handy und fotografiert. Alles halb so schlimm. Irgendwann macht sich ein freier Internetzugang eben doch bezahlt. Und auch für jedes Museum of Modern Art wäre dieses Exponat natürlich ein Fressen. Rein äußerlich betrachtet natürlich. Denn wie es unter der Folie aussieht, will man eigentlich gar nicht wissen.

»Adam. Dass muss Adam sein!«, bringt Franz Schuster kaum ein Wort heraus.

Tobi Schuster hingegen zückt sein Taschenmesser.

»Soll ich ihn rausschneiden, Papa?«

»Niiicht!«, ist aus dem Auto Hannahs Kreischen zu vernehmen.

»Ruf die Polizei an, Rosi!«

Rosi Schuster aber ist längst ausgestiegen, tritt ein Stück zur Seite, ihre Hände auf die Knie gestützt und muss sich übergeben.

»Aber Rosi!«

»Nicht die Polizei!«, kommt es forsch retour, »steig ein!«

Kein Wort wird während der Weiterfahrt zuerst mit einander gesprochen.

Nur telefoniert wird. Von Rosi.

Und Nerven hat die Gute.

»Du rufst nicht die Polizei an, aber dafür die Hälfte deiner Patchworkdamen!«, versteht Franz Schuster die Welt nicht mehr und erhält nur ein forsches »Gst« als Antwort.

»Geht auf eure Zimmer!«, lautet zu Hause der mütterliche Befehl.

»Und du, komm!«, geht Rosi ins Schlafzimmer voran. »Setz dich aufs Bett und wart!«, verschwindet im Badezimmer, und als sich die Tür wieder öffnet, traut Franz Schuster seinen Augen nicht: vor ihm der genau an den richtigen Stellen üppig geformte weibliche Körper, die weiße Leggings, die getigerte offene Bluse, darunter der schwarzer Büstenhalter, das lange, dauergewellte Haar: »Also wenn ich's nicht besser wüsst, Rosi, würd ich jetzt sagen, die Uschi ist auferstanden!«

7
Auf fremden Pfaden

47 Der Turm

Als hätte der Herbst seine Blätter über das Land verstreut, treiben Rindenstücke und Späne an der Oberfläche, verschwimmen ineinander, so wie die Pfützen selbst.

Wadenhoch steht bereits das Wasser, lässt die Gedenkstätte der Waltraud Königsdorfer herausragen, wie eine der vielen schwimmenden Navigationsbojen auf offener See.

Und auch der guten Hannelore weist sie nun die Richtung, vorbei an einer wie weggeworfen auf einem Haufen Brennholz liegenden kurzen, dreiläufigen Schrotflinte. Viel Fantasie braucht es da nicht, um an Adam Grubmüller zu denken. Was war geschehen?

Doch sie geht weiter, direkt auf den Turm zu, unbeirrt. Das immer wieder über den Gummistiefelschaft schwappende Wasser stört sie nicht mehr, der von allen Seiten durchnässte Körper, die schon schrumpeligen Hände, egal. Ihre Aufmerksamkeit ist nur nach vorn gerichtet. Auf ihn.

An die unterste Stammreihe gelehnt, sitzt er in einer Pfütze, den Kopf leicht herabhängend, zwischen seinen Beinen das Jagdgewehr. Und kein Mensch sollte Derartiges je zu Gesicht bekommen, denn ein solches ist nicht mehr vorhanden.

Auf ihren Gehstock muss sich die alte Huber stützen, zu keiner Regung fähig, weder innerlich noch äußerlich, ihre Aufmerksamkeit fast willenlos ausschließlich dorthin gerichtet, wo einst Nase, Augen, Mund zu finden waren.

Nichts mehr davon übrig.

Nur noch die Umrandung. Der kahle Schädel, die Ohren, der vom Kinn hängende Vollbart. Und mittendrin diese klaffende Wunde.

Severin Praxmoser.

Die alte Huber braucht eine Weile, um wieder zu Sinnen zu kommen, Gedanken fassen zu können.

Wie wesenslos ein Mensch gleich wirkt, ohne Gesicht. Nun ist er es also tatsächlich geworden: Severin, der Mann ohne Eigenschaften.

Starr sieht er aus. Zu starr.

Und zu sauber. Seine so großflächige Wunde wie abgehangenes Fleisch. Kein herausdrängendes Gehirn, kein Blutbad. Unmöglich. Von einer seltsamen Abgeklärtheit ergriffen, berührt die alte Huber seine Hand, »kalt«, greift ihm weiter auf seine Glatze, »viel zu kalt«. Eisig fast. Und rundum der warme, so wild herabstürzende Regen. Da reicht der guten Hannelore ihr Hausverstand, um sich die Frage gleich selbst zu beantworten, wie weit der Körper eines Toten wohl abkühlt. Unter die Umgebungstemperatur wohl kaum. Obendrein so weit. Von Leichenstarre kann da wohl keine Rede mehr sein. Schon gar nicht in Erinnerung an die offene Tiefkühltruhe neben der Grubmüller-Stallung. Eingefroren, hergebracht. Der Regen würde ihn auftauen, ihn bluten lassen. Seine Selbstjustiz nach all den Morden. Wer sollte ihn hier, nach all den Taten, schon obduzieren. Weggepackt, eingegraben, fertig.

Doch wie lang ist er schon tot? War alles nur Theater? Perfekt inszeniert. War es bereits Helga, die in dieser Nacht vor Schulschluss, als der alten Huber das Stöhnen und der Schuss aus dem Maisfeld zu Ohren kamen, Tante Lotte zu sich pfiff? War sie es, die vom Waldrand aus auf diesem Pferd als Severin Praxmoser das Sommerfest störte? Hat sie Johann Grubmüller in die Jauchegrube gestoßen?

»Was ist mit dir wirklich geschehen, Severin?«, fragt sich die alte Huber.

Und auch jetzt kommt ihr dazu derselbe Gedanke wie während der Einweihungszeremonie dieses Denkmals.

Erinnerungen sind wie nie vergessene Geliebte. Nicht an Zeit, sondern Raum gebunden, an Duft, Geschmack. An Ewigkeit.

»Es gibt keine Ausrede für die freiwillig gewählte Wehrlosigkeit. Keine einzige!«, flüstert sie.

Hier stand sie also vor fünf Jahren, die gute Hannelore, erfüllt von dem Vorhaben, für sich selbst als Frau stärker eintreten zu wollen, in ihrer Ehe nicht weiter abzuducken und die Verantwortung dafür auf Walter zu schieben. Und so richtig sich das alles damals auch angefühlt haben mag, halbwegs gelungen ist es ihr trotzdem erst nach seinem Tod.

Ein leeres Wespennest treibt neben ihr durch dieses mittlerweile große Gewässer, unweit davon ein Holzpfeil. Pepi Straubinger kommt ihr in den Sinn, direkt hören kann sie ihn, wie er in seinem Schulbus, trotz der Trauer um seine Halbschwester Uschi, die Kinder mit all seiner von Herzen kommenden Liebe verabschiedet: »Ihr elenden Rotzpipn und Rotzpipinnen, Zwerge und Zwerginnen, entsetzliche Ferien wünsch ich euch …!«, dazu Connie Froboess natürlich, als würde sie dieser Düsternis hier ein wenig Sonne verleihen wollen:

Pack die Badehose ein, nimm dein kleines Schwesterlein
Und dann nischt wie raus nach Wannsee
Ja, wir radeln wie der Wind durch den Grunewald geschwind
Und dann sind wir bald am Wannsee

Und der alten Huber wird ganz anders.

»Schwesterlein?«, flüstert sie.

Die Bilder der Klosterschwester Katharina sieht sie vor sich, die weiße Tracht, auch in ihrem Gesicht diese so blassen Flecken, und doch sind sie wie ein Brandmal. Daneben Anita. Ja, und mittendrin:

Helga Grubmüller.

Und jetzt hat sie es eilig, nimmt die nächstmögliche Gelegenheit wahr, um an Schreibzeug zu gelangen, legt den Poncho zur Seite, tupft ihre nassen Hände mit einem Geschirrtuch ab. Wenigstens trocken ist es hier, kein Niederschlag, außer auf dem betagten Festnetztelefon:

»Ein Dreck ist das!«, schmettert sie den Hörer auf die tatsächlich noch vorhandene Gabel zurück. Tot. Wie eben auch das Sägewerk. Die Polizei muss also warten.

Lang will sie hier ja ohnedies nicht bleiben.

Soll jeder so hausen, wie er will, warum Severin Praxmoser aber allein gelebt hat, erklärt sich in seiner gnadenlos dekorationsbefreiten Unterkunft von selbst. Kälte empfindet sie hier, die alte Huber, nicht allein der frei stehenden Tiefkühltruhe und beiden Kühlschränke wegen. Beide für einen längeren Zeitraum gut mit Lebensmitteln ausgestattet. Hier will sich jemand sichtlich seine Mitmenschen ersparen und jedes Klimbim obendrein. Nicht einmal Vorhänge, Tischdecken, Polster, die Wände kahl, das Licht nackte Glühbirnen. Keinen seiner gewiss unzähligen Pokale diverser Schießmeisterschaften hat er sich aufgestellt. Nur die Jagdgewehre stehen in einer gläsernen Vitrine. Das einzige nach Wärme und Heimeligkeit Anmutende sind ein Ohrensessel mit passendem Hocker, Stehlampe und das hoffnungslos überfüllte Bücherregal. Zweireihig stehen sie schon, in jede Ritze hineingepresst. Severin Praxmosers Weg in die Freiheit.

Auf der Lehne des Sessels das wohl letzte gelesene Buch.

Karl May. *Auf fremden Pfaden.*

»Na, das passt ja!«, lässt sie die Seiten von hinten nach vorne durch ihre Finger gleiten, bis zum Inhaltsverzeichnis. Eine Anthologie also. Mehrere Geschichten, darunter:

»Gott lässt sich nicht spotten!«

»Wird ja immer besser!«, legt sie das Buch zurück. »Weil deinetwegen sind wir hier!«, und setzt sich zu Tisch.

Lang braucht es nicht, denn der Kugelschreiber in ihrer Hand bewegt sich schnell. Als dürfte er ein Kreuzworträtsel lösen. Zügig trägt sie, wie schon im Bus, Namen für Namen auf ein leeres Blatt Papier. Diesmal aber sieht die Sache anders aus.

Völlig anders.

Und auch draußen im Sägewerk ändern sich die Umstände nun gewaltig.

Dröhnend laut der einsetzende Lärm.

»Es geht los.« Hannelore Huber streift ihren Regenponcho erst gar nicht über und verlässt das Nebengebäude. Nass zu werden ist jetzt wohl ihr geringstes Problem. Deutlich mehr Grund zur Sorge macht da schon ihre Gelassenheit. Das Fehlen jeglicher Todesangst, jedes Fluchtinstinktes.

Ungesund.

Denn mit einem gewaltigen Brummen kommt nun alles in Fahrt, erhellen die Flutlichter diesen so düsteren Nachmittag, lassen in scharfen Linien den herabfallenden Regen sichtbarer werden.

Die Hauptsteuerung wurde aktiviert. Alles, was eigenständig arbeiten kann, nimmt wie von Geisterhand den Betrieb auf, treibt Stämme durch die Entrindungsanlage, zieht den Bäumen ihre Haut ab, lässt trotz des schweren Regens die Borke durch die Luft wirbeln, als würden Daunenbetten über Fenstern ausgeschüttelt. Krachend landen die nackten Rundhölzer auf ihren Stapeln. Gattersägen, Kreissägen geben ein bedrohliches Kreischen von sich, die Profilzerspaner-Anlage frisst sich voran, Schnittholzsortierung, Paketier- und Stapelanlage, die Trockenkammern, alles lebt.

Der Lärm unbändig. Wie eine Warnung.

Brüllt der alten Huber wortlos entgegen. Verschwind!

Doch die gute Hannelore hat natürlich ihren eigenen Kopf, geht ruhigen Schrittes Richtung Flutlicht, gibt sich dabei ganz dem immer noch so warmen Regen hin. Längst reichen ihr die Pfützen über den Schaft der Gummistiefel. Tümpel eigentlich. In Windesweile, wenn das Tief vorüber ist, wird hier alles übersäht sein mit Gelsenlarven. Stechmücken. Wie die alte Huber kürzlich aus ihrem Radio erfahren durfte, noch vor dem Menschen die tödlichsten Tiere dieser Welt. Andernorts. Aber was nicht ist, kann ja auch hierzulande noch werden.

Aktuell jedoch ist es nicht die Zeit zu sterben. Schon gar nicht heute.

In etwa dort, wo der imaginäre Mittelkreis dieser Arena wäre, der Punkt des Anstoßes, bleibt sie nun stehen. In Erwartung jener Dinge, die da wohl kommen werden, höchstwahrscheinlich aus einem der bereits knirschenden Lautsprecher.

Die Nässe lässt ihr lila Arbeitskittelkleid mit rot-grünem Blumenmuster, vom Flutlicht bestrahlt, funkeln wie eine Wasserblume, Seerose.

Und es dauert, knistert aus den Lautsprechern, rauscht, Atemzüge vielleicht. Irgendjemand scheint hinter einem Mikrofon zu sitzen, zu warten, zu überlegen, dann zu fluchen, leise, und es wieder abzuschalten.

Das kann sie auch, die alte Huber, denn wie gesagt: Mit dem Weglaufen ist es auf ihre alten Tage einfach vorbei. Wo soll das auch schon groß hinführen.

Abgesehen davon: Vor wem soll sie überhaupt davonlaufen?

Die Anzahl an Möglichkeiten ist ja mittlerweile ziemlich überschaubar geworden.

Krachend setzen die Lautsprecher wieder ein. Dann eine Stimme. Tief, dumpf, durch einen Mundschutz gesprochen oder Stoff, jedenfalls nicht grad auf Du und Du.

»Verschwinde!« Unweit der alten Huber pfeift ein Pfeil vorbei und bleibt, geräuschlos fast, in dem aufgeweichten Boden stecken.

»Pepi, Pepi, Pepi! Das auch noch!«, beginnt die alte Huber nun laut nachzudenken. »Schwer zu glauben. Ich weiß ja, wie sehr er seine Kinder alle mag und für sie kämpft, wenn es drauf ankommt. Aber so?«

Als wäre sie für sich, schlendert die alte Huber unbekümmert zu einem der noch unbearbeiteten Baumstämme, setzt sich nieder und streicht über die Rinde.

»Ein Stamm kann uns viel erzählen. Seine Zugehörigkeit, sein Alter, sogar, unter welchen Verhältnissen er wachsen musste. Katharina zum Beispiel, die ins Kloster gegangen ist, weil sie mit ihrer Erbkrankheit nicht weiter wie eine Geächtete leben wollte unter all den Affen.«

Mit ihrem Gehstock streicht sie über die Oberfläche der Pfützen. Wie ein Köcheln sieht es in dem so schweren herabfallenden Regen aus.

»Ich glaub nicht, dass die Geschichte mit der Affäre zwischen dem Ulrich und der Uschi – sofern die überhaupt stimmt – begonnen hat, sondern schon vor einer Woche mit Katharinas Tod. Da ist dir endgültig klar geworden, wie es eines Tages um deine Tochter Helga stehen könnte, die dasselbe Blut in sich trägt wie Katharina! Dass sie vielleicht kein glückliches Leben haben wird, ohne Partner, ohne Kinder, ohne Familie, wenn hier alle sehen, was unter ihrer Schminke steckt. Da soll ihr doch wenigstens das Erbe bleiben! Hab ich recht?«

Es bleibt still, für ein Weilchen, um kurz darauf noch stiller zu werden. Mit einem letzten Fallen der Stämme, Herabschweben der Späne, kommt alles zum Stehen. Jede Maschine auf Halt.

Nur noch das Flutlicht.

Und dieses durch die Lautsprecher vernehmbare Seufzen.

Wozu noch verstecken wollen, wie ein verirrtes Schaf sein schwarzes Fell in weißen Margeriten, wenn doch die Maskerade nichts mehr nützt.

»Ach Hanni!«, schiebt sich vom Flutlicht bestrahlt ein langer Schatten hinter der zum Stillstand gekommenen Entrindungsanlage hervor: »Warum hast du nicht einfach auf Helga gehört und bist nach Hause gegangen!«

»Weil es wahrscheinlich so richtig ist!«

Den Bogen in der Hand, mit schwarzen Gummistiefeln, schwarzer Hose, der Jacke eines Jägers, ihrer schwarzen Augenklappe, kommt sie hinter der Entrindungsanlage hervor, direkt auf die alte Huber zu.

Anita Grubmüller.

»Darf ich mich zu dir setzen, Hanni, so müd, wie ich bin?«

»Komm nur.«

Den Bogen legt sie ab, die Jacke, darunter ein schwarzes, klitschnass an ihrem Körper liegendes Shirt, und nimmt Platz, direkt daneben. »Irgendwie bin ich froh, dass es vorbei ist!«

Und nein, da steckt kein Funken Angst in der alten Huber, nicht einmal Anspannung, nur Ernüchterung.

»Das glaub ich dir, Anita!«

»Da hast du schon recht, mit der Kathi hat es begonnen! Ich war bei ihr im Kloster, nachdem sie gestorben ist. Und hab danach zu Hause von ihrem Tod erzählt. Alle waren sie da. Johann, Ulrich, Adam, Helga. Ihre ganze Familie also. Was glaubst war die Reaktion von ihrem Vater? Dass nicht schad ist um sie, und um eine Nonne schon gar nicht, weil die ja null für die Gesellschaft leisten. Dass die Katharina eh schon jeder vergessen hat und wir niemandem von ihrem Tod erzählen brauchen. Und dass wir sicher kein Geld ausgeben für ihr Begräbnis oder weiß der Teufel. Und ich hab es ertragen. So wie immer. So wie all die Jahre.« Das von ihrem Haar über ihr Gesicht laufende Regenwasser wischt sie sich aus der Stirn: »So wie alles.« Dann bricht sie ab. Atmet tief. Regenluft. »Kannst du es riechen, Hanni, das Leben!« Und schweigt.

Keine Eile mehr.

Zeit. Mehr an Besitz gibt es nicht. Und sind diese unaufhaltsam verstreichenden letzten Stunden angebrochen, von denen der Mensch glaubt, es wäre nicht schon jede einzelne davor eine solche gewesen, lässt sich mit keinem noch so großem Reichtum auch nur eine einzige Sekunde davon festhalten.

»Und dann ist der alte Grubmüller ja doch noch in die Jauchegrube gefallen«, setzt die alte Huber nun fort. Und weil es keine Frage war, gibt es darauf auch keine Antwort. So einfach ist das.

Dann eben weiter: »Aber Unfall war es keiner, nicht wahr? Da glaub ich eher, du hast deinen Vater, den alten Praxmoser, noch vorher erschossen, in eine eurer Tiefkühltruhen gelegt, der Helga eine Faschingskostümierung verpasst, sie durch die Gegend reiten lassen, als wär dein eigenes Kind dein Vater und alle in seinem Namen umgebracht, hab ich recht? Die Frage ist nur: Was hat nach Katharinas Tod deine Meinung geändert und dich zur Mörderin werden lassen. Dass dich dein Ehemann mit deiner Schwester betrügt. Uschi und Ulrich im Maisfeld, oder?«

Und jetzt regt sich etwas.

Als säße sie in ihrer eigenen abgeschlossenen Welt, hebt Anita nur ihren Kopf, öffnet den Mund, lässt den Regen auf ihre Lippen fallen. Sinnlich fast. Abwesend. Ein wenig lüftet sich dabei ihre Augenklappe, zeigt die dunkle Einkerbung, diese so einschneidende, bleibende Wunde. Mehr an Regung aber gibt es nicht. Kein Blick, kein Wort. Da bleibt der alten Huber dann wirklich nichts anderes mehr übrig, als ihrem Zorn freien Lauf zu lassen.

»Ich fass es nicht, wie selbstgefällig du bist! Hier zu sitzen, so hochmütig, und in Wirklichkeit das eigene Kind benutzen, die eigene Tochter missbrauchen für deinen Hass. Als hätt die Helga nicht schon genug durchmachen müssen. Wie kannst du ihr das nur antun.«

Langsam dreht ihr Anita den Kopf zu, und die alte Huber setzt fort: »Wie viel Tote sind es mittlerweile? Zählst du überhaupt noch mit, Anita?«

Und jetzt spricht sie endlich, deutlich ruhiger also zuvor: »Mit Katharina acht!«

Acht, insgesamt! Die alte Huber kennt sich nicht aus.

»Ich zähl nur fünf. Katharina, Johann, Ulrich, Uschi, jetzt Severin Praxmoser? Wer fehlt?«

»Adam und Pepi«, flüstert Anita Grubmüller.

Es ist ein nie dagewesener innerer Frost, der sich nun um das Gemüt der guten Hannelore legt, als wollte er gegen den Schmerz, diese emporsteigende Hitze ankämpfen, sie schützen, ihre Handlungsfähigkeit bewahren, diesen Funken Klarheit zulassen, durch den es hier vielleicht noch ein Entkommen gibt.

»Das sind erst sieben, Anita, fehlt noch Nummer acht. Ich vermute, Helgas Vater.«

49 Schuldbekenntnis

Als Dorfpfarrer Ulrich Feiler an diesem Nachmittag in seiner Sakristei zuerst das Schultertuch anlegte, dann die Albe mit dem Zingulum um seine Hüfte band, schließlich Stola und Messgewand überwarf, wusste er noch nicht, dass dies sein letztes Mal werden würde.

Alle nötigen Utensilien waren im Altarbereich längst bereitgelegt, das Evangeliar, Lektionar und Messbuch, der Kelch, die Kännchen mit Wasser und Wein, die Hostienschale.

Wie üblich vor jeder Messe zog er aus einer Lade noch seinen Flachmann hervor, ein betagtes Modell aus Sterlingsilber, Herkunft London, 1732, ein gut gemeintes Geschenk seines Vorgängers: »Du wirst ihn brauchen, Ulrich. Und nicht sparen!« Pfarrer Kasimir hatte recht. Heute mehr denn je.

Entsprechend kräftig der Schluck.

Danach griff er, ebenso wie immer, dem an der Wand hängenden Gottessohn auf seine hölzernen, festgenagelten Füße und sprach mehr zu sich als zu Jesus Christus:

»Alles gut?«

Nicht die beste aller Fragen an einen Gekreuzigten natürlich. Ähnlich wie das »Und: Durst?« einem Ertrinkenden gegenüber. Vielleicht kam ja deshalb nie eine Antwort zurück, und wenn eines Tages doch noch, dann bitte mit dieser sanften, versöhnlichen Stimme des lieben Heilands aus *Don Camillo und Peppone*. Ulrich Feiler kennt jede der schwarz-weiß vor sich hin knisternden Folgen ebenso auswendig, wie die nicht minder knisternden *Dornenvögel*. Die Ausstrahlung damals, auch auf seine Libido, wird er jedenfalls nie vergessen.

Meine Güte, was hätte er während seiner 45 Dienstjahre hier

in Glaubenthal von einem sprechenden Jesus wohl alles zu hören bekommen?

Gut also, dass der Kerl so brav schweigt.

Und jetzt steht er hier, geht es los. Ein Weilchen verharrt Ulrich Feiler noch vor der geschlossenen Tür, spürt seinen erhöhten Puls, will sich wie stets noch bekreuzigen. Das Eintauchen seiner Fingerspitzen in den kleinen Weihwasserspender lässt ihn intuitiv zurückzucken, seine Hände betrachten. Vielleicht wurde der Inhalt vergiftet, wer weiß das schon! »Schönberg, Schönberg, Schön-!«, bricht er ab.

Schluss damit. Ein für alle Mal. Er wird seine Ängste besiegen, seinen so starken Aberglauben in noch stärkeren Glauben umlenken, wieder Herr seiner selbst werden.

»Dann in Gottes Namen!«, flüstert er nun, öffnet die Tür, zieht die Kordel, an deren oberen Ende die kleine Glocke hängt, hört ihren feinen Klang, dazu das leise Rauschen, dieses einst so wunderbar aufwallende Meer sich in ihren besten Kleidern erhebender Menschen, heutzutage nur noch ein kleines Tröpfeln, insbesondere bei solch einem Sauwetter, und geht langsam vor an den Altar.

Gleichmäßig knirschen seine Gummisohlen den Steinboden entlang, dazu sein schweres Keuchen und der so stark auf Glaubenthal herniederstürzende Regen. Das Prasseln auf sein Kirchendach treibt ihn weiter, Trommeln auf dem Schlachtfeld. Geh voran Ulrich, voran. Und rund um ihn nur die Versuchung. Der von Pfeilen durchbohrte heilige Sebastian, die Bilder des Kreuzweges, der über dem Altar verblutende Jesus, selbst die so liebliche Muttergottes mit ihrem roten Herz in Händen blickt auf ihn herab, mit bedrohlichen, fast kannibalistischen Zügen. Als wollten ihn die Gemälde, Fresken, Statuen warnen: »Gib acht, Ulrich! Du bist der Nächste.«

Nicht mehr mit ihm. »Schluss damit.«

Und immer schneller geht sein Puls.

Konzentriert beginnt er mit seinen Routinen, küsst den Altar, bekreuzigt sich, dazu sein »Im Namen des Vaters und des Sohnes und des Heiligen Geistes«, hört das kollektive *Amen.* »Der Herr sei mit euch«, *und mit deinem Geiste.*

Und er hält sich tapfer, obwohl es ihm von Minute zu Minute miserabler geht, er diesen Schwindel spürt, diesen Druck in der Brust, der Gesang bald schwer in den Ohren dröhnt, der Kopf schmerzt, ihm die Gesichter der Rosenkranz-Damen, mit ihren aufgerissenen Mäulern nicht mehr nach Gotteslob erscheinen, Nummer 455, sondern Fegefeuer.

Alles meinem Gott zu Ehren, in der Arbeit in der Ruh!
Gottes Lob und Ehr zu mehren, ich verlang und alles tu.
Meinem Gott nur will ich geben Leib und Seel, mein ganzes Leben.
Gib, o Jesu, Gnad dazu; gib, o Jesu, Gnad dazu.

Entsetzlich der Anblick, zumindest Pfarrersköchin Luise Kappelberger erspart er sich, die sonst in Reihe eins sitzt wie das Fleisch gewordene schlechte Gewissen. So viel *Dornenvögel* könnte Ulrich Feiler gar nicht mehr schaun, um jemals wieder freiwillig seine Libido in Schwung zu bringen.

Ein Schnaps wäre nicht schlecht. An seinen Flachmann muss er denken, Sterlingsilber, London, 1732.

»1732« flüstert er. Eins. Sieben. Drei. Zwei. Aufstützen muss er sich. Heiß wird ihm und kalt zugleich. 1732. Ziffernsumme 13. Welch grausamer Wink des Schicksals.

Punktgenau obendrein, denn seine Lippen formen, ganz dem Ablauf der Messe folgend, wie gewohnt: »Wir sprechen das Schuldbekenntnis.«

Und er kann sie hören, seine so klein gewordene Gemeinde, kann sich selbst hören, wie automatisiert:

Ich bekenne vor Gott, dem Allmächtigen, und allen
Brüdern und Schwestern, dass ich Gutes unterlassen und
Böses getan habe –

In seinen Gedanken aber tönt die Stimme der Kappelberger Luise, wie sie gerade erst vor seinem Zimmer stand, mit Kafka in der Hand: »Kehr besser vor deiner eigenen Tür! Und vielleicht gelingt es dir dann, dich wieder zurückzuverwandeln.«

– ich habe gesündigt in Gedanken, Worten und Werken.
Durch meine Schuld, durch meine Schuld, durch meine
große Schuld. –

»Zu einem Menschen. Einem sogar, der bereuen und sich entschuldigen kann.« So schwach fühlt er sich plötzlich, einen seltsamen Geschmack im Mund. Der Kräuterschnaps in seinem Flachmann schien ihm zwar bitterer als sonst, aber was heißt das schon. Sogar seine gefalteten Hände wiegen schwer. Aufstützen muss er sich, das Altartuch umklammern, während die von dem wolkenverhangenen Himmel so farblos wirkenden Fenster noch finsterer werden, sich der ganze Raum verdunkelt.

Darum bitte ich die selige Jungfrau Maria, alle Engel und Heiligen und euch, Brüder und Schwestern, für mich zu beten bei Gott, unserem He-

Herr Pfarrer, Herr Pfarrer, um Himmels willen, Herr Pfa…

»Dann weißt du es also schon!«, ist Anita nun aufgestanden, geht ein Stück entfernt hin und her, und nein, die alte Huber wird nun garantiert nicht auf die Knie fallen und um ihr Leben betteln. Warten wird sie, bis Anita nahe genug kommt, und ihr dann bei geeigneter Gelegenheit den Gehstock über den Schädel ziehen. Bis dahin aber heißt es, sich klug verhalten – so zumindest Hannelores Plan.

Momentan aber ist Anita ziemlich in Bewegung geraten, äußerlich und innerlich:

»Ich hab mein eigenes Kind gehasst, die ersten Jahre, Hanni! Hab nur den Pfarrer gesehen, es nicht aus meinem Schädel gebracht, wie er an einem Nachmittag den Johann sprechen wollte, aber es war nur ich daheim. *Magst was trinken,* hab ich ihn gefragt. Und es war ein Fehler. Ich bin ihn nicht mehr losgeworden. Irgendwann hat er angefangen, mir zu erklären, wie sehr ich meiner Mutter, der Waltraud, ähnlich schau, und plötzlich das *Hohelied der Liebe* zitiert!«

Leise wird Anitas Stimme: »*Die Liebe ist langmütig und freundlich,* hat er gesagt, der Pfarrer, *sie erträgt alles, sie glaubt alles*«, langsam ballen sich die von der Nässe längst so weich und schrumpelig gewordenen Grubmüllerinnen-Hände zu Fäusten: »*Sie hofft alles, sie duldet alles!* Auf den Tisch gepresst hat er mich. Sein Atem, Hanni, sein … Ich seh es jeden Tag.«

So schlimm diese Geschichte auch klingt, nichts daran rechtfertigt all die Morde.

»Und?« geht die alte Huber also gar nicht erst auf Anitas Schilderung ein: »Willst du mir nicht wenigstens noch erzählen, warum du über so viele Leichen gehst, bevor ich dann die Nummer neun werd?«

Regungslos bleibt Anita stehen. Als wäre sie über diese Frage schockiert, schweigt zuerst, sieht der alten Huber kurz in die Augen, blickt danach ins Leere und beginnt wie in Trance fast zu erzählen.

»Wir sind bei Heike im Hinterzimmer gesessen, so wie immer, haben an unseren Decken gearbeitet. Uschi war noch nicht da und wir in Sorge. Davids Todestag stand bevor. Der Schulschluss. Eine harte Zeit für sie. Wir haben sie angerufen und am Telefon schon gehört, etwas stimmt nicht mit ihr. Dann ist sie gekommen, völlig verheult, hat sich gar nicht erst hingesetzt und uns erzählt. Uns allen. Dass sie mit Ulrich ein Verhältnis hat. Seit Monaten. Dass Ulrich nicht mit Adam auf der Landwirtschaftsgeräte-Ausstellung ist. Er gerade bei ihr war, auf eine schnelle Nummer, um danach Schluss zu machen. Dass er sich überhaupt von mir scheiden lassen will und mir das heut noch sagen wird, wenn ich heimkomm. Uschi hat auf keine Reaktion gewartet, keine Antwort von uns, mich nur tieftraurig angesehen, sich leise entschuldigt, und ist davongelaufen. Wir waren völlig fassungslos. Zu lange leider. Viel zu spät sind wir ihr nach und haben sie nur noch tot in ihrer Wohnung gefunden. Ihr Leben hat mit ihrer Beichte und Bitte um Vergebung geendet unmittelbar vor dem Todestag ihres Sohnes. Als Verlassene, mit dem schlechtesten Gefühl, das eine Frau nur haben kann. Ich hab meinen Vater angerufen, und er ist sofort gekommen, und dann hatte er das schlechteste Gefühl, das ein Vater nur haben kann. Vor seinem toten Kind zu stehen, unversöhnt. Er hat so bitterlich geweint, Hanni, mich in den Arm genommen zum ersten Mal seit Jahrzehnten, und gesagt, wir sollen bei Uschi bleiben, für sie beten, niemanden verständigen, bis er wieder da ist. Er kümmert sich um die Angelegenheit. Als Vater. Dann ist er davon, und ich habe gewusst, was er tun will, bin ihm nach, war dabei, wie er mit seinem Jagdgewehr in der Hand vor unserem Hof Ulrich zur Rede stellt. Aber Vater war innerlich zu verletzt und Ulrich zu wenig betrunken, um ihm unterlegen zu sein, hat ihm die Waffe entrissen und ins Gesicht geschossen. Helga und Johann sind in der Haustür gestanden. Johann hat applaudiert, Helga geweint und Ulrich auf mich eingedroschen, was mir einfällt, meinen Vater auf ihn zu hetzen. Dann hat er Helga und mich beauftragt, vor seinen Augen meinen eigenen Vater zu den toten Schweinen in die Tiefkühltruhe zu legen, bis wir wissen, was wir mit ihm machen. Danach war er mit Johann vor Glück gar nicht zu stoppen – die beiden haben auf den Tod meines Vaters und Helgas Großvaters getrunken, während alle noch bei Uschi auf mich gewartet haben. Und mit dem Alkohol kam die Gewalt. Helga wurde gebeten, frische Bierflaschen aus dem Keller zu holen und zu öffnen, hat dabei Bier verschüttet, wurde verprügelt wie so oft. Dass man sich für sie genieren muss und sie ins Kloster sollte, um dort zu sterben, wie Katharina – hat Ulrich zu ihr gesagt. Und für mich als Mutter wurde es endlich Zeit. Es ging alles sehr schnell. Ulrich hab ich erschossen, und wie Johann auf mich losgegangen ist, hat Helga ihn mit der frischen Bierflasche zu Boden geschlagen, und ich hab ihn so lange mit bloßen Händen erwürgt, bis er wie seine Bachforellen am Ufer zu zappeln aufgehört hat. Und es war ein gutes Gefühl, Hanni. Ein gutes.«

Langsam lässt der Regen nach, und bei Anita löst sich die Anspannung, während ihr Blick nach wie vor starr zu Boden gerichtet ist. In Hannelore aber kehrt das Mitgefühl zurück, die Betroffenheit, und Nervosität, denn diese weiße, hinter einem der vielen Holzstapel zum Vorschein kommende Bewegung ist Tante Lotte. Ohne Reiterin.

»Es tut gut zu reden, Hanni«, setzt Anita Grubmüller fort: »Das Miteinander ist immer eine Hilfe. Und wenn ich Rosi, Luise, Renate, Heike und vor allem Helga nicht gehabt hätte, wäre alles anders gekommen. Ich habe nicht gewusst, was ich tun soll mit den Toten, aber alle andern, verstehst du, Hanni. Alle andern. Wir machen es wie mit den Decken, hat Helga gesagt. Patchwork, Hanni. Aus vielen Teilen wird ein Ganzes. Alle sind sie zu uns gekommen. Rosi, Luise, Renate, Heike. Und Uschi hatten sie auch mit. Dass wir einen Plan brauchen, gut überlegen müssen, war uns klar. Wir haben Uschi, Ulrich und meinen Vater in die drei Tiefkühltruhen gelegt, Johann in die Jauchegrube geworfen und die ganze Nacht überlegt. Helga und ich sind dann schlafen gegangen, Luise heim, und Rosi, Renate und Heike haben bis zum Morgen in der Gemischtwarenhandlung verbracht. Du warst ja dort in der Früh, deinen roten Sonnenschirm kaufen, und da wurde uns klar, du könntest ein wenig nützlich sein. Ja, und dann haben wir damit begonnen, es meinem schon toten Vater in die Schuhe zu schieben. Keiner würde das bezweifeln. Wir haben mit Tante Lotte vor der Jauchegrube Spuren gelegt. Wir haben Ulrich ins Maisfeld gebracht, gestöhnt, in die Luft geschossen. Rosi hat erklärt, sie wird als Uschi aus dem Maisfeld laufen, vor deinen Augen. Helga hat gemeint, Tante Lotte folgt ihr aufs Wort, und gesagt, sie wird wie ihr Opa ausschauen. Geplant war, meinen Vater, so wie du ihn hier siehst, am Ende seiner Mission in seinem Sägewerk den vorgetäuschten selbst gewählten Tod finden zu lassen. Und mir ist klar geworden. Warum es nicht zu Ende führen. Ganz zu Ende. Allein. Ohne die anderen schuldig werden zu lassen. Mein Kind wird niemals frei sein, Hanni, niemals, so lange Adam und der Pfarrer am Leben sind. Pepi wollte ich nur benutzen. Er ist selber schuld und hätte nur rechtzeitig von hier verschwinden sollen.«

»So wie ich!«, steht nun auch die alter Huber auf, keineswegs ihrer eigenen Sicherheit wegen. Um Ablenkung geht es. Darum, die Aufmerksamkeit der Grubmüllerin auf sich binden. Denn eines steht fest. So kräftig kann nicht einmal die hinter den Pellet-Säcken hervorkommende Helga sein, einen derart ausgewachsenen, aber toten Mann auf seine Beine zu bringen und sich Arm in Arm mit ihm in die Lagerhalle zu schleppen. Da braucht es schon noch einen Funken Leben.

»Heute dank ich zumindest dem Herrgott, Hanni. Denn Helga ist meine Tochter, verstehst du, mein Kind, ich würde alles für sie geben!«, geht Anita nun direkt auf Hannelore zu: »Sie ist dieses eine Kind, das ich mir immer gewünscht hab, das mir Ulrich nicht schenken konnte. Keiner Frau konnte mein Mann irgendein Kind schenken. Ich weiß nicht, wer Adam gezeugt hat, aber mein Ulrich war das sicher nicht. Wenn ein Ulrich, dann vielleicht wieder der Pfarrer. Und das bedeutet: Nichts von alldem«, deutet Anita Grubmüller nun um sich, »wäre Adam zugestanden. Nichts von unseren Grubmüller-Gründen, Praxmoser Gründen. Nur Helga hat ein Recht darauf. Alles anders wäre falsch, und das kann ich nicht zulassen.«

Teilnahmslos wirkt sie dabei, mit einer angsteinflößenden Ausstrahlung voll Unberechenbarkeit.

Und wenn es einen Zeitpunkt gibt, den Gehstock einzusetzen, dann diesen. Denn irgendwo im hinteren Bereich des Sägewerks springt ein Motor an, zieht Anita Grubmüllers Aufmerksamkeit auf sich, lässt die alte Huber zwar weit ausholen, zu mehr aber kommt sie nicht.

Hell wird es zwischen den Rundholzstapeln, laut, zwei

freundliche, immer näher kommende Augen, Scheinwerfer. Dazu ein Rufen: »Bitte, Mama, hör auf. Bitte!«

Helga Grubmüller steht in der offenen Beifahrertür. Und nein, der Lastwagen fährt nicht allein. Hinter dem Lenkrad sitzt Pepi Straubinger. Schreien kann er nicht mehr, gehen schon gar nicht, seinen Volvo Globetrotter aber fährt er nicht nur in seinen Träumen, sondern auch im Tiefschlaf, ergo ebenso unter höllischen Schmerzen, mit Durchschuss und massiv reduzierter Menge Blut in seinem Kreislauf.

Und schnell geht es.

Das Vorbeifahren des schwarzen Holztransporters; die apathisch ins Licht starrende Anita; Helga, die den Arm ausstreckt, die alte Huber aufnimmt, ihre Rufe wiederholt: »Bitte, Mama, es ist schon genug Schlimmes passiert!«, und als Antwort nun mehr ein »Ich liebe dich, Helga, für immer!« zu hören bekommt; Anita, die aus dem Rückspiegel verschwindet, nicht mehr zu sehen ist; Pepi, der am Ende des Rundplatzes den nötigen Halbkreis fährt, um zur Ausfahrt zu gelangen, an der Entrindungsanlage vorbeikommt, auf diesen wie aus dem Nichts direkt vor den Lastwagen heraustretenden schwarzen Körper nicht mehr reagieren kann, das Rumpeln; Helgas Schreien: »Mama!«

8

Vom Winde verweht

51 Venedig

»Dann schau, Frau Huber!«

»Wie, schau!«

»Na, schau halt. So grüßt man sich hier in Italien! Schau. Und Bonasera. Wie das Öl! Bona. Ich ruf dich übermorgen wieder an, Frau Huber, aus Venedig, und schick dir jetzt ein Patschi.«

»Einen Hausschlapfen schickst du mir?«

»Bussi heißt das!«

»Schick mir lieber eine Postkarte, Amelie, die steck ich dann bei meiner Kredenz in die Glastür!«

Eine Woche, dann ist Amelie wieder hier. Wie wunderbar.

Ein paar Jahre noch dazu, und die Kinder werden wohl fragen: Postkarte, was ist das? Kann man damit beim Bankomaten Geld abheben oder mit dem Bus fahren?

Ja, und Venedig?

Alles vergeht.

Irgendwann auch der Schmerz.

Helga, Hanni und Pepi konnten Anita Grubmüller nicht mehr retten. Zu heftig der Aufprall. Todeseintritt auf der Stelle. Und auch, wenn jedem klar war: sie wollte es so, muss dieses Wollen nicht automatisch für andere gelten. Das Aufbegehren eines Einzelnen ist kein übertragbares Gut. Schon gar nicht über den Tod hinaus. Das hat die alte Huber ja nie verstanden, warum der letzte Wille eines Verstorbenen stets über dem Recht der Lebenden stehen soll. Wieso? Als kläglicher Versuch, einem Menschen Respekt zu erweisen, der dir schon zu Lebzeiten zuwider war? Und warum bitte soll jemand, der nicht mehr unter uns weilt und jemals weilen wird, folglich mit dem ganzen Theater nie wieder etwas zu tun hat, entscheiden dürfen, was geschieht? Fordern dürfen: Bitte versteht euch und legt in der Wiese einen Garten an. Und dann versteht man sich und teilt sich die Zwetschken, Radieschen, Sonnensegel. Oder: Bitte verdrescht euch und legt in der Wiese ein paar Tretminen ab. Und dann verdrischt man sich auch noch einbeinig oder aus dem Rollstuhl heraus?

Der Mensch ist schon ein sonderbares Wesen.

Helgas Wille war jedenfalls so gewichtig, um von Hanni und Pepi als das Maß aller Dinge bestimmt zu werden. Und dieser Wille lautete auf: Freispruch für Mama. Einen schön handfesten Täter gab es ja schließlich schon. Severin Praxmoser. Hat er eben in seinem Amoklauf auch noch seine Tochter Anita niedergefahren und sich danach erst umgebracht. Zuvor den Pfarrer vergiftet, Adam erschossen und zellophaniert. Nur Pepi ist glimpflich davongekommen, wenn auch mit zukünftig einer Niere weniger.

Anita also möge in Frieden ruhen. Und gut ist das, allein, um Helga Würde zu erweisen, ihr das Leben als Grubmüllerin, Großgrundbesitzerin in Anbetracht ihrer bitteren Vergangenheit nicht auch noch mit einer blutrünstigen Mutter zu erschweren.

»Und ich war nie hier!«, forderte die alte Huber, schließlich ist sie auf dem Gelände des Sägewerks auch niemandem sonst als Pepi und Helga begegnet. Keine der Patchworkdamen würd je davon erfahren.

Folglich war es ihr auch ein Anliegen, in der Gemischtwarenhandlung Schäfer nur ein Rosskastanien-Weinlaub-Gel zu ordern, aber der Einladung: »Setz dich doch ein bisserl zu uns nach hinten!«, nicht Folge zu leisten.

Ist schon gut, wenn die Plätze von Uschi und Anita ein wenig leer bleiben und die alte Huber ihr Geheimnis bewahren kann, sogar vor der aktuell sehr anhänglichen, trauernden Luise Kappelberger.

Ob je ein neuer Pfarrer nachkommt?

Alles in Veränderung.

Sogar Hannis Lesegewohnheiten.

Und hier sitzt sie nun unter ihrem roten Sonnenschirm, auf ihrer Hausbank, und fängt auf Empfehlung des alten Eselböck ein neues Buch an.

»Und, Hanni, was darf es als Nächstes sein?«

»Pfuh, nach so vielen Toten? Kein Krimi, kein *Moby Dick* bitte, und ja nichts von Männern.«

»Dann also ein Liebesroman, von einer Frau! Ich geb dir Margaret Mitchell mit!«

Scarlett O'Hara war nicht eigentlich schön zu nennen.
Wenn aber Männer in ihren Bann gerieten, wie jetzt die
Zwillinge Tarleton, so wurden sie dessmeist nicht gewahr.
Allzu unvermittelt zeichneten sich in ihrem Gesicht die
zarten Züge ihrer Mutter, …

Vom Winde verweht.

So wie ihre Aufmerksamkeit. Denn viel weiter als bis zu den *Zügen ihrer Mutter* kommt sie nicht, ohne gleich an ihre eigene denken zu müssen. Bei ihrer letzten Begegnung war die kleine Hanni fünf und danach die Mutter fort. Wo sie wohl begraben liegt?

Der Glaubenthaler Friedhof sticht der guten Hannelore ins Auge, drüben, auf dem Gegenhang, all die vielen frischen Gräber, rundum das Land, die Schusterbauerwiese, das

Praxmoser-Waldgebiet, der Grubmüllerfuttermais, die dichten Wälder, sanften Hügel, an deren Hängen sich die Streusiedlung Glaubenthal mit all ihrer Schönheit, mit …

»So ein Schwachsinn!«, murmelt sie. Besitz.

Da wächst eine Wiese und denkt sich nichts, und hier ein Wald und dort ein Moor – oder wer weiß, vielleicht denken die doch und reden sogar, wiesisch, waldisch, moorisch, andere Sprachen eben, unverständlich für den Menschen – jedenfalls berührt sich, was da oberflächlich so allein steht, unterirdisch mit seinen Wurzeln, ja, und dazwischen tummeln sich in einem Klumpen Waldboden soviel Lebewesen herum wie Menschen auf dieser Erde. Friedlich. Und wenn nicht friedlich, dann merkt man nicht viel davon, weil ganz von selber in die Luft gegangen ist so ein Haufen Erde noch selten. Nicht einmal ein leises Keppeln lässt sich hören, wenn jemand auf ihr herumtrampelt, mit einem Hammer seine Pflöcke einschlägt, einen Zaun spannt, diese Wiese von nun an als deins oder meins bezeichnet und sich mit seinen Nachbarn genau drüber zankt. Deins oder meins. Bis er stirbt und die Dinge ihren Lauf nehmen. Er dann, wie alle seine Vorfahren auch, dorthin versickert darf, die Erde mit seinem Zerfall düngt, unterirdisch womöglich in die Ache mündet, oder das kilometerlange Fadengeflecht der weltgrößten Geschöpfe nährt, sich irgendwo oberirdisch als deren Fruchtkörper mit dem Taschenmesser kappen und verarbeitet lässt, als Hallimasch-Ragout, Eierschwammerl-Gulasch, Steinpilz-Risotto, gebackener Parasol.

Was weiß man schon.

Und dann streiten sich zu Lebzeiten Menschen über Grundstücksgrenzen, um als Tote sowieso beim Nachbarn als Schwammerl wieder rauszukommen. Wie sinnlos.

Trocken ist es während der letzten Tage wieder geworden,

die Erde aber hat sich durch die Regenfälle erholt, ihre Speicher aufgefüllt, schiebt an allem, was da nachkommt, ordentlich an, direkt beim Wachsen lässt es sich zuschauen, und der alten Huber wird klar, wie wohltuend es ist, hier einfach nur sitzen und schauen zu können, sich nichts mehr beweisen zu müssen.

Die größten Abenteuer und Verluste hat sie schon hinter sich. Die unendlichen Weiten einer Ehe durchkreuzt und die Eltern verloren. Das kriegszerstörte Land wieder mit aufgebaut und was die nächsten 50 Jahre damit so weiter passiert, darf sie sich zum Glück rechtzeitig als Wiesenchampignon ansehen.

Still ist es geworden. So angenehm still. Kein Wind in den Segeln kann sie mehr dazu bewegen, ferne Welten zu erkunden, und sich dabei nur von der eigenen zu entfremden. Nicht das Wohin ist wichtig, sondern das Hier. Nicht mehr das Oben, sondern Unten. Die Erde unter den Füßen. Spüren, wie sie trägt, verbindet. Mit allem. Ganz eins. Eines Tages.

Aber nicht jetzt.

Nein. Du wunderbares Leben.

Noch nicht jetzt.